Dama s
sobachkoy

고려대학교청소년문학시리즈 003

Dama s
sobachkoy

안톤 체호프
최선 옮김

강아지를 데리고 다니는 귀부인

고려대학교출판부
KOREA UNIVERSITY PRESS

차례

반카

석 달 전에 구두장이 알랴힌에게 견습공으로 맡겨진 아홉 살짜리 소년 반카 주코프는 성탄절 전야에 잠자리에 눕지 않았다. 그는 주인 부부와 조수들이 아침미사에 갈 때까지 기다린 다음 주인의 장에서 잉크병과 녹이 슨 펜촉이 달린 펜을 꺼내서 구겨진 종이 한 장을 자기 앞에 펴 놓고 쓰기 시작했다. 처음 몇 글자를 적기 전에 그는 몇 번이나 불안하게 문과 창문들을 돌아다보았고, 그 양편으로 구두장이의 구두 모형들이 놓인 선반들이 이어져 있는 어두운 성상을 곁눈질했으며 잦은 한숨을 쉬어 댔다. 종이는 의자 위에 놓여 있었고 그는 종이 앞에 무릎을 꿇고 있었다.

'사랑하는 할아버지, 콘스탄틴 마카릐치!' 그는 썼다.

'편지 보냅니다. 성탄절 축하드리고 주 하느님께서 할아버지에게 모든 걸 주시길 바랍니다. 제게는 아버지도 엄마도 없고 오직 할아버지만 남았습니다.'

반카는 촛불이 반사되어 어른거리는 어두운 유리창을 두 눈으로 바라보며 지바레프 댁에서 밤에 보초를 서는 할아버지 콘스탄틴 마카리치를 생생하게 떠올렸다. 할아버지는 작고 말랐으나 보통이 넘게 눈치 빠르고 몸이 재며 항상 웃는 얼굴과 술 취한 눈을 가진 65세가량의 노인이었다. 그는 낮에는 하인들의 부엌에서 자거나 부엌하녀들과 농지거리를 했지만 밤에는 커다란 털가죽 외투로 몸을 감싸고 저택 주위를 돌며 야경용 딱딱이를 쳤다. 그의 뒤에 대가리를 아래로 숙이고 늙은 개 '밤색이'와 검은 털색과 족제비처럼 긴 몸통 때문에 '미꾸라지'라고 불리는 수캐가 따라다녔다. 이 수캐는 매우 예의 바르고 상냥하여 모르는 사람들에게도 자기 집 사람들에게처럼 똑같이 알랑거리며 바라보았으나 신임을 받지는 못했다. 그 개의 예의 바름과 공손함 뒤에는 바로 예수이트 특유의 예사롭지 않은 악의

가 숨겨져 있었다. 어떤 개도 때맞춰 슬슬 기어들어 다리를 물어뜯고 얼음창고에 몰래 들어가고 농부들에게서 닭을 훔쳐 내는 일을 이 개보다 더 잘 할 수 없었다. 사람들이 몇 번이나 그의 뒷다리를 부러뜨리고 두 번이나 목을 매달았고 매주 반쯤 죽게 채찍으로 때려도 매번 그는 살아났다.

아마도 이제 할아버지는 대문 근처에 서서 시골 교회의 선홍색 유리창들을 바라보며 털장화로 바닥을 쿵쿵 때리며 하녀들과 농지거리를 하고 있을 것이다. 그의 딱딱이는 허리띠에 묶여 있다. 그는 양 손바닥을 마주치면서 추위에 몸을 웅크리고 늙은이들이 하는 식으로 히히거리면서 방하녀를 놀리다가 부엌하녀를 놀리다가 한다.

"우리 담배 좀 맡아 볼까?" 그가 말하며 아낙네들에게 자기 담뱃갑을 내민다.

여자들은 들이켜고는 재채기를 한다. 할아버지는 이루 말할 수 없이 기분 좋은 도취경에 이르러 유쾌한 웃음을 막 터트리면서 소리 지른다.

"자,어서 맡아 봐, 얼어붙었다!"

그들은 개들에게도 담배를 맡게 했다. '밤색이'는 재채기를 하고 얼굴을 찡그리며 모욕을 느끼고 옆으로 물러난다. '미꾸라지'는 예의 바른 거동을 지키느라 재채기를 하지 않고 꼬리를 친다. 날씨는 굉장히 좋다. 대기는 고요하고 맑고 신선하다. 밤은 깜깜하지만 하얀 지붕들과 굴뚝에서 나오는 연기의 흐름들과 함께 마을 전체가 보이고 서리로 은빛으로 변한 나무들, 언덕들도 보인다. 하늘에는 온통 명랑하게 깜박이는 별들이 흩뿌려져 있고 은하수 길은 마치 축일 전에 씻어서 눈으로 문지른 것처럼 그렇게도 선명하게 그려져 있다.

반카는 한숨을 내쉬고 펜을 적셔서 쓰기를 계속했다.

'어젠 혼이 났어요. 주인이 제 머리칼을 질질 끌고 마당으로 나가서 가죽 끈으로 마구 두들겨 패며 혼을 냈어요. 제가 아기가 들어 있는 요람을 흔들다가 깜빡 잠이 들었기 때문이지요. 또 일요일에는 주인 여자가 청어를 씻으라고 명령해서 제가 꼬리를 먼저 씻으려고 하자 그녀가 청어를 쥐더니 청어 대가리로 제 얼굴을 찌르기 시작했어요. 조수들은 저를 놀리고 술집에 가서 보드카를 사 오라고 보내고, 주인집에서 오이를 훔쳐 오라고 명령하고, 주인은 아무거로나 마구 때려요. 먹을 건 전혀 없어요. 아침에는 빵을 주고 점심에는 죽을 주고 저녁에는 다시 빵을 줘요. 차나 양배추 수프는 주인들이 다 먹어치워요. 잠은 복도에서 자래요. 주인집 아기가 울면 저는 한숨도 못 자고 요람을 흔들어요. 사랑하는 할아버지, 하나님 같은 은총을 베푸시어 저를 여기서 시골로 집으로 데려가 주세요. 다른 방법이 없어요. 할아버지께 엎드려 절하며 하나님께 영원히 기도하겠어요. 저를 여기서 데려가 달라고요, 아니면 저는 죽을 거예요.'

반카는 입술을 씰룩이며 시커먼 주먹으로 두 눈을 문지르고 흐느껴 울었다. 그는 계속 썼다.

'제가 할아버지 담배 갈아 드릴게요. 기도드릴게요. 그리고 만약 무슨 일을 저지르면 사정없이 때리세요. 제가 할 일이 없다고 생각하시면, 예수님 앞에 맹세해요, 집사에게 가서 장화를 닦아 드리겠다고 청할 거예요. 아니면 페트카 대신 목동 일을 하러 갈게요. 사랑하는 할아버지,

다른 방법이 없어요. 그냥 죽는 수밖에 없어요. 시골로 걸어서 달아나려고 생각해 보았지만 장화가 없고 추위가 무서워요. 저만 살려 주시면 제가 어른이 되면 할아버지를 먹여살리고 아무도 할아버지를 모욕하도록 놔두지 않을 거예요. 그리고 돌아가시면 엄마 펠라게야를 위해서 한 것처럼 똑같이 할아버지의 영혼의 안식을 위해 서서 기도하겠어요.

그런데 모스크바는 큰 도시예요. 집들은 다 나리님 댁 같은 것들이고 말들도 많아요. 양은 없고 개들은 순해요. 여기서는 아이들이 별과 함께 걷지 않고 어떤 아이도 교회 성가대에서 노래하는 걸 허락하지 않아요. 한번은 어떤 상점의 창턱에서 바로 낚싯줄까지 달린 낚싯바늘들을 팔고 있었어요. 그것들은 아주 훌륭해서 어떤 물고기도 낚싯바늘 하나면 되지요. 1푸드* 나가는 고래가 달려도 끄떡없을 거예요. 또 어떤 상점들에서는 주인 나리들이 쓰는 것 같은 그런 총들이 오만가지 있어요. 하나에 아마 백 루블은 할

* 1푸드는 예전의 러시아 중량 단위로 16.38kg. (이하 모든 각주는 역주.)

거예요…. 푸줏간에는 검은 뇌조, 들꿩, 토끼도 있는데 어디서 쏘아 잡아왔는지 점원들은 말을 안 해요….

사랑하는 할아버지, 주인 나리 댁에 크리스마스트리에 과자들이 매달리면 금칠한 호도를 떼서 내 것으로 초록색 갑에 감췄다 주세요. 올가 이그나테브나 아가씨에게 이건 반카 거라고 말해 주세요.'

반카는 경련하며 한숨을 쉬고 다시 유리창을 응시하였다. 반카는 나리님 댁 전나무를 베러 항상 할아버지가 숲으로 가셨고 손자인 자기를 데리고 간 것을 기억했다. 즐거운 시절이었다! 할아버지도 아으아 소리 질렀고, 찬바람도 아으아 소리 질렀고, 그들을 보고 반카도 아으아 소리 질렀다.전나무를 베기 전에 할아버지는 파이프담배를 피우고 한참을 콧담배를 맡고 추워 얼은 꼬마 반카를 보고 놀리곤 했다…. 서리로 덮인 어린 전나무들은 꼼짝 않고 서서 기다리고 있었다, 그들 중에 누가 죽게 될까. 어디서 왔는지 모르지만 산토끼가 화살처럼 빠르게 날아가면…, 할아버지는 외치지 않고는 못 배긴다.

"잡아라, 잡아…, 잡아! 아이, 이 빌어먹을 놈아!"

할아버지가 벤 전나무를 나리 댁으로 끌고 오면 거기서 장식들을 했다…. 반카가 가장 좋아하는 올가 이그나테브나 아가씨가 누구보다도 열심이었다. 반카의 어머니 펠라게야가 아직 죽기 전에 나리 댁에서 하녀 일을 했을 때 올가 이그나테브나는 알사탕도 먹여 주고 아무 할 일이 없어서 그에게 읽는 것, 쓰는 것, 백까지 세는 것, 심지어 카드릴 춤*을 추는 것까지 가르쳐 주었다. 펠라게야가 죽었을 때 고아가 된 반카를 하인들의 부엌으로 할아버지에게 데려다 주었는데, 부엌에서 모스크바로 구두장이 알랴힌에게로 보내진 것이다….

'사랑하는 할아버지, 이리로 와 주세요,' 반카는 계속 썼다. '구세주 하느님으로서 할아버지에게 간청해요, 저를 여기서 데려가 주세요. 불행한 고아를 동정해 주세요. 아니면 다들 저를 때릴 거예요. 배가 고파 죽겠어요. 또 얼마나 따분한지 말도 못 해요. 내내 울기만 해요. 바로 요즘 전

* 무도회에서 두 쌍이 추는 4인무.

에 주인이 가죽 끈으로 머리를 때려서 쓰러졌다가 겨우 정신을 차렸어요. 사는 게 죽을 맛이에요. 어떤 개라도 저보다 낫게 살지요…. 그리고 알레나, 애꾸 예고르카, 마부에게 인사드려요. 그리고 제 하모니카 누구에게도 주지 마세요. 항상 할아버지의 손자 이반 주코프입니다. 사랑하는 할아버지 와 주세요.'

반카는 다 쓴 종이를 네 쪽으로 접어서 어제 일 코페이카*를 주고 산 봉투에 넣었다…. 잠시 생각하고 나서 그는 펜을 적셔서 주소를 썼다.

'시골 할아버지께'

그리고 나서 머리를 긁적이며 좀 생각하고 나서 또 덧붙였다. '콘스탄틴 마카리치께',** 아무도 그가 쓰는 것을 방해하지 않은 것에 만족스러워 하며 그는 모자를 쓰고 털외투

---

* 러시아 화폐 단위로 100코페이카는 1루블.

** 이는 이름과 부칭, 반카가 성을 쓰지 않았으므로 편지는 배달될 수 없다.

도 걸치지 않고 그냥 셔츠 바람으로 거리로 뛰어나갔다….

어제 그가 물었을 때 푸줏간 점원들은 편지는 우체통에 넣는 것이고 그 통으로부터 술취한 마부가 탄, 종이 울리는 삼두 우편마차가 온 세상으로 나눠 준다고 말했었다. 반카는 맨 처음 보이는 우체통까지 달려가서 그 소중한 편지를 틈으로 밀어 넣었다….

달콤한 희망으로 위안을 느끼며 그는 한 시간 뒤에 깊은 잠에 빠졌다…. 꿈에 벽난로가 보였다. 벽난로 위에 할아버지가 맨발을 늘어뜨리고 앉아서 부엌하녀들에게 편지를 읽어 주고 있었다…. 벽난로 부근에 '미꾸라지'가 걸어 다니며 꼬리를 치고 있었다…. ■1886년

결투

I

아침 여덟 시—장교들, 관리들 그리고 피서객들은 뜨거웠고 무덥던 밤을 보내고 나서 바다에서 해수욕을 하고 으레 정자카페로 커피나 차를 마시러 가는 시각이었다. 28세가량 된 젊은이로, 약간 마른 편에 금발머리에 재무부의 제모를 쓰고 슬리퍼를 신은 이반 안드레이치 라예프스키는 해수욕을 하러 왔다가 해변에서 아는 사람들을 여럿 만났는데 그중에는 그의 친구인 군의관 사모일렌코도 있었다.

짧게 깎은 큰 머리에 자라목, 붉은 얼굴에 큼직한 코, 덥수룩한 검은 눈썹에 회색 턱수염, 뚱뚱하고 부석부석한 데다 목쉰 낮은 목소리를 가진 사모일렌코는 새로 도착한 사람 누구에게나 병사 출신의 막돼먹은 목쉰 장교 같은 기분 나쁜 인상을 주었지만 처음 알게 된 후 이삼 일 지나면 그의 얼굴은 드물게 선량하고 사랑스럽고 아름답게조차 보이기 시작한다. 못난 생김새와 다소 거친 어조에도 불구하고 그는 온화하고 한없이 선량하고 순하고 의무감이 강한 사람이었다. 도시에 사는 모든 사람들과 너나하고 지내며 누구에게나 돈을 빌려 주고 누구나 치료해 주고 중매를 서고 화해를 시키고 피크닉을 열어 샤슬릭*을 굽고 숭어로 정말 맛있는 생선 수프를 끓이곤 했다. 그는 항상 아무 사람을 위해서나 애를 썼고 부탁을 했으며 항상 아무것에나 기뻐했다. 공통적인 의견에 따르면 그는 무구한 사람이지만 단 두 가지 약점이 있었다. 한 가지는 그가 자신의 선량함을 부끄러워하며 엄격한 시선으로 쳐다보거나 일부러 거칠게 굴면서 그것을 감추려 한다는 점이고 다른 하나는 비록 그가 오등관일 뿐이었지만 조수나 병사들이 그를 각

* 러시아식 꼬치구이.

하라고 부르는 것을 좋아한다는 점이었다.

"알렉산드르 다비디치, 한 가지 질문에 대답해 주게." 그와 사모일렌코 둘이 다 거의 어깨까지 물속으로 들어갔을 때 라에프스키가 말을 시작했다. "한 여자를 사랑하게 되었고 그녀와 함께 지냈다고 가정해 보게. 가령 자네가 그녀와 이 년 이상 함께 살다가 흔히 그렇듯 그녀가 싫어졌고 그녀가 타인으로 느껴지게 되었다고 가정해 보게. 이런 경우 자네는 어떻게 행동하겠나?"

"아주 간단하네. 내 사랑, 가고픈 대로 가요. 그럼 되네."

"말하기는 쉽네. 그 여자가 아무 데도 갈 데가 없다면 어떻게 하나? 그 여자가 혼자고 친척도 없고 돈 한 푼 없는데다 일할 능력도 없다면…."

"큰일 아니네, 한꺼번에 한 오백 던져 주던가 아니면 다달이 이십오 루블 주면 되지, 일도 아니네. 아주 간단해."

"자네에게 오백 루블도 있고 다달이 이십오 루블을 줄 수 있다고 치세. 허나 내가 말하는 여자는 지적이고 자존심이 높네. 자네는 그 여자에게 돈을 제의한다는 결심을 할 수 있겠나? 그리고 어떤 식으로 한단 말인가?"

사모일렌코는 무언가 대답하려 했는데 그 순간 커다란 파도가 그들 두 사람을 덮친 후 해변을 때리고 자갈들 위로 소리 내며 뒤로 물러났다. 두 친구는 해변으로 나가서 옷을 입기 시작했다.

"물론 사랑하지 않는 여자와 사는 것은 어려운 일이네," 사모일렌코가 장화에서 모래를 털어내며 말했다. "허나 바냐, 인도적으로 생각해야지. 나 같으면 내가 싫어하게 되었다는 눈치를 전혀 못 차리게 하고 죽을 때까지 그녀와 살 걸세."

그는 갑자기 자신의 말이 부끄러워졌다. 그는 갑자기 이를 깨닫고 말했다.

"내겐 도대체 여자란 건 필요 없어. 모조리 귀신에게나 가 버리라지. 젠장!"

두 친구는 옷을 입고 정자카페로 갔다. 여기서 사모일렌코는 이 집 식구였으며 심지어 그를 위한 특별 그릇까지 있었다. 매일 아침 그에게 커피 한 잔, 키 높은 세공 유리컵에 담은 얼음물 한 잔, 그리고 코냑 한 잔을 쟁반에 받쳐 가져다주었다. 그는 처음에 코냑을 다 마시고 그다음 뜨거운 커피를 마시고 그러고 나서 얼음물을 마셨다. 다 마신 후 그의 두 눈이 촉촉하게 기름기가 돌았고 두 손으로 턱수염을 쓰다듬으며 바다를 바라보고 "놀랄 만큼 멋진 경치야!"라고 말한 것으로 보아 아마 매우 맛이 좋은 모양이었다.

잠을 못 이루게 한, 또 아마도 밤의 무더움과 깜깜함을 더욱 심하게 만든 불쾌하고 무익한 생각으로 헛되이 긴 밤을 보내고 난 라예프스키는 기운이 다 빠지고 녹초가 된 기분이었다. 해수욕과 커피로도 나아지지 않았다.

"알렉산드르 다비디치, 우리 대화를 계속하세." 그가 말했다. "나 감추지 않고 자네를 친구로 여기고 터놓고 말하겠네. 나데쥬다 표도로브나와의 관계가 나쁘다네…. 아주 나쁘다네! 용서하게, 내가 자네에게 내 비밀을 말하는 걸. 허나 말을 안 하면 못 배기겠네."

사모일렌코는 무슨 말이 나올지 예감하면서 눈을 내리깔고 탁자 위를 손가락들로 두들겼다.

"나 그녀와 이 년을 살았고, 이제 싫어졌네…." 라예프스키가 계속했다. "즉 더 솔직하게 말하자면 그것이 사랑이 아니었다는 것을 깨달은 거네…. 이 이 년은 기만이었네."

라예프스키에게는 대화를 하는 동안 주의 깊게 자기의 분홍빛 손바닥을 들여다보거나 손톱을 물어뜯거나 손가락들로 커프스를 구기는 버릇이 있었다. 그리고 지금 그는 똑같은 행동을 하고 있었다.

"나는 아주 잘 아네, 자네가 날 도울 수 없다는 걸." 그는 말했다. "그러나 난 자네에게 말을 하네. 왜냐하면 그건 우리 동지들—실패자들과 잉여인간들에게는 구원 전체가 대화 속에 있기 때문이네. 나는 나의 모든 행동 하나하나를 보편화해야 하고 나의 어리석은 행동의 설명과 정당화를 누구의 이론이나 문학적 전형 속에서, 예를 들어 우리 귀족들이 퇴화했다는 것…, 등등 속에서 찾아내야 한다네. 예를 들어 어젯밤에 밤새도록 나는 톨스토이*가 얼마나 옳

* 레프 니콜라예비치 톨스토이(1828-1910)의 작품, 특히 《안나 카레니나》(1873-1877)와 《크로이처 소나타》(1889)를 염두에 두고 있다. 전체적인

은가, 얼마나 가차 없이 옳은가 하는 생각으로 자신을 위안했네. 그러니까 기분이 좀 나아졌다네. 그는 실제로, 여보게, 누가 뭐래도 위대한 작가네."

톨스토이를 한 번도 읽은 적이 없는 데다가 읽어야 되겠다고 매일같이 마음먹는 사모일렌코는 당황해서 말했다.

"그래, 모든 작가들은 상상해서 쓰는데 그는 있는 그대로 쓰지…."

"맙소사," 라예프스키가 한숨 쉬었다. "우리가 어느 정도까지 문명에 의해 기형이 되었는지! 나는 결혼한 여자를 사

구도뿐만 아니라 작품 곳곳에서 이 두 작품을 연상시키는 구절들이 나온다. 예를 들어 라예프스키는 유부녀를 사랑하여 그녀와 함께 남편이 있는 도시를 떠나온 안나의 정부 브론스키를 연상시킨다. 그런데 이 중편의 II장에서 라예프스키가 나데쥬다 표도로브나를 혐오할 때 그녀의 '하얀 드러난 목과 뒷덜미의 곱슬머리'를 특히 눈에 거슬려 하는데 이는《안나 카레니나》에서 안나가 그녀의 남편을 혐오할 때 남편의 귀를 싫어하는 것과 같다. 그런데 하얀 드러난 목과 뒷덜미의 곱슬머리는 안나와 브론스키의 사랑이 어쩔 수 없이 시작되는 무도회에서의 안나의 차림새 중 날카로운 키티의 눈에 보이는 안나의 매력을 드러내는 특징이다. 라예프스키가 결혼이나 동거에 대한 혐오를 드러낼 때는《크로이처 소나타》에서 자신의 결혼 생활에 대해 말하는 아내 살인범 포즈드늬쉐프와 비슷하다.

랑했고 그녀도 나를 역시 사랑했네…. 처음에 우리는 키스를 하고 고요한 밤들을 보냈네. 맹세를 하고 스펜서*를 읽고 이상을 말했네. 공통 관심사들이 있었네…. 얼마나 거짓이었는지! 우리가 도망친 것은 본질적으로는 남편으로부터였는데 우리는 마치 우리가 우리의 지식인 삶의 황폐함으로부터 도망치는 것처럼 자신을 속였으니. 우리의 미래의 그림은 다음과 같았네. 우선 카프카즈에서 우리가 그 지방과 그곳 사람들을 알게 되는 동안 내가 관복을 입고 근무를 한 후에 평원에 땅을 좀 구해서 얼굴에 땀을 흘리며 노동을 하고 포도원, 밭 등등을 경영하는 거였네. 내 대신 자네나 자네의 그 동물학자 폰 코렌이라면 나데쥬다 표도로브나와 삼십 년을 살고 자손들에게 비옥한 포도원과 천 데샤틴**의 옥수수밭을 남기겠지. 그러나 나는 첫날부터 파산한 기분

---

* 허버트 스펜서(1820-1903)는 영국의 철학자이자 사회학자로서 그의 '종합철학'은 진화론적인 관점을 가졌다. 다윈의 저서처럼 그의 저서도 당시 러시아 도서관에서 소장할 수 없도록 규제되었지만 지성층 사이에서 담론을 이루고 있었다.

** 러시아의 면적 단위로 1 데샤틴은 약 10,909㎡.

이었네. 도시는 견딜 수 없을 만큼 덥고 권태롭고 인적이 없고, 들판으로 나가면 그곳에는 모든 나뭇가지나 돌 밑에 큰 거미나 전갈이나 뱀들이 우글거리고 밭 너머에는 산들과 황무지뿐이지. 낯선 사람들에 낯선 자연, 보잘것없는 문화—친구, 이 모든 게 모피 외투를 입고 나데쥬다 표도로브나의 팔을 끼고 네프스키 거리*를 걸으며 따뜻한 지방에 대해 꿈꾸는 것처럼 쉬운 일이 아니었네. 이곳에서는 생사를 걸고 하는 투쟁이 필요하네. 근데 내가 무슨 투사란 말인가? 보잘것없는 신경쇠약자에 백수…, 첫날부터 나는 노동하는 삶과 포도원에 대한 내 생각이 어림없는 것이라는 걸 깨달았네. 그리고 사랑에 대해 자네에게 말해 두는데, 스펜서를 읽는 여자나 자네를 위해 세상 끝까지 가는 여자나 아무것도 아닌 안피사나 아쿨리나나 재미없기는 마찬가지네. 마찬가지로 다리미 냄새가 나고 분 냄새가 나고 약 냄새가 나고 아침마다 컬을 감고 역시 마찬가지로 자기를 속이지…."

"다리미 없이 살림은 할 수 없네," 사모일렌코는 라예프

* 페테르부르그의 화려한 중심가.

스키가 자기가 아는 여자에 대해 그렇게까지 터놓고 말하는 것 때문에 얼굴을 붉히며 말했다. "자네, 바냐, 내가 보니 자네 오늘 기분이 영 아니군. 나데쥬다 표도로브나는 멋지고 교육받은 여자이고, 자네는 아주 똑똑한 사람이지…. 물론 둘이 결혼을 하진 않았지만," 사모일렌코는 옆 테이블을 돌아보고 계속 말했다. "하지만 그건 둘의 탓이 아니고, 게다가…, 편견을 가지지 말고 현대적인 사상의 수준에 서야지. 나 자신은 법적 혼인을 지지하지, 그래…. 하지만 내 생각에는 한번 함께 살았으면 죽을 때까지 함께 살아야 하네."

"사랑 없이?"

"자네에게 지금 설명해 주겠네," 사모일렌코가 말했다. "한 팔 년 전에 여기 우리 부대에 나이 먹은 군무관이 근무했었는데 아주 똑똑한 사람이었네. 그가 이야기한 말이 있네. 가정생활에서 가장 중요한 것은 인내라고 말이네. 바냐, 듣고 있나? 사랑이 아니라 인내란 말일세. 사랑은 오래 지속되지 않네. 한 이 년 자네는 사랑 속에서 지냈지, 허나 이제 보아하니 자네의 가정생활이, 말하자면, 균형을 유지하기 위해서는 자네가 자네의 모든 인내를 발휘해야 하는 시기에 들어온 것 같으이…."

"자네는 자네의 늙은 군무관의 말을 믿나? 그의 충고는 허나 내게는 난센스에 불과해. 자네의 그 늙은이는 위선을 행할 수 있었지. 그는 인내를 훈련할 수 있었는데 이때 사랑하지 않는 인간을 자신의 훈련을 위해 필요한 대상으로 본 거네. 그러나 나는 아직 그렇게 저열하게 타락하지 않았네. 내가 인내를 훈련하고 싶다면 나는 아령을 사거나 고집 센 말을 사지 인간은 건드리지 않겠네."

사모일렌코는 얼음에 채운 백포도주를 청했다. 둘이 한 잔씩 마신 후에 라예프스키가 갑자기 물었다.

"말 좀 해 주게, 뇌연화증이 무슨 뜻인가?"

"그건, 자네에게 어떻게 설명하면 좋을까…, 뇌가 흐물흐물해지는 그런 병일세…, 마치 물에 녹은 것처럼 말이네."

"치유 가능한가?"

"그렇네, 병을 방치하지 않는다면 말일세. 찬물로 샤워를 하고, 발포고를 붙이고…. 또 뭔가 먹는 약도 써야지…."

"그렇군…. 그래 자넨 내 상황이 어떤지 알겠지. 나는 그녀와 함께 살 수 없네. 이건 내 능력 밖이야. 내가 자네와 있는 동안은 이렇게 철학도 하고 웃기도 하지. 그러나 집에서는 나는 완전히 기분이 저조해지네. 그 정도가 말일세, 가령 누군가가 내게 그녀와 한 달 만이라도 더 살아야 한다고 말한다면 아마 내가 내 이마에 총알을 박게 될 정도로 나쁘다네. 그런데 다른 한편 난 그녀와 헤어질 수도 없단 말일세. 그녀는 혼자고 일을 할 능력도 없고 돈은 그녀에게나 나에게나 한 푼도 없네…. 그녀가 어디로 가겠나? 누구에게 가겠나? 아무 방법도 생각나지 않네…. 자, 그러니, 말해 보게, 어떻게 해야겠나?"

"음, 그래…." 사모일렌코는 무슨 대답을 해야 할지 몰라서 신음했다. "그녀는 자네를 사랑하나?"

"그렇네. 그녀 나이에 그리고 그녀의 체질에 남자가 필요한 만큼 사랑하지. 그녀에게는 분가루나 컬 마는 종이만큼 나와 헤어지는 게 어렵지. 나는 그녀 방에 꼭 필요한 한

부분이야."

사모일렌코는 당황했다.

"자네 오늘 기분이 영 말이 아니군, 바냐," 그가 말했다. "필시 잠을 못 잔 거군."

"그렇네. 잘 못 잤어. 도대체가, 여보게, 기분이 더럽네. 머리는 텅 비었고 심장은 굳었고 어쩐지 힘이 빠졌어…. 달아나야 해!"

"어디로 말인가?"

"그곳 북쪽으로, 전나무, 버섯, 사람들, 사상이 있는 곳으로 말일세…. 내가 지금 모스크바나 툴라 지방 어디엔가 강에서 수영을 실컷 하고, 추워서 떨고, 알겠나, 그러고 나서 세 시간쯤 제일 말종이라도 좋으니 대학생과 돌아다니며 수다만 떨 수 있다면, 수다 말일세, 난 내 인생의 반을 바쳐도 좋네…. 건초 냄새는 얼마나 향기로울까! 기억하나? 저녁마다 정원을 산책할 때면 집 안에서 피아노 소리가 들려오고 기차 지나가는 소리도 들리지…."

라예프스키는 만족스러워 웃음을 지었고 두 눈에 눈물

이 솟았다. 그는 이를 감추기 위해 자리에 앉은 채 옆 테이블로 손을 뻗어 성냥을 집었다.

"난 러시아에 안 간 지 벌써 십팔 년이네." 사모일렌코가 말했다. "그곳이 어떤지 벌써 다 잊었네. 내 생각에 카프카즈나 변방보다 더 훌륭한 데는 없어."

"베레샤긴*의 어떤 그림에 사형선고를 받은 사람들이 깊은 우물 바닥에서 괴로워하는 모습이 그려져 있지. 자네의 훌륭한 카프카즈가 바로 내게 그 깊은 우물같이 여겨지네. 페테르부르그에서 굴뚝 소제하는 사람이 되겠냐, 아니면 이곳의 공작이 되겠냐, 둘 중에 하나를 택하라면 나는 굴뚝 소제하는 사람이 되는 곳을 선택하겠네."

라예프스키는 생각에 잠겼다. 그의 굽은 몸, 한 지점을

* 바실리 바실례비치 베레샤긴(1842-1904). 러시아 사실주의 화가로 장교로서 1877-1878년 러시아-터키전쟁 등에 참전하였고, 그곳에서 본 전장이나 전투 장면, 또는 러시아 무신론자들이 교수형되는 장면 등을 그렸는데 매우 처참한 장면을 잔혹할 만큼 사실적으로 그렸다고 평가된다. 여기서 이야기되는 그림은 모스크바의 트레탸코프스키 화랑에 있는 〈사마르칸드의 지하감옥〉을 말하는 듯하다.

응시하는 두 눈, 땀이 밴 창백한 얼굴, 움푹 꺼진 양 관자놀이, 물어뜯겨진 손톱, 발뒤꿈치에서 아래로 늘어져서 보기 흉하게 기운 양말을 드러내 보이는 슬리퍼를 보고 사모일렌코는 동정심에 젖었다. 그리고 그건 아마도 라예프스키가 그에게 아무도 도와주지 않는 어린애를 기억나게 했기 때문이었을 것이다. 그는 물었다.

"자네 어머니 살아 계신가?"

"그렇네, 하지만 우리는 서로 안 보네. 어머닌 이 관계를 용서할 수 없었지."

사모일렌코는 자기 친구를 사랑하였다. 그는 라예프스키를 함께 술 마시고 웃고 진정한 대화를나눌 수 있는 선량한 젊은이이고 대학인이고 솔직한 인간이라고 여겼다. 그가 라예프스키라는 인간 속에서 이해할 수 있는 점들은 그의 마음에 매우 못마땅했다. 라예프스키는 과음을, 그것도 아무 때나 했고, 도박을 했고, 자신의 근무를 경멸했고, 자신의 수입에 맞지 않게 생활했고, 대화할 때 자주 상스러운 표현을 썼고, 거리에 슬리퍼를 끌고 다녔으며 다른 사람들 앞에서 나데쥬다 표도로브나와 다투었는데, 이런 점들은 그의 마음에 들지 않았다. 그러나 라예프스키가 언젠가 문리학부에 다녔고 현재 두꺼운 잡지를 두 종류나 구독하고 있는 점, 종종 수준 높은 지적인 말을 해서 겨우 몇 사람만이 이해한다는 점, 지적인 여자와 산다는 점, 이 모든 것을 사모일렌코는 이해할 수 없었고, 이런 점들은 그의 마음에 들었고, 그래서 그는 라예프스키를 자신보다 우위에 있다고 여겼으며 그를 존경했다.

"또 하나 세부사항이 있다네," 라예프스키가 머리를 흔들며 말했다. "이건 우리끼리만 알고 있어야 하네. 아직 나데쥬다 표도로브나에게 감추고 있네. 그녀 앞에서 떠벌리지 말게…. 엊그제 그녀의 남편이 뇌연화증으로 사망했다는 편지를 받았네."

"천국에서 평안하소서…." 사모일렌코는 한숨을 쉬었다. "그런데 도대체 자네는 왜 그녀에게 숨기나?"

"그녀에게 이 편지를 보인다는 것은 교회에 가서 결혼해 주오라는 뜻이 될 테니까. 근데 그 전에 우리 사이를 확실히 해둬야 하거든. 우리 둘이 더 이상 함께 살 수 없다는 것을 그녀가 확신하게 될 때 그녀에게 이 편지를 보여 줄 걸세. 그때는 위험하지 않으니까."

"어쩌면 되는지 아나, 바냐?" 사모일렌코가 말했다. 그의 얼굴은 갑자기 슬프고 애원하는 표정을 담았다, 마치 그가 어떤 매우 달콤한 것을 청하려고 하는데 거절당할까 봐 두려워하는 것처럼. "결혼하게, 여보게!"

"뭣 때문에?"

"이 훌륭한 여자 앞에 자신의 의무를 이행하게! 그녀의 남편이 죽었으니 이렇게 운명 자체가 자네에게 어찌하면 될지 가리키는구먼!"

"그건 불가능하다는 걸 알아야지, 이 괴짜야. 사랑 없이 결혼하는 것은 신앙 없이 미사 드리는 것처럼 비열하고 인간이 할 일이 못 되네."

"그러나 자네에겐 해야 할 의무가 있네."

"도대체 왜 내게 의무가 있다는 건가?" 라예프스키는 화를 내며 물었다.

"그건 자네가 그 여자를 남편에게서 데려와 자네가 책임을 맡았기 때문이지."

"그러나 분명히 말하지만, 나는 그녀를 사랑하지 않아. 우리 말 모르나?"

"그래, 그럼 사랑이 없으면 존경하고 존중하게…."

"존경하고 존중하게…." 라예프스키는 비웃으며 흉내를 내었다. "마치 그녀가 수녀원장인 것처럼…. 여자와 살며 존경과 존중만으로 해 나갈 수 있다고 생각한다면 자네는 서투른 심리학자에 서투른 생리학자네. 여자에게는 무엇보다도 먼저 침실이 필요하네."

"바냐, 바냐…." 사모일렌코는 당황했다.

"자네는 늙은 어린애이고 이론가고, 나는 젊은 노인이고 실제가이고 하니 우리는 결코 서로를 이해할 수 없을 걸세. 이 대화를 그만두는 게 낫겠네. 무스타파!" 라예프스키는 소리 높여 불렀다. "얼마 내야 하나?"

"아냐, 아냐…." 의사는 경악해서 라예프스키의 팔을 잡았다. "이건 내가 내겠네. 내가 주문한 거네. 내게 달아둬!"

그는 무스타파에게 소리쳤다.

두 친구는 일어나서 말없이 해변을 따라 걷기 시작했다. 가로수 길로 들어가는 입구에서 그들은 멈춰 서서 작별의 악수를 하였다.

"자네들은 엄청 응석받이야, 이 나리님들아! 운명이 자네에게 젊고 아름답고 교육 높은 여자를 보내 주었지만 자네는 거절하네. 신이 내게 등 굽은 노파를 줘도 상냥하고 착하기만 하다면 난 무척 만족할 걸세! 그녀와 내 포도원에 살고 또…."

사모일렌코는 갑자기 끊더니 말했다.

"그곳에서 그 늙은 마귀할멈에게 사모바르를 올려 놓게 하겠네."

라예프스키와 헤어지고 나서 그는 가로수 길을 따라 걷기 시작했다. 그가 육중하고 위풍당당하게 얼굴에 엄격한 표정을 지으면서 눈처럼 하얀 의사복을 입고 매우 훌륭하게 닦은 장화를 신고 리본에 달린 블라디미르 훈장*이 장

* 평화 시 관리들에게 주는 훈장으로 1, 2, 3, 4급이 있었다. 어느 급인지 확

식하고 있는 가슴을 앞으로 내밀고서 가로수 길을 걸어가고 있었을 때 그는 자신이 무척 마음에 들었고, 그에게는 온 세상이 만족스럽게 그를 바라보고 있는 것처럼 여겨졌다. 고개를 앞으로 향한 채 그는 양옆을 바라보고 가로수 길이 나무랄 데 없이 잘 정리되어 있고 어린 사이프러스 나무, 유칼리 나무들, 또 수분이 부족한 종려나무들이 매우 아름다우며, 시간이 흐르면 넓은 그늘을 주게 되리라는 것, 그리고 체르케스인*들이 정직하고 손님 접대를 잘 하는 사람들이라는 것을 깨달았다. '카프카즈가 라예프스키의 마음에 안 드는 것이 이상해,' 그는 생각했다. '정말 이상해.'

총을 든 다섯 명의 병사가 그와 마주치면서 경례를 하였다. 가로수 길의 오른편 인도를 따라 한 관리 부인이 중학생인 아들과 지나갔다.

"마랴 콘스탄티노브나, 안녕하세요?" 사모일렌코가 기

실하지 않으나 목에 매달았던 것 같다.

* 그루지아인이나 아프하즈인처럼 카프카즈인의 한 갈래이다. 흑해와 카스피해 사이에 있는 카프카즈 지방을 1865년에 러시아가 병합을 끝낸 후 이 지역 사람들은 터키로 이주하기도 하였다.

분 좋게 미소를 지으며 그녀에게 큰 소리로 말했다. “해수욕하러 가시지요? 하— 하— 하…. 니코딤 알렉산드리치에게 인사 여쭙니다!”

그리고 그는 계속 기분 좋게 미소 띠며 걷기 시작했다. 그러나 그를 향해 마주 오는 보건장교를 보더니 갑자기 얼굴을 찌푸리고 그를 멈춰 세우고 물었다

“병원에 누가 있나?”

“아무도 없습니다, 각하.”

“아? ”

“아무도 없습니다, 각하.”

“좋아, 가 보게….”

위풍당당하게 몸을 흔들면서 그는 자신을 그루지야 여자라고 내세우는 늙고 뚱뚱한 유대 여자가 판매대 뒤에 앉아 레몬수를 파는 편의점 쪽으로 향했고 마치 연대를 지휘하는 것처럼 큰 소리로 그녀에게 말했다.

“자, 여기 소다수 한 병 주시오!”

II

나데쥬다 표도로브나를 향한 라예프스키의 증오는 주로 그녀가 말하고 행하는 모든 것이 그에게 거짓이나 거짓과 비슷한 것으로 보였고 그가 읽었던 여자나 사랑을 적대시하는 모든 글들이 그와 나데쥬다 표도로브나 그리고 그녀의 남편에게 더할 수 없이 꼭 들어맞는 것으로 보이는 데 나타났다. 그가 집으로 돌아왔을 때 그녀는 이미 옷을 입고 머리를 빗고 창가에 앉아서 심각한 표정으로 커피를 마시며 두꺼운 잡지의 별책의 페이지를 넘기고 있었다. 커피를 마시는 것이 무슨 심각한 표정을 지을 만한 굉장한 사건이 아니라고, 또 그녀가 누구 마음에 들 사람도 없고, 또 아무 목적도 없이 공연히 유행 따라 머리를 빗느라고 시간을 허비한다고 그는 생각했다. 그는 잡지책 속에서도 거짓을 보았다. 그는 그녀가 아름답게 보이기 위해서 옷을 차려입고 머리를 빗고 현명하게 보이기 위해서 읽는다고 생각했다.

"저 오늘 해수욕하러 가도 괜찮아요?" 그녀가 물었다.

"무슨 상관인데? 가던지 말던지, 그 일로 뭐 지진이 일어나는 것도 아닐 텐데…."

"아니, 제가 묻는 이유는 의사가 화를 내지 않을까 해서요."

"그럼 묻는 것도 의사에게 하지, 나는 의사가 아니니까."

지금 라예프스키에게 특히 거슬린 점은 무엇보다도 나데쥬다 표도로브나의 하얀 드러난 목과 뒷덜미의 곱슬머리였다. 안나 카레니나가 남편을 싫어하게 되었을 때 무엇보다 먼저 그의 귀를 못마땅해 했다는 것이 기억났다. '정말 맞아! 어쩌나 잘 맞는지!' 맥이 빠지고 머릿속이 텅 빈 것을 느끼고 그는 자기 서재로 가서 소파에 누워 파리가 달려 들지 않도록 수건으로 얼굴을 덮었다. 내내 오직 하나에 대한 맥 빠지고 따분한 생각들이 늦가을 밤 궂은 날씨에 길을 가는 긴 마차 행렬처럼 그의 뇌 속에서 느릿느릿 지리하게 흐르고 있었고, 그는 비몽사몽의 억눌린 가사상태에 빠졌다. 그에게는 그가 나데쥬다 표도로브나와 그녀의 남편 앞에 죄를 지었으며 그녀의 남편은 그의 죄 때문에 죽은 것으로 보였다. 그에게는 그가 그 스스로가 망친 자신의 삶 앞에, 고상한 사상과 지식과 노동의 세계 앞에 죄를 지은 것처럼 보였는데 이 멋진 세계는 굶주린 터키인들과 게으른 카프카즈인들이 어슬렁거리는 이곳 해변이 아니라, 오페라, 극장, 신문 그리고 모든 종류의 지적 노동이 존재하는 그곳 북쪽에서만 가능하며 그곳에만 존재하는 세계였다. 이곳이 아니라 그곳에서만 명예롭고 지혜롭고 고상하며 순수할 수 있다. 그는 자신에게 이상과 삶을 주도하는 사상이 없다는 사실에 대해 자신을 책망했다, 비록 이제야 이 사실이 무엇을 의미하는가를 희미하게 이해함에도 불구하고. 이 년 전에 그가 나데쥬다 표도로브나를 사랑하게 되었을 때 그녀와 합치고, 그녀와 카프카즈로 떠나기만 하면 그는 삶의 저열함과 공허함에서 벗어날 수 있을 것이라고 생각했었다. 마찬가지로 지금 그는 나데쥬다 표도로브나를 버리고 페테르부르그로 떠나기만 하면 그에게 필요한 모든 것을 얻을 것이라고 확신하고 있었다.

"달아나야 해!" 앉아서 손톱을 물어뜯으며 그는 중얼거렸다. "달아나야 해!"

그의 상상은 그가 기선을 타고 아침 식사를 하며 찬 맥주를 마시며 갑판에서 여인들과 담소하다가, 세바스토폴*에서 기차를 타고 가는 그림을 그렸다. 반갑네, 자유여! 역들이 하나하나 지나가고 공기가 점점 차가워지고 무거워지더니 자 이제 자작나무와 전나무가 보이고, 오! 이제 쿠르스크, 모스크바···. 식당 뷔페에는 양배추 수프, 죽을 곁들인 양고기, 굴, 맥주, 한마디로 미개한 나라가 아니라 러시아, 진정한 러시아다. 기차에 탄 승객들은 무역에 대해서 새 가수에 대해서 프랑스와 러시아의 친교에 대해서 이야기하고, 모든 곳에서 생생하고 문화적이고 지적이며 활기찬 삶이 느껴진다···. 좀더 빨리, 좀더 빨리! 이제 드디어 네프스키 거리, 볼쇼야 모르스카야,** 이제 그가 언젠가 친구들과 함께 살던 코벤스키 골목, 그리고 사랑스러운 회색

---

* 크림 반도에 있는 큰 항구도시로 여기서부터 기차가 북쪽을 향한다.

** 해변 대로.

하늘, 부슬부슬 내리는 가랑비, 비에 젖은 거리마차의 마부들….

"이반 안드레이치님!" 옆방에서 누군가 부르는 소리가 들렸다. "댁에 계시나요?"

"나 여기 있네!" 라예프스키가 대답했다. "왜 그러나?"

"서류들입니다!"

라예프스키는 마지못해 일어나서 어지러움을 느끼며 하품을 하면서 슬리퍼를 질질 끌고 옆방으로 갔다. 그 방 열린 창문턱으로 그의 젊은 부하 직원 한 사람이 바깥 거리에서서 관청 서류들을 펼쳐 놓고 있었다.

"잠깐 기다리게, 여보게." 라예프스키는 부드럽게 말하고 잉크를 찾으러 갔다. 창문턱으로 돌아와서 그는 읽지도 않고 서류들에 서명하고 말했다. "덥구만!"

"그렇습죠. 오늘 나오실 건가요?"

"힘들 것 같아…. 몸이 좀 안 좋아. 여보게, 점심 식사 후에 들른다고 쉐슈코프스키에게 말 좀 해 주게."

관리는 갔다. 라예프스키는 다시 자기 방 소파에 누워서 생각하기 시작했다.

'그래, 모든 상황들을 잘 재어 보고 고려해야 해. 여기를 떠나기 전에 빚을 청산해야 해. 한 이천 루블 빚을 졌지. 돈이 수중에 없으니…. 물론 이건 중요하지 않아. 일부는 여기서 어떻게라도 좀 갚고, 일부는 페테르부르그에서 나중에 보내면 되지. 중요한 건 나데쥬다 표도로브나야…. 무엇보다도 우리 사이를 분명히 해야 해…. 그래.'

잠시 후 그는 생각했다. 사모일렌코에게 의논하러 가 볼까?

'갈 수 있지,' 그는 생각했다, '그러나 무슨 소용이야? 난 또 말도 안 되게 여자의 방과 여자들에 대해, 또 명예와 불명예에 대해 얘기하게 되겠지. 제기랄, 여기서 어서 빨리 내 생명을 구해야 하는 마당에, 이 저주받을 부자유 속에서 숨이 막히고 나를 죽이고 있는 마당에 무슨 명예와 불명예에 대한 얘기가 있을 수 있어?…. 정말이지 내 생활 같은 이런 생활을 계속하는 것이 비열하고 잔혹한 짓이라는 걸 마침내 깨달아야 해. 이것에 비하면 다른 것들은 모두 사소하고 아무것도 아니야. 달아나야 해!' 그는 일어나 앉으면서 중얼거렸다. "달아나야 해!"

인적 없는 해변, 강렬한 태양열, 그리고 영원히 한결같고 말이 없는, 영원히 쓸쓸한 희끄무레한 연보랏빛 산들의 단조로움, 이것들이 그를 우울하게 했고, 보아하니 이것들이 그를 잠들게 하고 그에게서 훔쳐냈던 것이다. 아마도 그는 총명하고 재능이 있으며 뛰어나게 성실했을지도 모른다. 아마도 사방에서 산과 바다가 그를 둘러싸고 있지만 않다면 그는 뛰어난 지방 유지, 국가적 인물, 연설가, 언론인, 순국자가 되었을지도 모른다. 누가 알랴! 그렇다면 예를 들어 음악가나 화가 같은 재능 있고 유익한 인물이 탈옥하기 위해 벽을 부수고 간수들을 속인다면 이것이 명예로운 일인가 아닌가를 따져 보는 것은 바보 같은 일이 아닌가! 그런 인간의 처지에서는 모든 일이 명예로운 것이다!

두 시에 라예프스키와 나데쥬다 표도로브나는 점심 식탁에 앉았다. 식모가 토마토를 넣은 쌀로 끓인 수프를 내왔을 때 라예프스키가 말했다.

"매일 똑같군. 왜 야채 수프를 끓이지 않는 거지?"

"양배추가 없어요."

"사모일렌코 네도 양배추 수프를 끓이고 마랴 콘스탄티노브나 네도 야채 수프를 끓이는데 왜 나만 매일 웬일로 이 들쩍지근한 엉터리를 먹어야 하지. 그래서는 안 되지, 여보."

대다수의 부부가 그렇듯이 예전에는 라예프스키와 나데쥬다 표도로브나는 거의 매번 식사 때마다 신경을 곤두세우며 짜증을 내고 변덕을 부리며 옥신각신 다투었다. 그러나 라예프스키가 이제 더 이상 사랑하지 않는다고 결정한 다음부터 그는 모든 일에서 나데쥬다 표도로브나에게 양보했으며, 그녀에게 부드럽고 정중하게 말하였고, 미소를 지었고, 그녀를 여보라고 불렀다.

"이 수프는 맛이 라크리츠* 같군." 미소를 지으며 그가 말했다. 그는 친절하게 보이게 자신을 억제하려고 애썼으나 참지 못하고 말했다. "우리 집에서는 아무도 가사를 돌보지 않지…. 당신이 그렇게 아프거나 책만 들여다보면 그

* 맛이 들쩍지근하고 희한한 질경질경 씹어 먹는 어린이용 과자.

래 내가 우리 부엌일을 해 볼까…."

예전 같으면 그녀는 그에게 '그래 해 봐요' 또는 '당신은 이제 보니 나를 부엌하녀로 만들고 싶어 하네요'라고 대답했을 것이다. 그러나 지금은 그저 부끄러이 그를 쳐다보며 얼굴을 붉혔다.

"그래 당신 오늘 기분은 어때?" 그가 정답게 물었다.

"오늘 괜찮아요. 그냥 약간 힘이 없네요."

"몸 조심해, 여보.나 당신 때문에 끔찍하게 걱정돼."

나데쥬다 표도로브나는 무슨 병을 앓고 있었다. 사모일렌코는 그녀가 말라리아 발작 열이 있다고 말하며 그녀에게 키니네를 주었다. 그러나 다른 의사, 키가 크고 마른 편이며 사람을 싫어하고 낮에는 집에 앉아 있다가 저녁마다 뒷짐을 지고 지팡이를 등에 대고 조용히 해변가를 산책하는 우스티모비치는 그녀에게 부인병이 있는 것을 찾아내었고 뜨거운 찜질을 처방하였다. 전에 라예프스키가 그녀를 사랑했을 때 나데쥬다 표도로브나의 병은 그에게 동정과 공포를 불러일으켰지만 지금은 병에서도 거짓을 보았다. 발작 열 이후 나데쥬다 표도로브나에게 나타나는 누런 졸린 얼굴도, 기운 없는 시선과 하품도, 발열하는 동안 담요를 덮고 누워 있는, 여자라기보다는 소년 같은 모습도, 그리고 그녀의 방이 답답하고 좋지 않은 냄새가 나는 것도—이 모든 것들이 그의 의견에 의하면 환상을 깨뜨렸고 사랑과 결혼에 대적하는 저항이었다.

두 번째 요리로 그에게는 시금치와 삶은 달걀을, 환자인 나데쥬다 표도로브나에게는 죽과 우유를 가져다주었다. 그녀가 근심 어린 표정으로 우선 죽을 숟가락으로 건드리고 나서 우유를 마셔 가며 죽을 내키지 않게 먹었는데, 그녀가 꿀꺽꿀꺽 삼키는 소리를 냈을 때 정말로 강한 혐오감이 그를 휩싸서 머리가 근질거릴 지경이었다. 그는 개와의 관계에서도 이런 감정을 느낀다는 것은 모욕적일 것이라는 걸 인정했으나, 자기 자신에게 화가 나기보다는 그에게 이런 감정을 일으키게 한 나데쥬다 표도로브나에게 화가 치밀었고, 그는 왜 종종 사랑하는 남자들이 그의 애인을 살해하는가를 알 것 같았다. 물론 아마 그 자신이 죽이지는 않겠지만 그에게 지금 배심원이 되라고 한다면 그는 그 살인자를 옹호할 것이다.

"메르시, 여보." 그는 식사가 끝나고 나데쥬다 표도로브나의 이마에 키스를 했다.

자기 서재로 돌아와 그는 한 오 분쯤 이 구석 저 구석으로 왔다 갔다 하면서 곁눈질로 장화를 보면서 소파에 앉아서 중얼거렸다.

"달아나야 해, 달아나야 해! 관계를 분명히 하고 달아나야 해!"

그는 소파에 누워서 다시 나데쥬다 표도로브나의 남편이 아마도 자기 탓으로 죽었다는 생각을 했다. '사랑했다가 싫증나는 것을 탓할 수는 없어. 그건 바보 짓이야.' 그는 누워서 장화를 신으려고 다리를 뻗치면서 자신을 설득했다. '사랑하고 증오하는 것은 우리 힘으로 어쩔 수 있는 일이 아니지. 남편의 경우, 아마도 내가 간접적으로 그의 죽음의 원인 중 하나였을 수 있지, 그러나 내가 그의 아내를 사랑하고 그녀가 날 사랑한 것도 내 책임인가?'

그러고 나서 그는 일어나 제모를 찾아서 쓰고 그의 동료인 쉐슈코프스키의 집으로 향했다. 그의 집에서는 매일 관리들이 모여 카드게임을 하고 차가운 맥주를 마셨다.

'내 망설임은 햄릿을 기억나게 하는군.'* 가는 도중에 라예프스키는 생각했다. '셰익스피어는 정말 정확하게 맞췄어, 아 얼마나 정확한지!'

III

따분하지 않으려고 그리고 도시에 여관이 없어서 식사를 사 먹을 수 없는 새로 온 사람들과 독신들에게 절실히 필요한 것을 감안하여 의사 사모일렌코는 자기 집에서 정식 비슷한 메뉴를 제공하고 있었다. 정해진 시각에 두 사람만을 위해 식탁이 차려졌다. 한 사람은 해파리의 발생학을 연구

---

* 셰익스피어의 《햄릿》의 3막 1장에 나오는 유명한 햄릿의 독백 중에서, "양심 때문에 우리들 모두는/비겁자가 되어 버리고, 그럼에 따라/결심의 붉은 빛은 창백한 생각으로/병들어 버리고, 천하의 웅대한 계획도/흐름이 끊기면서 행동이란 이름을 잃어버린다"(최종철 역)를 연상시킨다.

하기 위하여 여름에 흑해로 온 젊은 동물학자 폰 코렌이고 다른 사람은 얼마 전에 신학교를 졸업한, 요양차 떠난 노사제의 업무를 대행하도록 이 도시로 파견 명령을 받은 포베도프 보제였다. 둘은 점심과 저녁을 먹고 한 달에 12루블을 냈고, 사모일렌코는 그들이 두 시경에 정확히 점심을 먹으러 오겠다는 약속을 받았다.

으레 폰 코렌이 먼저 도착했다. 그는 말없이 객실에 앉아서 책상에서 앨범을 가져다가 폭이 넓은 바지를 입고 실린더 모자를 쓴 어떤 모르는 남자들과 둥근 철사로 넓게 부풀린 스커트에 두건*을 쓴 숙녀들의 희미한 사진들을 주의 깊게 관찰하기 시작했다. 사모일렌코는 겨우 몇 명만 성을 기억했으며 그가 잊은 사람들에 대해서는 한숨 쉬며 "매우 똑똑하고 훌륭한 사람!"이라고 말했다. 앨범을 다 보고 폰 코렌은 선반장에서 권총을 가져다가 왼눈을 찡그리며 오랫동안 보론초프 공작**의 초상화를 겨냥하거나 거울 앞

* 챙 없는 숙녀모.

** 미하일 세묘노비치 보론초프(1772-1856). 러시아의 카프카즈 정복에 지

에 서서 자신의 거므스레한 얼굴과 커다란 이마, 흑인들처럼 검고 곱슬곱슬한 머리카락, 페르시아 양탄자와 비슷한 어두운 사라사로 만든 커다란 꽃무늬가 그려진 셔츠, 조끼 대신 두른 넓은 가죽 벨트를 살펴보았다. 자기 자신을 관찰하는 것은 사진들이나 값비싼 테를 두른 권총을 관찰하는 것 못지않게 그에게 만족감을 가져다주었다. 그는 자신의 얼굴도 멋지게 면도한 턱수염도 그의 좋은 건강과 강한 체질을 증명하는 넓은 어깨도 다 매우 만족스러웠다. 또한 셔츠 색에 맞춘 넥타이에서부터 노란 단화에 이르기까지 자신의 멋쟁이 차림새도 마음에 들었다.

그가 앨범을 들여다보고 거울 앞에 서 있는 동안 부엌과 부엌 부근의 복도에서는 사모일렌코가 윗도리도 조끼도 벗고 가슴을 드러낸 채 흥분해서 땀으로 흠뻑 젖어 탁자들 가까이에서 샐러드나 무슨 소스, 또는 잡탕 수프에 넣을 고기, 오이, 양파를 준비하면서 분주하게 왔다 갔다 하며 그를 돕는 졸병에게 화를 내며 두 눈을 부라리고 그를 향해

대한 역할을 했던 장군. 1844-1853년까지 카프카즈의 통치자.

때로는 칼을 때로는 숟갈을 흔들어 대었다.

"식초를 가져와!" 그가 명령했다. "그건 식초가 아니라 프로방스 기름*이야!" 그가 발을 구르며 소리쳤다. "도대체 어딜 가냐, 이 짐승아?"

"버터를 가지러 갑니다, 각하." 겁을 집어 먹은 졸병이 갈라진 테너 소리로 말했다.

"서둘러! 버터는 찬장에 있어! 다랴에게 오이절임 병에 회향초를 더 넣으라고 말해! 회향초! 이 얼간아, 신크림을 덮어라, 파리가 달려들라!" 그의 고함소리로 집 전체가 울리는 것 같았다. 두 시까지 10분 또는 15분이 남았을 때 22세가량의 마른 편에 긴 머리에 턱수염은 없고 콧수염이 겨우 보이는 젊은 보제가 도착했다. 객실로 들어오면서 그는 성상화에 성호를 긋고 미소를 지으며 폰 코렌에게 손을 내밀었다.

"안녕하시오?" 동물학자가 차갑게 말했다. "어디서 오는 길이오?"

---

* 올리브유를 말함.

"부두에서 송어를 잡았지요."

"그러시겠지…, 물론. 보아하니 보제는 한 번도 일이라곤 할 것 같지 않소."

"왜요? 일은 곰이 아니에요. 산으로 가야 하는 게 아니에요." 보제는 웃으면서 손을 하얀 사제복의 깊은 주머니 속으로 넣으며 말했다.

"당신을 매질할 사람은 없소!" 동물학자가 한숨 쉬었다.

또 15에서 20분이 지났으나 식사하라고 부르지 않았고 여전히 졸병이 복도에서 부엌으로 그리고 다시 반대로 이리 뛰고 저리 뛰고 하며 장화 소리를 냈고, 사모일렌코가 고함치는 소리가 들렸다.

"식탁으로 갖다놔, 어디로 손을 뻗쳐? 우선 손을 씻어라!"

배가 고파진 보제와 폰 코렌은 극장의 꼭대기 층에 있는 관객들이 참을 수 없음을 나타낼 때 하는 것처럼 구두 뒷축을 바닥에 울림으로서 참을 수 없음을 표현하였다. 마침내 문이 열리고 지친 졸병이 알린다. "식사 준비가 되었습니다." 식당에서 그들을 맞이한 사람은 붉어진 얼굴에 부엌의 김을 뿜는 성난 사모일렌코였다. 그는 그들을 노려보고 나서, 두려운 표정을 지으며 수프 냄비의 뚜껑을 열어 둘의 접시에 수프를 떠 준 다음, 둘이 맛있게 먹고 요리가 그들 마음에 든다는 것을 확신했을 때야 비로소 가볍게 한숨을 쉬며 자기의 깊은 안락의자에 앉았다. 그의 얼굴은 나른해졌고 기름기가 돌았다…. 그는 천천히 보드카를 한 잔 따르고 말했다.

"젊은 세대의 건강을 위하여!"

라예프스키와 이야기한 후에 사모일렌코는 아침부터 점심때까지 썩 기분이 좋았음에도 불구하고 내내 영혼 깊은 곳에서 어떤 무거움을 느끼고 있었다. 라예프스키가 안됐으며 그를 돕고 싶었다. 수프를 먹기 전에 보드카를 한 잔 다 마시고 그는 한숨을 쉬고 말했다.

"오늘 바냐 라예프스키를 봤네. 사는 게 어려워. 경제적인 면도 형편없고 중요한 건 심리적 문제가 더 크다는 거네. 젊은 사람이 안됐어."

"누가 안됐다고!" 폰 코렌이 말했다. "그 사랑스런 남자가 빠져 죽는다면 나는 막대기로 더 밀어줄 걸세. 빠져라, 친구, 빠져 죽어….”

“거짓말. 자네는 그렇게 하지 않을 걸세.”

“왜 그렇게 생각하나?” 동물학자가 어깨를 으쓱 들었다 놓았다. “나도 자네와 마찬가지로 좋은 일을 할 수 있네.”

“사람을 물에 빠뜨려 죽이는 것이 좋은 일인가요?” 보제가 묻고 나서 웃음을 터트렸다.

“라예프스키를 말이오? 그렇소.”

“잡탕 수프 안에 뭔가 모자라는 것 같아….” 화제를 바꾸고 싶어서 사모일렌코가 말했다.

“라예프스키는 무조건 해롭고 콜레라균처럼 사회에 위험하네.” 폰 코렌이 계속했다. “그를 익사시키는 것은 업적일 거네.”

“자기에게 가까운 사람에 대해 그런 말을 하는 것은 명예롭지 못하네. 말해 보게, 자네는 왜 그렇게 그를 미워하나?”

“의사, 쓸데없는 소리 말게. 균을 미워하고 경멸하는 것은 바보 같네. 그러나 만나는 온갖 사람들을 구별 없이 모두 자기 친지라고 여기는 거, 이거에 나 머리 숙여 감사드리긴 하지만, 이건 판단을 안 하는 거네, 공정한 대인관계를 거부하는 거네. 한마디로 말하면 손을 씻겠다는 이야기지. 나는 자네의 라예프스키를 파렴치한이라고 생각하네. 그리고 이걸 감추지 않고 그를 파렴치한으로 대하네. 내 모든 양심으로 말이네. 자, 그런데 자네는 그를 자기의 친지로 여기네. 그 얘기는 자네가 나나 보제를 대하듯 그를 대한단 말이네. 즉 아무 관계도 아니라는 거지. 자네는 모두에게 똑같이 무관심한 거네."

"사람을 파렴치한이라고 부르다니!" 사모일렌코가 싫어서 찡그리며 중얼거렸다. "자네에게 이루 말할 수 없이 기분 나쁘네!"

"사람의 행동을 보고 그 사람을 판단하는 법이지." 폰 코렌이 계속했다. 이제 보제가 한번 판단해 보시오…. 보제…, 나는 당신과 이야기하겠소. 라예프스키 씨의 활동이 당신 앞에 긴 중국 두루마리처럼 펼쳐져 있으니 당신도 그걸 처음부터 끝까지 다 읽을 수 있소. 그는 여기서 이 년 동안 살면서 무엇을 했소? 손가락으로 꼽아 봅시다. 첫째, 그는 도시 주민들에게 빈트 게임*을 가르쳤소. 이 년 전에 이 게임은 이곳에 전혀 알려지지 않았었소, 그런데 지금은 모두들, 심지어 여자들과 미성년들까지 아침부터 밤늦게까지 빈트 게임을 하오. 둘째, 그는 주민들에게 맥주 마시는 것을 가르쳤소. 이 역시 이곳에서는 모르던 것이었소. 또 주민들은 그에게 여러 가지 보드카에 대한 지식을 빚지고 있소. 그래 지금 모두들 눈을 가리고도 이제 보드카 코셀레프와 보드카 스미르노프 21번을 구별할 수 있게 되었소. 셋째, 예전에 여기서 남의 아내와는 내놓지 않고 몰래 살았소. 도둑들이 몰래 도둑질을 한다는 원칙에 따라 하듯 말이오. 간통은 공공연히 내보이는 걸 부끄러워해야 하는 그런 일로 여겨졌었소. 라예프스키는 이 방면에서 개척자요. 그는 다른 사람의 아내와 내놓고 살고 있소. 넷째…."

폰 코렌은 빨리 잡탕 수프를 다 먹고 졸병에게 접시를 내주었다.

* 네 명이 하는 카드게임의 일종.

"난 우리가 사귄 첫 달에 이미 그를 다 파악했소."

그는 보제를 향하여 계속 말했다. "우리는 동시에 이곳으로 왔소. 그런 유의 사람은 우정, 친교, 연대 등등 그런 비슷한 것을 좋아하지, 왜냐하면 그들에게는 게임을 하거나 술을 마시거나 안주를 먹거나 항상 동행이 필요하기 때문이오. 게다가 그들은 수다떨기를 좋아하니 들어줄 사람이 필요한 거지요. 우리는 친구가 되었소. 즉 그가 매일 우리 집에 하는 일 없이 와서 내가 일하는 걸 방해하고 자기 동거녀에 대해 털어 놓고 말했소. 처음에는 그의 구역질이 날만큼 각별한 허위성이 나를 놀라게 했소. 친구로서 나는 그에게 잔소리를 좀 했소. 왜 그렇게 많이 마시냐, 왜 수입에 맞게 살지 않고 빚을 지느냐, 왜 아무 일도 안 하고 읽지도 않느냐? 왜 그렇게 무식하고 아는 게 거의 없냐고 하면 그는 내 모든 질문에 대해 쓰디쓰게 웃으면서 한숨을 쉬고는 '나는 실패자, 잉여인간이네'* 아니면 '뭘 바라나, 형씨,

---

* 러시아 지성인의 한 유형으로서 특권 계급이고 교육도 많이 받았고 깊이 생각하고 예민하게 느끼는 사람이지만 사회에서 설 자리가 없어 일을 하

농노제의 잔재인 우리에게서?' 아니면 '우리는 퇴화하고 있네…'라고 말하거나 오네긴, 페초린, 바이런의 카인, 바자로프에 대한 장황한 난센스를 늘어놓으며 '이들이 바로 육체적으로나 정신적으로 우리의 아버지일세'라고 말했소. 그러니 관청의 서류뭉치들이 몇 주일씩 뜯어지지도 않은 채 그대로 놓여 있는 것이 그의 책임이 아니라 오네긴이나 페초린이나 실패자와 잉여인간을 생각해 낸 투르게네프의 책임이라는 것을 알아 달라는 말씀이라오. 극심한 방종과 추악함의 원인은, 알다시피, 자기 자신 속에 있는 것이 아니라, 어딘가 바깥에, 허공 속에 있다는 거요. 그리고 더욱이—장난의 명수요!—그 혼자만 방탕하고 위선적이고 혐오스러운 것이 아니라, 우리들은…, '우리는 80년대 사람들', '노예제의 유약하고 신경질적인 퇴물들', '우리들은 문화에 의해 왜곡되었다'는 거요…. 한마디로 말하면 우리들은 라예프스키 같은 위대한 인물은 타락했어도 위대하다는 걸 알아야 한다는 말씀. 그의 방종과 무지와 음

지 못하고 다른 사람들과 융화하지 못한다.

탕이 필연적인 자연적—역사적 현상이고 여기에는 세계적, 원초적 원인들이 있다는 거요. 시대와 사조와 유전遺傳 등등의 숙명적인 희생자인 라예프스키 앞에 등을 달아야 한다는 거지요. 모든 관리들과 숙녀들이 그의 말을 듣고 오! 아! 감탄했지만 나는 그의 정체가 무엇인지, 냉소가인지, 마주르카 명수인지 알 수가 없었소. 그와 같은 놈들은 보기에 지적이고 약간 교육을 받았고 자기 자신의 고상함에 대해 말을 많이 하고 극히 복잡한 성격들로서 자신을 가장하는 능력이 있으니."

"입 다물게!" 사모일렌코가 벌컥 성을 냈다. "내 앞에서 고결한 사람에 대해 말도 안 되는 소리를 늘어놓는 걸 허락하지 않겠네."

"말을 막지 말게, 알렉산드르 다비듸치," 폰 코렌이 차갑게 말했다. "이제 끝내겠네. 라예프스키는 상당히 단순한 유기체요. 이것이 그의 도덕적 골격이지요. 아침에 슬리퍼를 끌고 해수욕을 하고 커피를 마시고, 그러고 나서 점심 식사 때까지 슬리퍼, 산책, 담소, 두 시, 슬리퍼, 식사,

포도주, 다섯 시, 해수욕, 차, 포도주, 그리고 빈트 게임과 속임수, 열 시, 저녁과 포도주, 그러고 나서 한밤이 되면 잠과 팜.[*] 그의 실존은 껍질 속의 달걀처럼 이 답답한 프로그램 속에 다 들어 있소. 그가 걷거나 앉거나 화를 내거나 쓰거나 기뻐하거나—모든 것이 포도주와 카드와 슬리퍼와 여자에게로 귀결되오. 여자는 그의 삶에서 숙명적이고 압도적인 역할을 하오. 그 스스로가 풀기를 13세 때 이미 사랑에 빠졌고 대학 일학년때 그에게 유익한 영향을 끼친 여자와 같이 살았는데 음악교육도 그녀에게 받은 거라오. 이학년 때 그는 창녀집에서 창녀를 돈을 주고 사 와서 자기와 동등한 신분으로 이끌어 올렸소, 즉 동거녀로 삼았다는 얘기요. 그녀는 그와 반년을 살고 다시 포주에게로 도망쳤소. 그녀의 도주는 그에게 적지 않은 정신적 고통을 불러일으켰소. 아, 슬프도다, 그는 대학을 떠나 집에서 하는 일 없이 이 년을 살아야 할 만큼 그렇게 괴로워했으니. 집에서 그는 한 과부를 만났는데 그녀가 그에게 법하부를 그만두

* 프랑스 말로 여자라는 뜻.

고 인문학부에 들어가라고 조언했다 하오. 그는 그래서 그렇게 했소. 학부를 마치고 그는 지금의 그 여자를 정열적으로 사랑하게 되었소…, 그 뭐라지…, 그 결혼한 여자 말이오, 그래서 그 여자와 이리로 카프카즈로 함께 와야 했던 것이오, 무슨 이상들을 찾아서 말이오…. 머지않아 그는 그녀가 싫어질 것이고 다시 페테르부르그로 달아날 거요. 그리고 역시 이상들을 찾아서 말이오."

"자네가 어떻게 아나?" 사모일렌코가 화가 나서 동물학자를 쳐다보며 중얼거렸다. "먹기나 하게." 폴란드식 소스와 함께 삶은 숭어가 나왔다. 사모일렌코는 두 사람에게 숭어 한 마리씩 담아 주고 직접 소스를 부었다. 한 이 분쯤 침묵이 흘렀다.

"여자란 모든 사람의 삶에 중요한 역할을 하지요." 보제가 말했다. "어쩔 수 없어요."

"그렇소, 그러나 그게 어떤 정도요? 우리 모두에게는 어머니, 누이, 아내, 친구로서 여자가 있지만, 라예프스키에게는 여자란 모든 것인데 그것도 오직 정부만 그렇소. 그녀는, 즉 그녀와의 동거는 행복이자 그의 삶의 목표요. 쾌활하고 우울하고 권태로워하고 실망하는 것이 다 여자 때문이오. 삶이 황폐하면 여자 책임이오. 새로운 삶의 아침노을이 불타고 이상들이 발견되었으면 여기서도 역시 원인이 여자요…. 여자가 등장하는 평론이나 그림들만이 그를 만족시키오. 그의 견해에 따르면 우리 시대는 나쁜데, 40년대나 60년대보다 더 나쁜 것은 단지 우리가 자신을 잊을 만큼 사랑의 엑스터시나 열정에 헌신할 수 없기 때문이라는 거요. 이런 달콤한 열정가들의 뇌 속에는 육종 비슷한 특수한 혹이 있는 게 틀림없소. 그 혹이 뇌를 눌러서 심리 전체를 움직이는 거요. 사람들과 함께 있는 라예프스키를 관찰해 봐요. 무슨 보편적인 문제, 예를 들어 세포나 본능에 관한 문제가 나오면 그는 관심을 보이지 않고 침묵하고 듣지도 않소. 그의 표정은 나른하고 실망스런 모습이오. 그에게는 아무것도 흥미롭지 않소. 모든 것이 시시하고 무가치하지요. 그러나 암컷 수컷에 대한 이야기, 예를 들어 거미에게 있어서는 암거미가 수태한 후에는 수거미를 잡아먹는다는 이야기가 나오자마자 그의 두 눈은 호기심으로 불이 붙고 얼굴은 환해지며 사람이 생기가 나요, 한마디로 말하면, 그의 모든 생각은 고상하고 숭고하거나 평범한 것이거나 막론하고 항상 공통적인 결과라는 한결같은 관점을 가지고 있소. 그와 길을 가다가 예를 들어 당나귀와 마주친다고 쳐요…. 그는 물을 거요, '자 말 좀 해 주게, 만약 암당나귀가 낙타와 일이 나면 무엇이 나오나?' 아 꿈들! 그가 당신에게 꿈 이야기를 했나요? 이건 정말 굉장하지! 사람들이 그를 달과 결혼시키는 꿈을 꾸고, 어떤 때는 경찰서에서 그를 소환해서 기타와 함께 살라고 명령하는 꿈을 꾸고…."

보제는 소리 높이 웃어 댔다. 사모일렌코는 웃음을 터트리지 않으려고 어두운 표정을 지으며 성난 듯 얼굴을 찌푸렸으나 참지 못하고 웃고 말았다.

"내내 거짓말만 꾸며 대는군." 그는 눈물을 훔치며 말했다. "에이, 에이, 다 거짓말이야!"

IV

보제는 매우 잘 웃는 사람이었고 모든 하찮은 일 하나하나에 옆구리가 쑤실 정도로, 쓰러질 정도로 웃어 댔다. 그가 사람들과 함께하는 것은 단지 그들에게 우스운 면들이 있고 그들에게 우스꽝스러운 별명을 붙여 줄 수 있기 때문인 것처럼 보였다. 그는 사모일렌코를 땅거미라고 별명 붙였고 그의 졸병을 수물오리라고 불렀으며 언젠가 폰 코렌이 라예프스키와 나데쥬다 표도로브나를 마카카 원숭이들이라고 불렀을 때 열광했다. 그는 탐욕스럽게 사람들의 얼굴을 들여다보았으며 꼼짝 않고 귀를 기울였는데 그의 두 눈은 웃음을 가득 머금고 있었으며 얼굴은 언제 웃음을 터트려 데굴데굴 구를까를 기대하며 긴장하는 표정이었다.

"그는 타락하고 비틀어진 자요," 동물학자가 계속 했고 보제는 우스운 말을 기대하며 그의 얼굴을 빤히 바라보았다. "그런 시시한 물건을 만날 수 있는 데도 거의 없소, 육체적으론 시들었고 허약하고 늙었고. 지적으로는 삼키고 마시고 깃털 위에 잠자고 자기 마부를 정부로 삼는 뚱뚱한 장사꾼 여자와 전혀 다를 바 없고."

보제는 다시 웃어 대기 시작했다.

"웃지 말아요, 보제," 폰 코렌이 말했다. "이건 결국 바보짓이오. 내가 그의 몰가치성에 대해 신경 쓰지 말아야 하는데." 보제가 웃음을 멈추기를 기다려 그가 계속했다. "그가 그렇게까지 유해하고 위험하지 않다면 그냥 지나칠 텐데. 그의 유해성은, 첫째, 그가 여자들 가운데 성공을 누리고 있으며 그래서 후손을 가질 위험을 가진다는 것에, 다시 말하면 그가 그 자신과 똑같은 허약하고 퇴화한 한 다스의 라예프스키들을 세상에 선사하게 된다는 것에 있소. 둘째, 그는 매우 높은 정도의 전염성을 지니고 있소. 이미 빈트 게임과 맥주에 대해서는 말했고. 한 일이 년 지나면 그는 카프카즈 해변 전체를 정복할 거요. 군중이, 특히 중산층이 지식과 대학 교육, 우아한 몸차림과 언어의 문학성을 얼마나 맹신하는지 알고 계신지. 그가 어떤 추한 행동을 하든 모두들 좋다고, 그래야 한다고 믿소. 그 이유는 그가 지식인이고 자유주의자고 대학 교육을 받은 사람이라는 거지요. 게다가 그는 패배자이고, 잉여인간이고, 신경쇠약 환자이고, 시대의 희생자이니, 따라서 그에게는 모든 것이 허용된다는 거지요. 그는 사랑스런 젊은이이고, 진정성이 있는 사람이고, 진심으로 인간적인 약점들에 관대하며, 말을 잘 들어 주고, 나긋나긋하고 친해지기 쉽고, 잘난 척 안 하고, 좋은 술친구도 되고, 같이 음담패설도 좀 하고 뒤에서 남의 흉도 좀 보고 할 수 있는 사람이라는 거지요. 대중은 종교나 도덕에서 항상 신인동형설神人同形說로 경도하기 때문에 자신들과 동일한 약점들을 가지고 있는 그런 작은 신들을 무엇보다도 사랑하는 법이지요. 그러니 그가 전염시킬 수 있는 활동무대가 얼마나 넓은지 스스로 판단해 보시오! 게다가 그는 괜찮은 배우이고 기민한 위선자에다 요령도 있다오. 그의 간계나 사기들을, 예를 들어 문명에 대한 그의 견해 하나만이라도 잠깐 살펴봅시다. 그는 문명 냄새도 못 맡았으면서 '아, 문명에 의해 우리가 얼마나 기형이 되었는가! 아, 나, 얼마나 이 원시인들, 문명을 모르는 이 자연의 아들들을 부러워하는지!'라고 하지. 그 얘기는, 알겠소? 그가 언젠가 지나간 시절에 온 마음을 다 바쳐 문명에 헌신했고 봉사했고 완전히 문명을 이해했는데 문명이 그를 지치게 하고 실망시키고 기만했다는 사실을 알아줘야 한다는 말이오. 알겠소? 그가 파우스트고, 제2의 톨스토이라는 거지요…. 쇼펜하우어나 스펜서를 애 취급하며 '자, 어떤가, 스펜서군?' 하듯 아버지처럼 그들의 어깨를 툭툭 쳐 대오. 물론 그는 스펜서를 읽어 본 적이 없지만* 태평스레 가벼운 아이러니조로 자기 귀부인에 대해 '그녀는 스펜서를 읽었다네!' 하고 사랑스레 잘도 말하오. 그러면 모두들 그의 말을 경청하고 이 사기꾼이 스펜서에 대해서 이런 투로 말할 권리가 없을 뿐만 아니라 스펜서의 발바닥에조차 키스할 권리가 없다는 사실을 아무도

---

* 파우스트는 괴테의 《파우스트》의 주인공으로 스탈 부인(1766-1817) 이 《독일론》(1813)에서 언급하여 러시아에 소개된 이후 그는 무엇에나 곧 권태를 느끼며 끝없이 추구하는 인물로 받아들여졌다. 스펜서는 앞에서 말했고, 쇼펜하우어(1788-1860)는 독일의 철학가로 그의 작품들은 1860년 전후 러시아에 알려져 세기말에 큰 영향을 끼쳤다.

이해하고 싶어하지 않소! 오직 자기애가 몹시 강한 저열하고 혐오스런 동물만이 오직 자기의 허약함과 도덕적 빈곤을 변명하고 은폐할 목적만으로 주위로 온통 흙덩어리를 튀기며 문명과, 여러 가지 권위와, 타인의 제단의 밑을 파헤치고 조롱조로 그들에게 윙크할 수 있소."

"콜랴, 자네가 그에게서 뭘 원하는지 모르네만…." 사모일렌코는 이미 성을 내는 것이 아니라 죄를 지은 듯 동물학자를 바라보며 말했다.

"그도 우리와 똑같은 인간이네. 약점이 없는 건 아니지. 허나 그는 현대적 사상의 수준에 서 있고, 조국에 복무하며 유익한 일을 하네. 십 년 전에 이곳에서 한 나이 먹은 군무관이 일했네. 아주 똑똑한 사람이었네…. 그가 말했네…."

"됐네, 그만두게!" 동물학자가 말을 막았다. "자네는 그가 복무한다고 말하지만 허나 그가 어떻게 복무하나? 그가 여기 나타나서 질서가 더 좋아졌고 관리들이 더 성실하고 정직하고 예의 바르게 되었나? 그 반대네, 지성인이고 대학 교육을 받은 인간이라는 권위로써 관리들의 부패를

재가해 주었을 뿐이네. 그가 직무에 충실한 날은 월급날인 20일 하루뿐이고, 나머지 날들에는 집에서 슬리퍼를 끌고 돌아다니며 마치 그가 카프카즈에 사는 것이 러시아 정부에게 큰 은총을 베푸는 것이라는 표정을 짓느라 하는 것뿐이네. 아니, 알렉산드르 다비디치, 그를 옹호하지 말게. 자네에겐 전혀 진정이 없네. 만약 자네가 진정으로 그를 사랑하고 가까운 사람으로 여긴다면 자네는 무엇보다도 먼저 그의 약점에 무관심하면 안 될 거고 그에게 관대해도 안 될 거네, 바로 그의 이익을 위해서 그를 무해화시켜야 할 거네."

"무슨 뜻인가?"

"무해화하는 거지. 그는 구제불능이니 그를 무해화하려면 단 한 가지 방법…,"

폰 코렌은 손가락으로 자기 목 부근을 베었다.

"아니면 물에 빠뜨려 죽이는 건 어떨까…." 그는 덧붙였다. "인류의 이익을 위해서나 그들 자신의 이익을 위해서 그런 사람들은 제거되어야 하네. 꼭 그래야 하네."

"자네 그게 무슨 소린가?" 사모일렌코는 몸을 위로 일으키고 동물학자의 침착하고도 냉정한 얼굴을 놀라서 바라보면서 중얼거렸다. "보제, 그가 무슨 말을 하고 있는 건가? 그리고 자네 제정신인가?"

"사형을 고집하는 건 아니네."* 폰 코렌이 말했다. "사형이 해롭다는 것이 증명되었다면 다른 걸 아무거나 생각해내게. 라예프스키를 없애 버리는 게 안 된다면, 그를 고립시키고 인권을 박탈하던가 공공근로로 보내던가…."

"아니, 무슨 소린가?" 사모일렌코는 경악했다. 그는 보제가 다진 고기를 채운 호박들을 후추도 치지 않고 먹고 있는 것을 보자, "후추 쳐서, 후추 쳐서!" 하고 절망적인 목소리로 외쳤다. "아주 똑똑한 사람인 자네가 무슨 말을 하는 건가? 자존심 강한 지성인인 우리의 친구를 공공근로로 보내라니!"

---

* 당시 유럽에서는 속속 사형제도가 폐지되고 있었다. 루마니아(1864), 포르투갈(1867), 네덜란드(1870), 이탈리아(1889). 러시아에서도 1880년 전후하여 사형제도의 폐지가 논의되었고, 지식인 계층은 사형제도를 폐지하는 것을 원했다.

"자존심이 강해서 안 가겠다면 수갑을 채워야지!" 사모일렌코는 이제 더 이상 한마디 말도 할 수 없었고 손가락들만 꿈지럭거리고 있을 뿐이었다. 보제는 그의 망연자실한, 정말로 우스꽝스런 얼굴을 보고 큰 소리로 웃기 시작했다.

"이 이야기는 그만 하세." 동물학자가 말했다. "다만 한 가지만 기억하게, 알렉산드르 다비드치. 원시인들은 생존경쟁과 도태를 통하여 라예프스키 같은 자들로부터 보호되었네. 그러나 오늘날에는, 우리 문화가 생존경쟁이나 도태를 현저하게 약화시켜서 허약하고 쓸모없는 자들의 말살에 대해 우리들 스스로가 염려해야 하네, 그렇지 않으면, 라예프스키들이 불어나면 문명은 파멸하고, 인류는 완전히 퇴화하게 될 거네. 그건 우리 책임이 될 거네."

"사람을 물에 빠뜨리거나 목매달아야 한다면 자네가 말하는 문명도 인류도 귀신에게나 가라 하게! 귀신에게 말이네! 자네에게 말하고 싶은 건 자네가 매우 학식이 높고 아주 똑똑한 사람이고 조국의 자존심이지만 독일인들이 자네를 망쳤다는 거네. 그래, 독일인들! 독일인들!"

사모일렌코는 전에 그가 의학을 배운 데르프트를 떠난 이래 거의 독일인들을 만난 일이 없고, 독일 책을 한 권도 읽은 적이 없었지만 그의 견해에 따르면 정치 및 학문에서 모든 해악은 독일인에게서 유래하는 것이었다. 어째서 이런 견해를 가지게 되었는지는 그 자신도 말할 수 없었으나 그는 이런 견해를 강하게 견지하고 있는 것이다.

"그래, 독일인들!" 그는 다시 한 번 되풀이했다. "차 마시러 가세!"

세 사람 다 일어나 모자를 쓰고 작은 정원으로 나가 그곳 창백한 단풍나무, 배나무 몇 그루와 밤나무 한 그루가 만들고 있는 그늘 밑에 앉았다. 동물학자와 보제는 작은 탁자 부근 벤치로 앉았고, 사모일렌코는 넓고 경사진 등받이가 있는 등나무 의자로 주저앉았다. 졸병이 홍차와 잼과 시럽 한 병을 놓고 갔다.

몹시 무더웠고 그늘에서도 30도가량 되었다. 뜨거운 공기가 멎은 듯 움직이지 않았고 밤나무에서 땅까지 긴 거미줄이 힘없이 늘어진 채 미동도 없었다.

보제는 탁자 부근 땅 위에 항상 놓여 있는 기타를 들고 음을 맞춘 다음 가느다란 목소리로 나직히 노래 부르기 시작했다. "신학교 젊은이들이 술집 앞에 있었네…." 그러나 너무 더워서 곧 그만두고, 이마의 땀을 닦아 내며 푸르고 뜨거운 하늘을 쳐다보았다. 사모일렌코는 졸기 시작했다. 더위와 주위의 고요와 그의 모든 사지를 빠르게 사로잡은 식후의 달콤한 졸음 때문에 힘이 빠지고 정신이 몽롱해졌다. 그의 두 손은 축 늘어졌고, 눈은 감기기 시작했으며, 머리는 가슴으로 늘어졌다. 그는 눈물 어린 감동과 함께 폰 코렌과 보제를 바라보며 중얼거렸다.

"젊은 세대…. 학문의 별이요, 교회의 등불…. 긴 옷자락 할렐루야가 대주교 자리로 높이 오르게 되고, 아마 손에 키스해야 되겠지…. 어때 뭐…, 그렇게만 됐으면…."

곧 코를 고는 소리가 나기 시작했다. 폰 코렌과 보제는 차를 다 마시고 거리로 나갔다. "다시 부둣가에서 낚시질을 할 거요?" 동물학자가 물었다.

"아니요. 좀 덥네요."

“우리 집으로 갑시다. 소포를 하나 꾸리고 정서도 좀 해 줘요. 게다가 당신이 뭘 해야 할지 의논도 좀 하도록 합시다. 일을 해야 해요, 보제. 이렇게는 안 되오.”

“말씀은 지당하고, 논리적입니다마는…,” 보제가 말했다. “그러나 내 게으름은 현재의 내 삶의 상황 속에서 그 변명을 찾을 수 있어요. 아시다시피 위치의 불확실성은 사람들의 무감각 상태를 상당히 가능하게 하지요. 나를 일시적으로 여기에 파견했는지, 아니면 영원히 그렇게 한 것인지 하느님만 아시지요. 나는 여기서 은거하며 살고 있고, 아내는 아버지 집에서 하는 일 없이 지루하게 지내고 있지요. 그리고 솔직하게 말해서 이런 더위에서는 머리가 돌 수밖에 없지요.”

“다 말도 안 되는 소리요,” 동물학자가 말했다. “더위에도 익숙해질 수 있소. 아내가 없다는 것에도 역시 익숙해질 수 있소. 엄살 부리면 안 돼요. 자기를 다스려야 해요.”

V

나데쥬다 표도로브나는 아침마다 해수욕을 하러 갔는데 그녀의 부엌하녀 올가가 물병과 청동 대야와 수건들과 해면海綿을 들고 그녀 뒤를 따랐다. 정박항에는 필시 외국의 화물선인 것으로 보이는 때가 묻은 하얀 굴뚝들이 솟아 있는 어떤 낯선 기선 두 척이 머물러 있었다. 부둣가에는 하얀 옷에 하얀 구두를 신은 어떤 남자들이 서성거리며 프랑스 말로 큰 소리로 외치고 있고, 이 기선들에서도 그들에게 응답하고 있었다. 작은 시 교회에서 종들이 힘차게 울리고 있었다.

'오늘이 일요일이구나!' 나데쥬다 표도로브나는 만족감을 느끼며 상기했다.

그녀는 자신이 완전히 건강한 여자로 느껴져 유쾌하고 축제일을 맞이한 기분이었다. 남성용 거친 명주로 만든 널찍한 새 드레스를 입고, 큼직한 밀짚모자를 썼는데 넓은 모자테가 두 귀 쪽으로 심하게 휘어져 있어 그녀 얼굴이 마치 상자갑으로부터 내다보는 것 같았는데, 그녀는 자기가 매우 예쁘다고 생각했다. 그녀는 도시 전체에서 젊고 아름답고 지적인 여자는 자기 혼자뿐이고 자기 혼자만이 싼값으로 우아하고 취향 있게 차려입을 수 있다고 생각했다. 예를 들면 이 드레스 값은 겨우 22루블인데, 하지만 얼마나 예뻐! 도시 전체에서 나 혼자만이 맘에 드는 여자고, 남자들은 많고 하니 그들은 모두 싫든 좋든 라예프스키를 부러워하고 있을밖에.

그녀는 라예프스키가 최근에 그녀에게 차갑고 신중—정중하고, 가끔 심지어 불손하고 거칠은 것을 기뻐했다. 예전에 그녀는 라예프스키의 모든 적대적 언행과 경멸적이고, 냉정하거나 낯선 또는 이해할 수 없는 시선들에 대해 눈물과 질책으로써 또는 그로부터 떠나거나 굶어 죽겠다는 위협들로써 응수했지만 지금은 다만 얼굴을 붉히고 죄지은 듯 그를 바라보고 그가 그녀에게 정답지 않은 것을 기뻐했다. 그가 화를 내거나 위협을 한다면, 그녀는 더 좋고 편안했을 것이다. 그것은 그녀가 온통 그 앞에 죄인이라고 느꼈기 때문이었다. 그녀가 자신에게 죄가 있다고 여기는 점은 첫째, 라예프스키가 그것을 위하여 페테르부르그를 버리고 이곳 카프카즈로 오게 된 노동하는 삶에 대한 라예프스키의 꿈에 그녀가 공감하지 않은 것인데 그녀는 그가 최근에 와서 바로 이것 때문에 그녀에게 화를 내고 있다고 확신했다. 그녀는 카프카즈로 오면서 도착한 첫날 여기서 바로 해안에 소박한 집과 나무 그늘이 있고, 새들이 지저귀고 있고 개울들도 흐르는, 꽃과 채소를 심고 오리와 닭을 칠 수 있는 편안한 뜰을 찾아내어 이웃들을 초대하고 가난한 농부들을 치료하고 그들에게 책자들도 나누어주게 되리라고 여겼는데, 카프카즈는 민둥산들과 덤불숲들 그리고 거대한 계곡들만 있는, 오랜 시간을 들여 고르고 주선하여 살 집을 지어야 하는 데다 이웃은 하나도 없고, 몹시 덥고, 강도를 당할 수 있는 곳이라는 것을 알게 되었다. 라예프스키는 대지를 사들이는 데 서둘지 않았고 그녀는 이를 기뻐했으며, 그들 둘은 마치 속으로 노동하는 삶에 대해서는 결코 언급하지 않기로 서로 약속한 것 같았다.

그녀는 그가 침묵한다는 것은 그녀가 침묵하는 것에 대해 그가 화를 내고 있는 것을 의미한다고 생각했다.

둘째, 그녀는 이 이 년 동안, 그가 모르게 아츠미아노프의 상점에서 삼백 루블가량의 여러 가지 자질구레한 것들을 사들였다. 어떤 때는 옷감, 어떤 때는 비단, 어떤 때는 양산을 조금씩 사들였고 어느새 그런 빚으로 쌓인 것이다.*

'오늘은 정말 그에게 말할 거야….' 그녀는 결심했으나, 즉시 라예프스키가 기분이 좋지 않은 지금 상태에서 빚에 대해 말하는 것은 마음이 편하지 않으리라는 생각을 했다.

셋째, 그녀는 라예프스키의 부재중에 이미 두 번이나 경찰서장 키릴린을 방으로 들인 것이다. 한 번은 아침에 라예프스키가 해수욕을 나간 뒤, 다른 한 번은 한밤에 그가 카드게임을 하러 나갔을 때였다. 이를 떠올리며 나데쥬다 표도로브나는 온통 얼굴이 달아올라 자기의 생각을 부엌

---

* 나데쥬다가 아츠미아노프 상점에서 삼백 루블가량의 여러 자질구레한 것들을 사들인 것은 플로베르의 《마담 보바리》에서 엠마가 권태와 허영 때문에 경솔하게 여러 가지 물건들을 사들이다가 파멸하게 되는 것을 연상시킨다.

하녀가 몰래 엿듣지 않나 겁나는 듯 그 애를 돌아다보았다. 길고 긴 참을 수 없이 뜨거운 지루한 낮들, 쾌적한, 몸을 나른하게 하는 저녁들, 무더운 밤들, 아침부터 저녁까지 남아도는 시간을 어디다 쓸지 몰라 하는 이 생활 전체, 그리고 이 도시에서 그녀가 가장 아름답고 젊은 여자라는 생각, 그녀의 젊음이 헛되이 지나간다는 생각, 라예프스키 자체도 성실하고 이상을 추구하는 사람이지만 이제나 저네나 끝없이 슬리퍼를 끌고 다니고 손톱을 물어뜯고 변덕을 부리며 그녀를 지겹게 한다는 생각이 끈질기게 그녀를 사로잡았고 그녀를 차츰차츰 정욕에 지배되도록 하였고, 그녀는 정신 나간 여자처럼 낮이나 밤이나 그 한 가지에 대해서만 생각하게 되었다. 그녀는 숨 쉴 때도 누구를 쳐다볼 때도 목소리를 낼 때도 걸음걸이를 뗄 때도 오직 정욕만을 느꼈다. 바닷소리는 그녀에게 사랑해야 한다고 말했고, 저녁의 어둠이 똑같은 말을 했고, 산들 역시 똑같은 말을 했다. 그래서 키릴린이 그녀를 따라다니기 시작하게 되자 그녀는 저항할 수 없었고 그에게 몸을 내맡겼다.

지금 외국 기선들과 하얀 옷을 입은 남자들은 그녀에게 웬일인지 커다란 홀을 기억나게 했다. 프랑스 말과 함께 왈츠의 음악 소리가 그녀 귀에 울렸고, 그녀의 가슴이 이유 없는 기쁨으로 떨리기 시작했다. 그녀는 춤을 추고 싶었고 프랑스어로 말하고 싶어졌다.

그녀는 자신의 배신이 전혀 경악스러울 것 없다는 점이 기뻤다. 그 배신에는 영혼이 참가하지 않았던 것이다. 그녀는 계속 라예프스키를 사랑하고 있다. 그건 그녀가 그를 질투하며 그가 집에 없으면 애석해 하고 지루해 하는 것에서 알 수 있다. 키릴린은 잘생기긴 했지만 그냥 그럴 뿐 좀 거칠고 무례한 남자로 그와는 이미 완전히 관계가 끊겼고, 이제는 전혀 관계가 없는 일이고, 만약 라예프스키가 알게 된다 해도 그는 믿지 않을 것이다.

해변에는 여성용 실내 수영장이 하나뿐이며, 남자들은 노천에서 수영을 하였다. 나데쥬다는 실내 수영장으로 들어가 그곳에서 관리의 아내인 중년 부인 마랴 콘스탄티노브나 비튜고바와 그녀의 15세 된 딸인 고등학생 카탸와 마주쳤다. 마랴 콘스탄티노브나는 선량하고 감정이 풍부하고 섬세하며 말을 길게 늘이면서 열정적으로 하는 사람이었다. 32세가 될 때까지 가정교사로 지냈고, 그 후 관리 비튜코프와 결혼했다. 그는 몸집이 작고 대머리이고, 몇 올 있는 머리카락을 양 관자놀이 위로 빗어 내린 매우 온순한 사람이다. 그녀는 아직까지도 남편에게 반해 있고, 질투를 하고, '사랑'이라는 말이 나오면 얼굴을 붉히고, 자기가 매우 행복하다는 것을 누구에게나 확언했다.

"아이, 이봐요!" 그녀는 나데쥬다의 얼굴을 보자, 얼굴에 그녀를 아는 모든 사람들이 복숭아 같다고 부르는 달콤하고 부드러운 표정을 지으며 감격하여 말했다. "여봐요, 여기 오시니 정말 기뻐요! 같이 수영을 할 수 있다니…. 이거 정말 멋지네요!"

올가는 얼른 자기의 겉옷과 속치마를 벗고 자기 주인의 옷을 벗기기 시작했다.

"오늘은 어제보단 덜 뜨거워요. 그렇지 않아요?" 나데쥬다 표도로브나는 벌거벗은 부엌하녀가 거칠게 손을 대자 몸을 움츠리면서 말했다. "어제는 얼마나 무덥던지 죽을 지경이었어요!"

"오, 정말 그래요, 이봐요. 저도 숨이 막힐 것만 같더군요. 글쎄 전 어제 세 번이나 해수욕을 했지 뭐예요. 글쎄 세 번이나요! 니코딤 알렉산드리치까지도 걱정을 했을 정도였다니까요."

'아니, 이처럼 박색들로 태어나는 수도 있을까?' 나데쥬다 표도로브나는 올가와 관리 부인의 얼굴을 쳐다보고 잠시 이런 생각을 했다. 그녀는 카탸 쪽을 힐끗 보고 생각했다. '딸아이는 괜찮게 생겼구나.' "댁의 니코딤 알렉산드리치는 정말 정말 사랑스런 분이세요!" 그녀가 말했다. "저는 그냥 그분에게 반할 수밖에 없었어요."

"하— 하— 하!" 마랴 콘스탄티노브나는 억지로 웃었다. "그거 정말 멋지네요."

옷에서 해방되자 나데쥬다 표도로브나는 날고 싶은 욕망을 느꼈다. 두 손을 한번 흔들기만 하면 틀림없이 날아오를 것 같았다. 옷을 벗고 나서, 그녀는 올가가 꺼리듯 그녀의 벗은 하얀 몸을 쳐다보고 있는 것을 알아차렸다. 올가는 젊은 군인 아내로 법적인 남편과 살고 있었고 그래서 자신을 주인보다 낫고 높다고 여기고 있었다. 나데쥬다 표도로브나는 마랴 콘스탄티노브나와 카탸도 은근히 그녀를 경멸하고 두려워하는 것을 느꼈다. 그것이 불쾌해서 자기를 높이 평가하게 하려고 말했다.

"우리 페테르부르그에서는 요즘 별장 생활이 피크예요. 저나 남편은 아는 사람이 얼마나 많은지 몰라요! 만나러 한번 가야 할 텐데요."

"남편이 아마 엔지니어시라죠?" 마랴 콘스탄티노브나가 조심스레 물었다.

"전 라예프스키를 말하고 있는 거예요. 그이는 아는 사람이 무척 많아요. 그렇지만 유감스럽게도 그이 어머니는 거만한 귀족 부인이에요, 근시안적이고…."

나데쥬다 표도로브나는 끝까지 말을 마치지 않고 물속으로 뛰어들었다. 마랴 콘스탄티노브나와 카탸가 천천히 기어서 그녀 뒤를 따라 들어갔다.

"우리 사교계에는 정말 많은 편견들이 있지요." 나데쥬다는 말을 계속했다. "보이는 것처럼 그렇게 쉽게 지낼 수 있는 데가 아니지요."

귀족 집들에서 가정교사로 일해서 사교계를 알고 있는 마랴 콘스탄티노브나가 말했다. "오, 정말 그래요! 여봐요, 글쎄 말이죠, 가라틴스키 씨 댁에서는 아침 식사나 점심 식사 때 꼭 차려입기를 요구했고 그래서 저는 마치 여배우처럼 월급 이외에 옷값까지 받았다니까요."

그녀는 마치 나데쥬다 표도로브나를 담그고 있는 물을 자기 딸에게서 막으려는 듯이 나데쥬다 표도로브나와 카탸 사이에 섰다. 누군가가 수영장에서 백 보나 떨어진 곳에서 헤엄쳐 가고 있는 것이 바깥으로 바다로 나가는 문을 통해 보였다.*

"엄마, 우리 코스탸예요!" 카탸가 말했다.

"아흐, 아흐!" 마랴 콘스탄티노브나가 경악해서 꼬꼬댁거렸다. "아흐! 코스탸!" 그녀는 외쳤다. "돌아와! 코스탸,

* 실내 수영장과 바다가 연결되어 있다.

돌아와!"

14세가량 된 소년 코스탸는 어머니와 누나 앞에서 용기를 뽐내려고 잠수하여 계속 헤엄쳐 갔으나 지쳐서 서둘러 돌아왔는데, 그의 심각하고 긴장된 표정으로 보아 자신이 없었다는 것이 역력했다.

"사내애들은 정말 힘들어요, 이봐요." 마랴 콘스탄티노브나가 마음을 가라앉히면서 말했다. "당장이라도 목을 부러뜨릴 것 같지요. 아흐, 이봐요, 정말이지 어머니라는 것은 기분 좋은 일이긴 하지만 얼마나 힘이 드는 일인지 몰라요! 모든 게 다 두렵지요."

나데쥬다 표도로브나는 밀짚모자를 쓰고 바깥으로 바다로 돌진했다. 사 사젠* 쯤 헤엄치고 나서 물 위에 누웠다. 수평선까지 바다가 보였고, 기선들, 해변의 사람들, 도시가 보였고, 이 모든 것이 뜨거운 태양열과 투명하고 부드러운 파도들과 함께 그녀를 자극했고 살아야 해, 살아야 해 하고 그녀에게 속삭였다…. 그녀 곁을 물결과 공기를 힘차게

---

* 1사젠은 2.134미터.

가르면서 빠른 속도로 돛단배 한 척이 질주하고 있었다. 키를 잡고 있는 남자가 그녀를 쳐다보고 있었고, 그녀는 사람들이 그녀를 보고 있는 것이 기분 좋았다….

해수욕을 다 하고 나서 부인들은 옷을 입고, 함께 걷기 시작했다.

"저는 하루 건너 열이 나는 데도 살은 안 빠지네요." 나데쥬다 표도로브나는 해수욕으로 짭짤해진 입술을 핥으며, 아는 사람들의 인사에 미소로 답하면서 말했다.

"전에도 살이 있긴 했지만 지금은 더 살이 찌는 것 같아요."

"그건, 이봐요, 체질 때문이에요. 예를 들어 저같이 살이 찌지 않는 체질은 뭘 먹어도 안 되지요. 그런데, 이봐요, 모자가 다 젖었네요."

"괜찮아요, 마를 거예요."

나데쥬다 표도로브나는 해안가에서 왔다 갔다 하며 프랑스 말로 대화하는 하얀 옷을 입은 남자들을 다시 보게 되었다. 그리고 웬일인지 다시 그녀의 가슴속에서 기쁨이 일

렁이기 시작했고 어렴풋하게 그녀가 언젠가 춤을 추었던, 아니면 아마도 언젠가 꿈꾸었던 어떤 커다란 홀이 기억났다. 그러자 마음 가장 깊숙한 곳에서 무언가가 어렴풋하고 희미하게 그녀에게 그녀가 천박하고 저속하고 더러운 시시한 여자라고 속삭였다….

마랴 콘스탄티노브나는 자기 집 대문 부근에서 멈춰 서서 그녀에게 들어와 잠깐 앉았다 가라고 청했다.

"잠깐 들어오세요, 여봐요!" 그녀는 간청하는 목소리로 말하며 동시에 나데쥬다 표도로브나를 고통스럽게, 아마 거절하고 들르지 않겠지 하는 희망을 가지고 바라보았다.

"기꺼이요," 나데쥬다 표도로브나는 동의했다. "아시죠, 제가 부인 댁에 들르는 걸 얼마나 좋아하는지!"

그녀도 집으로 들어왔다. 마랴 콘스탄티노브나는 그녀를 앉히고, 커피를 주고, 버터빵을 대접하고 나서 예전에 그녀가 가르쳤던 여학생들—지금은 이미 시집을 간 가라튄스키 집안의 아가씨들의 사진을 보여 주었고 또 카탸와 코스탸의 시험 성적표를 보여 주었다. 성적들은 아주 좋았지만 그것들이 더욱 훌륭해 보이도록 그녀는 한숨을 쉬며 중고등학교에서 공부하는 게 요즘 얼마나 어려운지 한탄했다…. 그녀는 손님 접대를 하고 동시에 나데쥬다 표도로브나를 동정하면서도 나데쥬다 표도로브나가 집에 와 있어 카탸나 코스탸의 도덕성에 나쁜 영향을 줄 수 있다는 생각으로 괴로워하였고, 니코딤 알렉산드리치가 집에 없는 것을 기뻐하였다. 그녀의 생각에는, 모든 남자들이 '그런 여자들'을 좋아하므로 나데쥬다 표도로브나가 니코딤 알렉산드리치에게도 나쁜 영향을 줄 수 있기 때문이었다.

손님과 대화하면서 마랴 콘스탄티노브나는 내내 오늘 저녁 피크닉이 있고 폰 코렌이 이에 대해 마카카 원숭이들, 즉 라예프스키와 나데쥬다 표도로브나에게 말하지 말라고 확실하게 부탁한 것을 머리에 떠올리고 있었으나 우연히 발설해 버리고는 온통 얼굴을 붉히고 당황해 하며 말했다.

"댁도 오시기 바라요!"

VI

일행은 도시에서 길을 따라 남쪽으로 칠 베르스타* 마차를 타고 가서 흑하와 황하라고 하는 두 강이 합류하는 곳의 주막 부근에서 멈춰 그곳에서 생선 수프를 끓여 먹기로 되어 있었다. 다섯 시가 지나서 출발했다. 맨 앞의 무개마차無蓋馬車에는 사모일렌코와 라예프스키가 타고, 그 뒤를 삼두 포장마차에 마랴 콘스탄티노브나, 나데쥬다 표도로브나, 카탸와 코스탸가 타고 따랐다. 식료품과 식기가 들어 있는 바구니들도 그들 마차에 실려 있었다. 세 번째 마차에는 경찰서장 키릴린, 그리고 나데쥬다 표도로브나가 삼백 루블이나 빚을 진 바로 그 상인 아츠미아노프의 아들인 젊은 아츠미아노프가 나란히 타고 있고, 그 맞은편 마부석에는 작고 몸가짐이 단정한 양 관자놀이 위로 머리를 빗어 내린 니코딤 알렉산드리치가 두 다리를 구부리고 웅크리고 앉아 있었다. 맨 뒤 마차에는 폰 코렌과 보제가 탔다. 보제의

* 미터법 시행 전의 러시아 거리 단위로 1베르스타는 1.067km.

발치에는 생선이 들어 있는 바구니가 놓여 있었다.

"오르은쪽으로!" 길 맞은편에서 짐 마차나 당나귀를 탄 아프하지아인이 올 때마다 사모일렌코가 목청을 돋우어 외쳤다.

"이 년 후 돈과 인력이 갖추어지면 나는 탐험을 떠나겠소." 폰 코렌이 보제를 향하여 말을 꺼냈다. "해안을 따라 블라디보스토크에서 베링 해협까지, 그다음 베링 해협에서 예니세이 하구까지 갈 거요. 지도를 작성하고 동식물 연구를 추진하고 정밀하게 지질학적, 인류학적, 인종학적 탐사를 이행할 겁니다. 나와 함께 가고 안 가고는 당신 마음에 달렸소."

"불가능해요." 보제가 말했다.

"왜요?"

"전 혼자가 아니고 가족이 있는 사람이에요."

"부인도 보내 줄 거요. 우리는 부인의 생활을 보장할 거요. 당신이 부인에게 공공 이익을 위해 머리 깎고 수녀가 되라고 설득할 수 있다면 더 좋을 거요. 그러면 당신도 머리 깎고 수도사로서 탐험하러 갈 길이 열리게 되오. 내가 그렇게 되도록 주선해 줄 수 있소."

보제는 침묵하였다.

"당신은 전공인 신학 분야는 잘 아오?" 동물학자가 물었다.

"잘 몰라요."

"음…. 나 자신도 신학을 거의 모르니 이 방면에서는 아무런 지침도 줄 수 없소. 당신에게 필요한 책들의 목록을 주오, 그러면 겨울에 페테르부르그에서 보내 주겠소. 또 성직자들의 여행 수기도 읽어 둬야 하오. 그들 중에는 훌륭한 민속학자와 동양학자들이 있지요. 그들의 방식을 알면 당신도 일에 접근하기가 더 쉬울 거요. 자, 아직 책이 없는 동안은 시간을 공연히 낭비하지 말고 나한테 와요, 나침판을 익히고 천문학도 뗍시다. 이 모든 건 필수적이오."

"그건 그렇죠…." 보제는 중얼거리고 웃음을 터트렸다. "전 중앙러시아에 자리를 신청했고, 사제장으로 계시는 숙부도 주선해 주겠다고 약속했어요. 제가 당신과 같이 가 버리면 그들을 공연히 번거롭게 한 결과가 되죠."

"나는 당신이 망설이는 걸 이해할 수 없소. 당신이 주일에만 일을 하고, 나머지 날들에는 쉬는 보통 보제의 생활을 계속한다면 당신은 십 년 후에도 지금의 당신과 마찬가지로 남을 것이고, 기껏해야 콧수염이나 구레나룻이 덧붙여지겠지요. 반면 탐험에서 돌아오면, 당신은 같은 십 년 후에 다른 사람이 되고, 당신이 무엇인가를 했다고 하는 의식으로 더 풍부해지게 될 거요."

여자들이 타고 있는 마차에서 갑자기 경악과 감격의 외침이 들렸다. 마차들은 완전히 깎아지른 절벽에 패어 있는 길을 따라 가고 있었다. 모두들에게는 그들이 마치 높은 벽에 붙여 놓은 선반 위를 달리고 있고 마차들은 막 나락 밑으로 굴러 떨어질 것처럼 여겨졌다. 오른쪽으로 바다가 펼쳐져 있었고 왼쪽으로는 검은 반점들과 붉은 지맥들이 보이고 드러난 나무뿌리들이 기어 올라가는 울퉁불퉁한 갈색의 절벽이 있었고, 위로는 울창한 침엽수 가지들이 몸을 굽히고 마치 놀라움과 호기심을 지니고 아래를 바라보는 듯했다. 일 분 뒤에 또다시 비명 소리와 웃음소리가 났다.

위에 걸려 있는 거대한 바위 아래를 지나가야 했던 것이다.

“도대체 내가 뭣 때문에 자네들과 함께 가는지 모르겠네, 제길헐.” 라예프스키가 말했다. “얼마나 바보 같고 시시한지! 나는 북쪽으로 가야 하는데, 달아나서 살아나야 하는데, 뭣 때문에 이런 어리석은 피크닉을 가는지….”

“자, 봐, 얼마나 장관이야!” 말들이 왼쪽으로 돌아 황하계곡이 눈앞에 열리고 누렇고 탁한 미친 듯한 강물이 반짝였을 때, 사모일렌코가 말했다.

“멋있는 건 아무것도 없네, 사샤.” 라예프스키가 대꾸했다. “항상 자연에 감격하는 것은 곧 자기의 상상력의 빈곤을 나타내는 걸세. 내 상상력이 내게 줄 수 있는 것과 비교하면, 이 모든 강들이나 바위들은 허섭스레기일 뿐 그 이상 아무것도 아니네.”

마차들은 벌써 강변을 따라 달리고 있었다. 높은 산지로 된 두 강변이 점차로 가까워지고, 계곡은 좁아져서 앞으로는 협곡을 이루고 있다. 달리는 길 부근의 바위산은 그토록 무시무시한 힘으로 서로서로 밀고 있는 거대한 바위들로 이루어져 있는데, 그것들을 볼 때마다 사모일렌코는 저도 모르게 신음을 하였다. 거무스름한 아름다운 산은 군데군데 좁은 협곡들로 패어 있고, 협곡들로부터 습기와 비밀스러움이 마차를 타고 지나가는 사람들에게로 불어 온다. 협곡을 통해서 다른 산들, 갈색, 장미색, 연보라색, 뿌연 연기 색의 갖가지 산들, 선명한 빛을 흠뻑 받은 산들이 보인다. 협곡 곁으로 지나갈 때는 간혹 어딘가 높은 곳에서 물이 떨어져 바위 위를 때리는 소리가 들렸다.

"아아, 지긋지긋한 산들." 라예프스키는 한숨을 내쉬었다. "얼마나 지겨운지!"

흑하가 황하로 들어가 잉크처럼 까만 물이 노란 물을 더럽히면서 서로 싸우고 있는 지점에, 길에서 벗어난 곳에 한옆으로, 지붕 위에 러시아 국기가 꽂혀 있고 분필로 '쾌적한 주막'이라고 씌어져 있는 간판이 달린, 타타르 사람 케르발라이의 주막이 있었다. 그 옆에 울타리로 둘러쳐진 작은 마당에는 탁자들과 나무 의자들이 놓여 있었고, 볼품없는 가시덤불 가운데 아름답고 검푸른 측백나무 한 그루만이 높이 솟아 있었다.

키가 작고 민첩한 타타르 사람 케르발라이는 푸른 셔츠에 하얀 앞치마를 두르고 길가에 서 있다가, 마차들을 향하여 두 손을 배에 대고 깊숙이 절을 하고 웃으며 그의 하얗고 빛나는 이를 드러내었다.

"안녕, 어이 케르발라이!" 사모일렌코가 그를 보고 소리쳤다. "우리는 좀더 가겠으니, 자네는 그리로 사모바르와 의자들을 끌고 와! 얼른!"

케르발라이는 깎은 머리를 끄덕이며 뭔가 중얼거렸는데 맨 뒤의 마차에 앉은 사람들만이 들을 수 있었다; '각하, 곤돌매기가 있습니다.'

"끌고 와, 끌고 와!" 폰 코렌이 그에게 말했다.

주막에서 오백 보가량 더 가서 마차들이 멈춰 섰다. 사모일렌코는 걸터앉기에 안성맞춤인 바윗돌이 여기저기 흩어져 있고 폭풍으로 쓰러진 나무 한 그루가 솜털 같은 잔털이 난 뿌리를 드러내고 시들어서 누렇게 변한 침엽을 내보이며 누워 있는 조그만 풀밭을 골랐다. 강 위로 흔들거리는 통나무 다리가 하나 걸려 있고, 맞은편 저쪽 강변에는 네 개의 말뚝 위에 곡물 창고, 옥수수 건조소가 서 있었는데 옛날 이야기에 나오는 닭발 위의 오두막*을 연상시켰고, 그 문으로부터 아래로 작은 사다리 하나가 내려져 있었다.

모든 사람들이 받은 첫 인상은 그들이 결코 이곳을 벗어날 수 없을 것 같다는 것이었다. 어디를 보아도 사방으로부터 산들이 첩첩으로 솟아서 밀려오고, 주막과 어두운 측백나무 쪽으로부터 빠르게 빠르게 저녁의 어둠이 달려들었고, 이 때문에 흑하의 좁고 휘어진 계곡은 더욱 더 좁아지고, 산들은 더욱더 높아졌다. 강물이 졸졸거리고 쉴새없이 매미가 우는 소리가 들려왔다.

"정말 멋지네요!" 마랴 콘스탄티노브나가 감격으로 깊게 숨을 자꾸 들이쉬며 말했다.

"얘들아, 봐. 얼마나 아름다우니! 얼마나 고요하니!"

---

* 러시아 민담에 자주 나오는 마귀할멈 바바야가의 오두막을 말한다. 숲속에 있는 닭발 위의 집으로 '오두막아, 오두막아, 내게로 얼굴을 돌리고 숲를 등져라' 하고 주문을 외우면 돌아서 사람을 들어가게 해 준다.

"그래요, 정말 아름답군요." 경치가 마음에 들고, 하늘을 보고 주막의 굴뚝에서 나오는 푸른 연기를 바라보았을 때 웬일인지 갑자기 서글퍼진 라예프스키가 동의했다. "그래요, 아름다워요!" 그가 되풀이했다.

"이반 안드레이치, 이 경치를 묘사하세요." 마랴 콘스탄티노브나가 눈물을 글썽이며 말했다.

"뭣 때문에요?" 라예프스키가 물었다. "인상이 어떤 묘사보다도 더 좋은 것이지요. 각자가 자연으로부터 인상을 통해서 자연으로부터 받는 색채나 소리의 이 풍부함을 작가들은 추하고 알아볼 수 없는 모습으로 지껄여 버리고 말지요."

"그럴까요?" 물가에 가장 큰 바위를 골라 그 위로 올라가 앉으려고 애쓰면서 폰 코렌이 차갑게 물었다. "그럴까요?" 라예프스키의 얼굴을 빤히 바라보면서 그는 되풀이했다. "그렇다면 〈로미오와 줄리엣〉은? 그리고 예를 들어 푸시킨의 〈우크라이나의 밤〉*은? 자연이 찾아와 발밑에

* 독립을 꾀하다가 러시아의 표트르 대제에게 패하는 우크라이나의 늙고 야심 많은 게트만(족장) 마제파와 그를 사랑한 젊은 아내 마리야의 불행

절을 해야 할 거요."

"그럴 수도 있겠지요…." 당장 생각을 정리하여 반박하는 것이 귀찮아서 라에프스키는 동의했다. "그런데…." 그는 조금 있다가 말했다. "로미오와 줄리엣이 결국에 도대체

을 노래한 푸시킨의 서사시 〈폴타바〉 두 번째 노래에 나오는 시구는,

우크라이나의 밤은 고요하다.
투명한 하늘에 빛나는 별들,
대기는 잠에 취해 있고
은빛 버드나무 잎새들이 가만히 떨고.
달은 하얀 교회 위 높은 곳에서 빛나며
호사스런 게트만의 정원들과
낡은 성을 비추고 있다.
주위는 온통 고요하고 고요하나
성 안에는 속삭임과 곤혹스러움.
한 성탑의 창문 아래
코추베이가 사슬에 묶인 채 앉아서
깊고 무거운 생각에 잠겨서
음울하게 하늘을 바라본다.

인데, 이로써 이 작품 전체를 의미하는 것 같다. 이 작품은 셰익스피어적인 요소가 강하게 드러나는 작품이다. 특히 〈오셀로〉와 〈햄릿〉을 연상시키는 부분이 많다.

뭡니까? 아름답고, 시적이면서 신성한 사랑—그것은 사람들이 그 밑에 썩은 것을 감추고 싶어 하는 장미꽃과 같은 것입니다. 로미오 역시 모두와 마찬가지로 동물이지요."

"당신과는 어떤 이야기를 시작하거나, 당신은 모든 것을…." 폰 코렌은 카탸를 돌아보며 끝까지 말하지 않았다.

"모든 것을 내가 어떻게 한다는 건가요?" 라예프스키가 물었다.

"예를 들면 당신에게 '포도송이는 참 아름다워요'라고 말하면 당신은 '그래요. 하지만 사람들이 포도를 씹고 위 속에서 소화하면 얼마나 추한지요' 하지요. 무엇 때문에 그렇게 말해야 하지요? 새로울 것도 없지만 도대체가 이상한 매너지요."

라예프스키는 폰 코렌이 그를 좋아하지 않는다는 것을 알고 있었고 그래서 그를 두려워하였으며, 폰 코렌이 있으면 모두들 답답해 하는 듯하고, 자기 뒤에 누군가가 서 있는 것같이 느껴졌다. 그는 아무 대답도 안 하고 옆으로 물러나서 여기 온 것을 유감스럽게 생각했다.

"여러분들, 모닥불 피울 삭정이를 주우러 가세요. 자, 행진!" 사모일렌코가 명령했다.

모두들 아무 곳으로나 흩어져 갔고, 키릴린과 아츠미아노프와 니코딤 알렉산드리치만이 그 자리에 남았다. 케르발라이가 의자들을 가져오고 땅에 양탄자를 폈고, 그 위에 포도주 몇 병을 세워 놓았다. 경찰서장인 키릴린은 어떤 날씨에도 제복 위에 외투를 걸치고 있는 키가 크고 잘생긴 남자인데, 거만한 태도와 잰 체하는 걸음걸이와 약간 쉰 굵은 목소리로써 나이 젊은 시골 경시총감을 상기시켰다. 그는 싫은데 억지로 깨워서 막 일어난 듯 슬프고 몽롱한 표정을 하고 있었다.

"이 짐승아, 너 도대체 뭘 가지고 온 거냐?" 그는 한 마디 한 마디를 천천히 발음하면서 케르발라이에게 물었다.

"내가 주문한 건 크바렐리*인데 넌 뭘 가지고 왔냐. 이 타타르 대가리야. 엉? 누구네 걸?"

"우리가 가져온 것이 많이 있어요, 예고르 알렉세이치."

* 카프카즈산 포도주.

니코딤이 조심스럽고 공손하게 말했다.

"그런데요? 하지만 나는 내 포도주를 원해요. 이 피크닉에 참가한 이상 내 몫을 찾을 완전한 권리가 있다고 전제해요. 나는 그렇게 전제한단 말예요! 이봐, 크바렐리 열 병 가져와!"

"무엇 때문에 그렇게 많이?" 키릴린에게 돈이 없다는 것을 알고 있는 니코딤이 의아해했다.

"스무 병! 서른 병!" 키릴린이 소리쳤다.

"괜찮아요, 내버려 두세요." 아츠미아노프가 니코딤에게 속삭였다. "제가 지불할게요."

나데쥬다 표도로브나는 즐겁고 들뜬 기분이 되었다. 그녀는 뛰어다니고 큰 소리로 웃고 소리를 지르고 놀리고 교태를 부리고 싶었다. 파란 물방울 무늬가 있는 사라사의 값싼 드레스에 빨간 단화를 신고 바로 그 밀짚모자를 쓴 자신의 모습이 작고 소박하고 가볍고 나비처럼 떠다니는 듯 여겨졌다. 그녀는 흔들거리는 통나무 다리를 달려서 건너 현기증이 나도록 일 분쯤 물속을 들여다보다가 비명을 지르고 웃으면서 건너편 옥수수 건조소를 향해 달려갔다. 그녀에게는 모든 남자들이 케르발라이조차도 그녀에게 반한 것으로 여겨졌다. 빠르게 닥쳐온 어둠 속에서 나무들과 산들이, 말과 마차들이 한덩어리가 되고 주막 창문에 불이 켜졌을 때, 그녀는 바윗돌들과 가시덤불 사이의 꼬불꼬불한 오솔길을 따라 산에 올라가 바위 위로 앉았다. 아래에서는 벌써 모닥불이 타고 있었다. 소매를 걷어붙인 보제가 불 주위를 움직일 때 길고 시꺼먼 그림자가 반경을 그리듯이 모닥불 주위로 움직인다. 보제는 마른 삭정이를 집어넣으며 기다란 막대기에 붙들어 맨 숟갈로 냄비 안을 휘젓고 있다. 얼굴이 적동색이 된 사모일렌코는 자기 집 부엌에서와 마찬가지로 불 주위를 부산하게 돌아다니며 성이 나서 소리치고 있었다.

"나리님들, 소금은 어디 있소? 혹 잊어버린 거요? 뭐요? 모두 지주나리들처럼 편히 앉아 있고 나 혼자만 바쁜 거요?"

폭풍으로 쓰러진 나무 위에는 라예프스키와 니쿠딤 알렉산드리치가 나란히 앉아서 생각에 잠겨 불을 바라보고 있었다. 마라 콘스탄티노브나와 카탸와 코스탸는 바구니에서 찻그릇과 접시를 꺼내고 있다. 폰 코렌은 팔짱을 끼고 한쪽 발을 바윗돌 위에 올려 놓은 채 바로 물가에 서서 무엇인가에 대해 생각하고 있었다. 모닥불에서 나오는 빨간 불똥들이 그 그림자와 함께 검게 보이는 사람들 주위의 땅 위를 기고, 산과 나무들과 다리와 옥수수 건조장 위에 떨고 있다. 건너편 깊이 팬 절벽은 온통 환히 비쳐져 흔들리며 강물에 반사되어 있었고, 쏜살같이 흐르는 급류가 반사된 절벽을 두 부분으로 나누고 있다.

보제는 케르발라이가 강가에서 다듬어 씻고 있는 생선을 가지러 갔는데, 가는 도중에 멈춰 서서 주위를 바라보았다.

'아, 정말 얼마나 아름다운가!' 그는 생각했다. '사람들, 바위들, 불, 저녁 어둠, 못생긴 나무 한 그루—그 이상은 아무것도 없는데 얼마나 아름다운가!'

건너편 옥수수 건조소 근처에 어떤 모르는 사람들이 나타났다. 불빛이 어른거리고 모닥불 연기가 그쪽으로 불어서 그 사람들을 모두 한꺼번에 볼 수는 없었고, 부분적으로, 어떤 때는 털모자와 회색 수염, 어떤 때는 푸른 셔츠, 어떤 때는 어깨부터 무릎까지 내려오는 누더기 옷, 배를 가로질러 찬 단검, 또 어떤 때는 마치 숯으로 그린 것같이 검고 짙은 눈썹을 가진 젊은 거무스름한 얼굴이 보였다. 그들 중에 다섯 명쯤은 땅바닥에 빙 둘러앉았고, 나머지 다섯 명은 옥수수 건조소로 들어갔다. 한 사람은 문에서 모닥불 쪽으로 등을 돌리고 서서, 뒷짐을 지고 무엇인가 필시 매우 재미있는 것을 이야기하기 시작했다. 사모일렌코가 나뭇가지를 집어넣어 모닥불이 확 타오르고 불꽃을 튀켜 옥수수 건조소를 환히 비췄을 때 문 안으로부터 평온한 태도로 깊은 주의를 기울이는 두 얼굴이 내다보고 있고 빙 둘러 앉은 사람들도 몸을 돌려서 그 이야기에 귀를 기울이기 시작하는 광경이 보였다.

조금 뒤에, 빙 둘러앉은 사람들이 대정진기에 교회에서 부르는 노래와 비슷한 길게 뽑는 선율이 아름다운노래를 조용히 부르기 시작했다. 그 노래를 들으면서 보제는 십 년 뒤에 탐험에서 돌아오면 자기는 어떻게 될 것인가를 상상했다. 그는 젊은 사제—선교사, 이름 있고 훌륭한 경력을 가진 저술가일 것이다. 그는 수도원장으로, 그 후에는 대주교로 봉해질 것이다. 그는 대성당에서 미사를 집전하고 금관을 쓰고 성모상을 가슴에 달고 설교대에 나가, 삼지 촉대와 이지 촉대로 신자들 무리에게 성호를 그으며 소리 높이 읊는다.

'주여, 하늘에서 굽어보소서, 당신의 바른손으로 심으신 이 포도밭을 살펴주시고 강림하시옵소서!' 그러면 아이들이 천사 같은 목소리로 답한다, '거룩한 주님….'

"보제, 생선은 대체 어디 있나?" 사모일렌코의 소리가 들렸다.

모닥불 쪽으로 돌아와, 보제는 칠월의 무더운 날에 십자가 행렬이 먼지투성이 길을 걸어가는 것을 상상했다. 맨 앞에는 깃발을 든 농부들과 성상화를 든 아낙네들과 처녀들이 걸어가고 그 뒤를 소년 성가대와 한쪽 뺨을 헝겊으로 묶고 머리에 짚을 한 가닥 꽂은 교회에서 일하는 불목하니*

* 교회 서기.

가 걸어가고, 그 뒤를 보제인 그가 따르고, 그 뒤에서 모자를 쓰고 십자가를 든 사제가 걸어가고, 맨 뒤에는 농부들과 아낙네들과 소년들의 무리가 먼지를 일으키며 행진한다. 행렬 가운데에는 베일을 쓴 사제 부인과 보제 부인도 보인다. 성가대가 노래를 부르고, 아이들이 떠들어 대고, 메추라기가 울고 종달새가 지저귄다…. 이제 멈추어 서서 그는 무리들에게 성수를 뿌린다…. 다시 걸어가다가 무릎을 꿇고 비를 기원한다. 그런 뒤에 자쿠스카*를 들며 이야기를 한다.

'그것도 마찬가지로 좋군….' 보제는 생각했다.

VII

키릴린과 아츠미아노프는 오솔길을 따라 산으로 올라갔다. 아츠미아노프가 뒤처져 멈춰 서 있었고 키릴린은 나데쥬다 표도로브나 곁으로 다가왔다.

* 전채요리를 뜻하나 안주나 간단한 요리를 말하기도 한다.

“안녕하십니까!” 그는 거수경례를 하면서 말했다.

“안녕하세요.”

“그러하옵군요!” 키릴린은 하늘을 쳐다보며 무엇인가 생각하며 말했다.

“뭐가 그러하옵다는 거죠?” 잠시 침묵하고 나서 나데쥬다 표도로브나는 아츠미아노프가 자기들 두 사람 쪽을 관찰하고 있는 것을 알아채고 물었다.

“그 말인즉슨….” 서장은 느릿한 어조로 말했다. “말하자면 우리들의 사랑이 채 꽃피기도 전에 시들어 버렸다구요. 도대체 그걸 어떻게 해석하란 말이냐구요? 그건 부인 편으로부터의 말하자면 일종의 교태냐구요, 아니면 당신은 대체 나를 아무렇게나 대해도 괜찮은 시시한 사내라고 여기는 거냐구요?”

“그건 실수였어요! 제게 상관 마세요!” 나데쥬다 표도로브나는 날카롭게 말했다. 그녀는 이 아름답고 황홀한 밤에 두려움을 느끼며, 그를 쳐다보며 스스로에게 의혹 속에 물었다. 이 인간이 그녀 마음에 들었고 가까웠던 순간이 정말 있었나?

"그러하옵단 말이지요!" 키릴린이 말했다. 그는 말없이 잠깐 서 있다가 잠시 생각하고 나서 말했다. "좋다구요, 기분이 좋아지실 때까지 기다려 보자구요. 다만 지금은 제가 행동이 올바른 사람이라는 것을 당신에게 감히 확언드리며 이에 대해서 누구라도 의심하는 것을 허용하지 않을 거라구요. 나를 가지고 놀 수 없다구요! 아듀!"

그는 거수경례를 하고 가시덤불 사이를 헤치면서 다른 데로 가 버렸다. 조금 후에 아츠미아노프가 주춤주춤 다가왔다.

"아름다운 밤이군요, 오늘!" 그는 가벼운 아르메니아 액센트를 띠며 말했다.

그는 실상 호남이고 유행에 맞는 옷차림을 하고 교육을 잘 받은 젊은이처럼 자연스러운 태도를 취했지만 나데쥬다 표도로브나는 그의 아버지에게 삼백 루블의 빚이 있기 때문에 그를 좋아하지 않았고, 피크닉에 구멍가게 주인을 부른 것도 마음이 불편했으며, 하필이면 그녀의 마음이 이렇게 맑은 오늘 밤에 그가 그녀에게 접근해 온 것도 불쾌했다.

"피크닉은 대체로 성공했군요." 그는 잠시 침묵하고 나서 말했다.

"그래요." 그녀는 동의했고, 방금 막 자기 빚에 대해 생각난 듯이 태연하게 덧붙였다.

"아, 참, 가게에서 말하세요. 이삼 일 안에 이반 안드레이치가 들러서 삼백을…, 얼만지 기억나지 않지만, 어쨌든 지불한다고요."

"매일 이 빚에 대해 말씀하지 않으시도록 하기 위해서라면 삼백을 더 드리고 싶을 지경입니다. 무엇 때문에 그렇게 산술적인 얘기만 하십니까?"

나데쥬다는 웃기 시작했다. 만일 자신이 충분히 도덕적인 여자가 아니고 원하기만 한다면 순식간에 그 빚에서 벗어날 수 있을 텐데, 하는 우스운 생각이 문득 그녀의 머릿속에 떠올랐다. 가령 이 잘생긴 젊은 바보의 머리를 돌게 만들어 놓는다면! 이건 얼마나 우습고 어리석고 막돼먹은 짓일까? 그녀는 갑자기 사랑에 빠지게 하여 마음껏 우려내고 차 버리고 나서 그 결과가 어떻게 될지 보고 싶어졌다.

"충고 하나 하는 것을 허락해 주십시오." 아츠미아노프가 머뭇거리며 말했다. "제발 부탁입니다, 키릴린을 조심하세요. 그는 어디서나 부인에 관해 끔찍한 것들을 지껄입니다."

"갖가지 바보들이 나에 대해 하는 말들은 궁금하지 않아요." 나데쥬다 표도로브나는 차갑게 말했는데 갑자기 불안이 그녀를 휩쌌고 젊고 잘생긴 아츠미아노프를 잠깐 데리고 놀겠다는 우스운 생각은 갑자기 그 매력을 잃었다.

"아래로 내려가야 해요." 그녀가 말했다. "부르고 있어요."

아래에는 벌써 생선 수프가 마련되어 있었다. 다들 생선 수프를 각 접시에 떠서 피크닉에서만 나타나는, 성스러운 일에 참여하는 듯한 그 표정으로 먹고 있었다. 모두들 생선 수프가 정말 맛있고 집에서는 한 번도 이렇게 맛있는 것을 먹어 본 일이 없다는 것을 깨달았다. 모든 피크닉에서 그렇듯이 냅킨, 포장지 두루말이, 바람에 기어 다니는 쓸데없는 기름종이들 가운데 뒤죽박죽이 되어 누구의 잔이 누구의 빵이 어디 있는지 모르게 되고, 포도주를 양탄자나 자기 무릎에 엎지르고, 소금을 흩트렸는데, 주위는 어두워졌고 모닥불도 이미 선명하게 타지 않게 되었고, 모두들 일어나 나뭇가지를 지피기도 귀찮아졌다. 모두가 포도주를 마셨고, 코스탸에게도 카탸에게도 반잔씩 따라 주었다. 나데쥬다 표도로브나는 한 잔을 다 마시고 또 한 잔을 마시고 취해서 키릴린에 대해서 잊었다.

"화려한 피크닉. 황홀한 밤." 포도주로 기분이 유쾌해진 라에프스키가 말했다. "그러나 나는 이 모든 것보다 멋진 겨울을 선호하지요. '그의 해리털 외투 깃에는 은빛 김이 서리고'."*

* 푸시킨의 《예브게니 오네긴》 제1장의 16연에 나오는 구절로서 페테르부르그의 겨울 거리에서 썰매마차를 타고 레스토랑 '탈롱'으로 가서 고급 샴페인 혜성주와 핏물 밴 로스트비프, 송로버섯, 림부르그산 블루 치즈와 파인애플, 거위 간 통조림(푸아그라)을 먹으러 가는 오네긴을 그리는 부분이다.

"각자 취향이 다르니까요." 폰 코렌이 지적했다.

라예프스키는 거북함을 느꼈다. 등으로는 모닥불의 열기가 따갑고 가슴과 얼굴로는 폰 코렌의 증오가 따갑다. 아마도 근거 있는 이유가 감추어져 있을, 건전하고 머리 좋은 인간의 이 증오는 그를 왜소하게 하고 힘 빠지게 했고, 그는 이에 대항할 힘이 없어 아첨하는 어조로 말했다.

"저는 굉장히 자연을 사랑하는데 제가 자연과학도가 아닌 것이 애석합니다. 저는 당신이 부럽습니다."

"어머 참, 저는 애석하지도 않고 부럽지도 않아요." 나데쥬다 표도로브나가 말했다. "민중들이 고통받고 있는데, 풍뎅이나 딱정벌레를 진지하게 연구하는 게 어떻게 가능한지 이해할 수 없어요."

라예프스키는 그녀와 견해를 같이하였다. 그는 자연과학에 관해서 전혀 아는 게 없어서 개미의 촉각이라든지 바퀴벌레의 발을 연구하는 사람들의 권위적인 어조와 학자적인 심각한 표정을 결코 참을 수 없었고, 항상 이 사람들이 촉각과 발과 무슨 원형질(웬일인지 그는 그것이 굴 같은 형태라고 상상했다)을 기반으로 인간의 기원과 생명을 포괄하는 문제들까지 해결하려고 하는 것을 유감스러워 하였다. 그러나 나데쥬다 표도로브나의 말 속에서 그는 거짓을 들었으므로 오직 그녀에게 반대하기 위해서 그는 말했다.

"문제는 딱정벌레에 있는 것이 아니라, 결론에 있지요!"

VIII

밤늦게 열 시가 지나서 집으로 돌아가기 위해 마차에 타기 시작했다. 모두 탔으나, 나데쥬다 표도로브나와 아츠미아노프의 자리만이 비었는데 둘은 강 건너편에서 경주를 하면서 키득거리고 있었다.

"여러분, 서둘러요!" 사모일렌코가 소리쳤다.

"부인들에겐 포도주를 주지 말아야 했는데." 폰 코렌이 작은 목소리로 말했다.

피크닉과 폰 코렌의 증오와 자신의 상념들로 지친 라예프스키는 나데쥬다 표도로브나를 만나러 갔고, 즐겁고 기쁨이 넘치고 자신을 새털처럼 가볍게 느끼는 그녀가 숨을 헐떡이고 키득거리며 그의 두 손을 잡고 그의 가슴에 머리를 기대었을 때, 그는 한 걸음 뒤로 물러나서 엄격하게 말했다.

"행동하는 게 꼭…, 창녀같이."

이 말은 몹시 난폭한 것이어서 그조차도 그녀가 가엾어졌다. 그녀는 그의 지치고 분노한 얼굴에서 자기에 대한 증오와 동정과 유감을 읽고 갑자기 의기소침해졌다. 그녀는 자신이 지나쳤고 너무나 허투루 행동했다는 것을 깨닫고 자신이 무겁고 뚱뚱하고 다듬어지지 않은 술취한 여자로 느껴지자 슬퍼져서 되는 대로 첫 번째 빈 마차에 아츠미아노프와 같이 탔다. 라예프스키는 키릴린과, 동물학자는 사모일렌코와, 보제는 부인들과 함께 탔고, 행렬이 움직였다.

"그들이 어떤지 알겠지요, 마카카 원숭이들." 폰 코렌은 망토로 몸을 감싸며 눈을 감고 말했다.

"자네도 들었지. 그녀는 민중들이 고통받기 때문에 풍뎅이나 딱정벌레 연구를 할 마음이 나기 어렵다네. 마카카 원숭이들은 모두 우리 동지들을 그렇게 보네. 열 세대에 걸쳐서 채찍과 주먹으로 줄곧 위협을 받아 온 교활한 노예 족속이네. 이 족속은 폭력 앞에서만은 떨고, 감동하고, 향을 피우지만, 이 원숭이를 아무에게도 덜미를 잡히지 않는 자유로운 지역으로 내보내면 거기서는 마음껏 휘두르며 본색을 드러내지. 보게, 미술 전람회, 박물관, 극장에서, 또는 학문을 논할 때에 마카카 원숭이가 얼마나 대담한지, 털을 곤두세우고 뒷발로 일어서고, 욕설을 퍼붓고, 비판을 하네…. 비판은 꼭 해야 하지. 노예의 특징이네! 잘 들어보게. 자유 직업에 종사하는 사람들을 사기꾼들보다도 더 욕하네. 그것은 인간 사회의 사분의 삼이 노예들, 저런 마카카 원숭이들로 이루어져 있기 때문이네. 노예가 당신에게 손을 내밀고, 당신이 일을 하고 있는 것에 대해 진심으로 감사를 표하는 일은 일어나지 않네."

"자네가 원하는 게 뭔지 모르겠네!" 사모일렌코는 하품을 하면서 말했다. "가여운 여자는 소박하게 자네와 지적인 것에 대해 말이 하고 싶어졌던 건데 자네는 벌써 결론을 이끌어내지. 자네는 무언가에 대해 그에게 화를 내고 있고,

그녀에게 화를 내는 것은 그녀가 그의 동반자여서지. 하지만 그녀는 훌륭한 여자네!"

"에이, 그만두게. 음탕하고 저속한 보통 정부네. 들어 보게, 알렉산드르 다비디치. 가령 자네가 남편과 함께 살지 않고 아무것도 안 하고 그저 히히 하하 하는 평범한 여자를 만난다면 그 여자에게 '일 좀 하라'고 할 것이네. 도대체 왜 자네는 지금 주저하며 진실을 말하기를 겁내는 건가. 나데쥬다 표도로브나가 선원이 아니라 관리의 정부로 산다는 오직 그 이유 때문인가?"

"그렇다면 내가 그녀에게 어떻게 해야 하나?" 사모일렌코는 화를 내었다. "매질이라도 하라는 건가?"

"악덕을 감싸지 말라는 거네. 우리는 안 보는 데서만 악덕을 저주하는데, 이건 주머니 속에서 엿먹어라 손가락질 하는 것과 비슷하지. 나는 동물학자 또는 사회학자네. 이는 자네가 의사인 것과 마찬가지네. 사회는 우리들을 믿네. 그래서 우리는, 그 나데쥬다 이바노브나와 같은 여자들의 존재가 사회와 미래의 세대들을 위협하는 무서운 해독에 대해 사회에 지적해 줄 의무가 있네."

"표도로브나네." 사모일렌코가 정정했다. "그럼 사회는 어떻게 해야 하나?"

"사회? 그건 사회가 알아서 할 일이네. 내 생각엔 가장 빠르고 믿을 만한 방법은 강제수단이네. 무력으로 남편에게 돌려보내야 하네. 만일 남편이 받아들이지 않는다면 강제노동으로 보내던가 교도소로 보내는 거지."

"우후!" 사모일렌코는 탄식했다. 그는 잠시 침묵하더니 나직하게 물었다. "며칠 전엔가도 자네는 라예프스키 같은 작자들은 없애 버려야 한다고 말했는데…, 나한테 말해 보게, 만일 그를…, 가령 국가나 사회가 당신에게 그를 없애 버리는 일을 위임한다면 자네는 그걸 결행할 수 있단 말인가?"

"손 떠는 일 없을 걸세."

IX

집으로 도착하자, 라예프스키와 나데쥬다 표도로브나는

그들의 깜깜하고 답답하고 권태로운 집 안으로 들어갔다. 두 사람 다 침묵했다. 라예프스키는 촛불을 켰고, 나데쥬다 표도로브나는 망토와 모자를 벗지 않은 채 앉아서 슬프고 죄진 듯한 두 눈을 들어 그를 쳐다보았다.

그는 그녀가 그의 해명을 기다리는 것이라는 것을 알았지만 해명한다는 것은 권태롭고 소용없고 피곤한 일일 것이었고, 내심 자제하지 못하고 그녀에게 거칠게 말한 것 때문에 힘들어 했다. 우연히 주머니 속에 있는 편지에 손이 닿았다. 매일 그녀에게 읽어 주리라 마음먹고 있던 이 편지를 지금 그녀에게 보여 주면 그녀의 주의를 다른 데로 돌릴 수 있을 거라고 그는 생각했다.

'이제는 이미 관계를 명확히 할 때다.' 그는 생각했다. '편지를 줘야지. 될 대로 되라지.'

그는 편지를 꺼내서 그녀에게 주었다.

"읽어 봐. 당신에게 관계 있는 일이야."

이렇게 말하고 나서 그는 자기 서재로 가서 어둠 속에 베개도 없이 소파에 누웠다. 나데쥬다 표도로브나는 편지를 다 읽자 천장이 내려오고, 벽들이 그녀를 향해 밀려오는 것 같은 느낌이 들었다. 갑자기 답답하고, 어둡고, 무서워졌다. 그녀는 재빨리 성호를 세 번 긋고 되뇌었다.

"주여, 안식을 주소서…. 주여, 안식을 주소서…."

그리고 울기 시작했다.

"바냐." 그녀가 불렀다. "이반 안드레이치!"

대답이 없었다. 그녀는 라예프스키가 방으로 들어와 자기 의자 뒤에 서 있는 것으로 생각하고 어린아이처럼 흐느껴 울면서 말했다.

"그가 죽은 것을 왜 더 일찍 말하지 않았어요. 난 피크닉에 가지 않았을 것이고, 그렇게 끔찍하게 웃어 대지도 않았을 텐데…. 남자들은 제게 저속한 소리들만 해요. 이 죄를 어째, 이 죄를 어째! 구해 줘요, 바냐, 구해 줘요. 저는 정신이 나갔어요…. 파멸했어요."

라예프스키는 그녀가 흐느껴 우는 소리를 들었다. 참을 수 없이 답답하고 심장이 몹시 뛰었다. 괴로움 속에 그는 일어나서 한동안 방 한복판에 잠시 서 있다가, 어둠 속에서 책상 곁에 있는 안락의자를 더듬어 찾아서 앉았다.

'이건 감옥이야….' 그는 생각했다. '떠나야 해…, 할 수 없어.'

카드게임을 하러 가기에는 이미 늦었고, 도시에 레스토랑은 없었다. 그는 다시 누워 흐느껴 우는 소리가 들려오지 않도록 귀를 막았고, 갑자기 사모일렌코에게 갈 수 있다고 하는 생각이 떠올랐다. 나데쥬다 표도로브나 옆을 지나가지 않도록, 그는 창문을 통해 마당으로 빠져나와 울타리를 넘어 거리로 나갔다. 어두웠다. 등불로 미루어 보아 큰 여객선인 어떤 기선이 방금 도착했다…. 얼마 후 닻 소리가 쩔렁거렸다. 해안으로부터 기선 방향으로 빨간 불이 움직였다. 이것은 세관의 보트가 떠 가는 것이었다.

'여객들이 선실에서 자는군…' 하고 생각하자 라예프스키는 다른 사람의 안식이 부러웠다. 사모일렌코의 집 창문들은 열려 있었다. 라예프스키는 한 창문을 들여다보고 나서 다른 창문을 들여다보았나. 집 안은 어둡고 조용했다.

"알렉산드르 다비디치, 자나?" 그가 불렀다. "알렉산드르 다비드치!"

기침 소리와 불안한 외침이 들려왔다.

"누구야, 웬 놈이냐?"

"날세, 알렉산드르 다비드치. 미안하네."

얼마 후 문이 열렸다. 등잔에서 부드러운 빛이 반짝이더니 하얀 잠옷을 입고 하얀 실내모를 쓴 거구의 사모일렌코가 나타났다.

"웬일인가?" 그는 잠에 취해 무겁게 하품을 하고 긁적거리며 물었다. "잠깐 기다리게. 곧 열어 줄 테니."

"놔두게. 내가 창문으로…."

라예프스키는 창문으로 기어 들어가서 사모일렌코 곁으로 다가가 그의 손을 잡았다.

"알렉산드르 다비드치." 그는 떨리는 목소리로 말했다. "날 구해 주게! 간청하네, 정말 부탁이야, 내 말 좀 들어 주게! 내 처지가 정말 괴롭네. 이런 상태가 하루이틀이라도 더 계속된다면, 나는 내 손으로 내 목을 조르겠어…, 개를 죽이듯이!"

“잠깐…. 무슨 얘기야, 도대체?”

“촛불을 켜게.”

“어흐, 어흐.” 사모일렌코는 촛불을 켜면서 한숨을 쉬었다. “맙소사, 맙소사, 벌써 한 시가 지났네, 친구.”

“미안해. 하지만 난 집에 앉아 있을 수가 없네.” 라예프스키는 촛불과 사모일렌코의 존재로 인해 마음이 한결 가벼워지는 것을 느끼며 말했다. “자네는, 알렉산드르 다비드치, 내 유일한, 최고의 친구네…. 모든 희망이 자네에게 있네. 원하든 원치 않든 제발 날 좀 구해 주게. 무슨 일이 있어도 난 여기서 떠나야 하네. 돈을 좀 빌려 주게!”

“어흐, 맙소사, 맙소사!” 사모일렌코는 긁적거리며 한숨을 쉬었다.“잠이 들자 기적이 울리며 기선이 도착하더니 그 다음엔 자네가…. 많이 필요한가?”

“적어도 삼백 루블쯤. 그녀에게 백은 남겨 놓아야 하고 내 여비로 이백…. 자네에게 벌써 사백 정도 빚을 졌네만 모두 보내겠어…, 모두….”

사모일렌코는 한 손으로 양쪽의 볼 수염을 잡고 두 다리로 버티고 서서 생각에 잠겼다.

"그러면…." 그는 생각에 잠긴 채 중얼거렸다. "삼백…, 그래…, 하지만 내게는 그만큼이 없어. 누구한테 빌려야 돼."

"빌리게, 제발!" 라예프스키는 사모일렌코의 얼굴에서 그가 돈을 줄 생각이 있고 꼭 주리라는 것을 알아보고는 말했다. "빌리게, 꼭 갚겠네. 도착하자마자 페테르부르그에서 보내겠네. 그 점이라면 안심하게. 그건 그렇고, 사샤," 그는 생기를 띠면서 말했다. "우리 포도주 마시세!"

"그래…, 포도주도 마실 수 있지."

두 사람은 식당으로 갔다.

"그런데 나데쥬다 표도로브나는 어떻게 되는 건가?" 사모일렌코는 포도주 세 병과 복숭아가 담긴 접시를 탁자 위에 놓으며 물었다. "그녀는 여기 남게 되나?"

"모두 처리하겠네, 모두 처리하겠네." 라예프스키는 기쁨이 예기치 않게 밀려오는 것을 느끼며 말했다. "나중에 그녀에게 돈을 보낼 거네, 그녀는 그러면 내게 올 거고….

거기서 우리 관계를 명확히 할 거네. 자네의 건강을 위해, 친구여….”

“잠깐 기다리게!” 사모일렌코가 말했다. “우선 이걸 마시게. 이건 내 포도밭 거네. 여기 이건 나바릿제 포도밭 거고, 이건 아하툴로프* 거지…. 세 종류 다 맛보고 솔직하게 말해 주게…. 내 것은 신맛이 나는 것 같아. 어? 안 그래?”

“그래. 자네는 내게 위로가 되는군, 알렉산드르 다비디치. 고마워…, 나는 살아났어.”

“신맛이지?”

“글쎄, 난 도무지 알 수가 없네. 그렇지만 어쨌든 자네라는 사람은 정말 멋지고 좋은 사람일세!”

그의 창백하고 흥분된 선량한 얼굴을 바라보고 있는 동안 사모일렌코는 그런 자들은 없애 버려야 한다는 폰 코렌의 견해가 떠올랐고, 그에게는 라예프스키가 누구나 모욕하거나 없애 버릴 수 있는 연약하고 무방비한 어린애로 여겨졌다.

---

* 나바릿제, 아하툴로프는 카프카즈 포도농장 이름이다.

"근데, 자네, 가게 되면 어머니와 화해하게." 그는 말했다. "못쓰네."

"그래, 그래, 꼭 하겠네."

그들은 얼마 동안 침묵했다. 첫째 병을 다 마시고 나자 사모일렌코가 말했다.

"폰 코렌과도 화해하면 좋을 거네. 자네 둘은 매우 훌륭하고 똑똑한 사람들인데, 마치 늑대처럼 서로 노려보지."

"그래. 그는 매우 훌륭하고 똑똑하네." 이제 모든 사람을 칭찬하고 용서할 태세가 되어 있는 라예프스키가 말했다. "그는 비범한 인간이네. 그러나 그와 친해지는 건 내겐 불가능하네. 안 돼! 우리는 성격이 너무나 다르다네. 나는 활기 없고 약하고, 복종적인 성격이네. 어쩌면 어떤 순간 그에게 손을 내밀 수도 있을지 모르네, 그러나 그는 경멸하며 나를 끊어 버릴 걸세."

라예프스키는 포도주를 한 모금 마시고, 이 구석에서 저 구석으로 어정거리더니 방 한가운데 서서 계속했다.

"나는 폰 코렌을 아주 잘 파악하네. 그는 단단하고 강하고 전제군주적 성격이네. 자네도 들었지, 그는 노상 탐험 얘기만 하는데, 그건 빈말이 아니네. 그에게는 황야, 달밤이 필요한 거지. 주위 천막 속에서 또 노천에서는 무리한 행군에 지쳐서 굶주리거나 병든 카자크 사람들, 안내인들, 짐꾼들, 의사, 사제 모두가 자고 있는데 그 혼자만은 자지 않고, 스탠리*처럼 접는 의자에 걸터앉아서, 자기는 황야의 황제이고 이 사람들의 주인이라고 느끼지. 그는 어딘가로 가고 가고 또 가지. 그의 사람들이 신음하고 차례로 쓰러지고, 그는 가고 또 가고, 결국 그 자신도 죽어가지만 그래도 여전히 그는 전제군주이고 황야의 황제로 남지. 그건 그의 무덤의 십자가가 삼-사십 마일 밖까지 카라반 상인들의 눈에 띄고 황야를 지배하기 때문이지. 나는 이 인간이 군인이 아닌 게 유감스럽네. 군인이라면 뛰어난, 천재적인 사령관이 되었을 텐데. 그는 자기의 기병대를 강에 빠뜨려 죽이고 그 시체들로 다리를 만들 수 있었을 텐데, 그리고 전쟁에서 그런 용기는 어떤 축성술이나 전술 이상

* 헨리 모톤 스탠리(1841-1904)는 영국의 탐험가, 아프리카 연구가.

으로 필요하지. 오, 나는 그를 너무나 잘 파악하지! 말해 보게, 무엇 때문에 그는 여기서 밥만 죽이고 있나? 여기서 그에게 필요한 게 뭔가?"

"바다의 동물을 연구하니까."

"아냐, 아냐, 친구, 아냐!" 라에프스키는 한숨을 쉬었다. "기선에서 승객인 어떤 학자가 내게 말했는데 흑해에는 동물이 거의 없고 바다 깊은 곳에 황화수소가 많아서 유기체의 생존이 불가능하다네. 진지한 동물학자들은 모두 나폴리라든가 빌프랑시의 생물학 연구소에서 일한다네. 그러나 폰 코렌은 독립적이고 고집이 세네. 그는 흑해에서는 아무도 연구하지 않으니까 여기서 연구하는 거네. 그가 대학과 단절하고 학자나 동료를 백안시 하는 것은 그가 우선은 전제군주이고, 그 다음에 동물학자이기 때문이네. 그가 거물이 되는 걸 보게 될 거네. 그는 벌써 지금도 공상하고 있네, 탐험에서 돌아오면 우리 대학들에서 음모나 적당주의를 몰아내고 학자들을 혼내 주겠다고 말이지. 전제군주는 전쟁에서처럼 학문에게도 마찬가지로 위력이 있으니.

그가 두 번째 여름을 이 냄새나는 소도시에서 지내는 건 대도시에서 둘째가는 인물이기보다는 시골에서 첫째가는 인물인 게 더 좋아서네. 그는 여기서 왕이고 독수리거든. 모든 사람을 가시철망에 가두어 놓고 자기의 권위로써 그들을 압박하네. 그는 모든 사람을 구속하고 남의 일에 간섭하고 모든 걸 요구하지, 모두들 그를 두려워하네. 내가 그의 손아귀에서 빠져나오니 그는 그걸 느끼고 나를 미워하는 거네. 그가 자네에게 나를 없애 버리거나 공공근로로 보내야 한다고 말하지 않았나?"

"그랬네." 사모일렌코는 웃음을 터트렸다.

라예프스키도 웃음을 터트리며 포도주 잔을 비웠다.

"그의 이상들도 전제적이네." 그는 웃으며 복숭아를 한 입 베어 먹으며 말했다. "보통 인간들이 공공 이익을 위해서 일한다면 나나 너나 한마디로 인간인 자기와 가까운 것을 염두에 두네. 폰 코렌에게는 인간은 그의 인생의 목표로 삼기에는 너무나 시시한 개새끼니 쓰레기지. 그가 일하거나 탐험여행을 가게 되거나 거기서 목을 부러뜨리면 그건 동포애 때문이 아니라, 인류, 미래의 세대, 인간의 이상적 인종 같은 추상개념들 때문이네. 그는 인종 개량을 위해서 바쁘게 일하고 이 면에서 우리들은 그에게 노예, 대포의 먹이, 매달리는 짐승일 뿐이지. 그는, 일부는 없애 버리거나 징역을 보내거나 하고, 나머지는 규율로 묶어 아락체예프* 식으로 북소리에 따라 일어나고 자도록 하고, 우리의 순결과 도덕성을 지키기 위해 환관들을 세워 놓고 우리의 편협하고 보수적인 모럴의 테두리 밖으로 나가는 사람은 모두 쏘라고 명령할 지경이지. 그리고 이 모든 것이 인종 개량을 위해서라지. 인종이란 도대체 무엇인가. 환상, 신기루지…. 전제군주는 언제나 환상가였네. 나는, 친구, 그를 잘 아네. 나는 그를 존중하고 그의 의미를 부정하지 않네. 이 세상은 그와 같은 자들에 의해 지탱되지. 만약 세상이 우리 같은 사람에게만 맡겨진다면, 우리들이 아무

---

* 알렉세이 안드레예비치 아락체예프. 백작(1769-1834), 러시아 장군이자 정치가. 알렉산드르 1세 밑에서 국방성 대신으로 황제의 총애를 받다가 12월혁명(1825년 청년 장교들의 정치개혁 시도) 이후 사임당한다. 그의 이름은 잔인한 경찰정치 및 군부정치와 동일한 의미로 쓰였다.

리 선량하고 좋은 의도를 가졌더라도 파리들이 이 그림을 망쳐놓은 것과 똑같이 세상을 만들게 될 걸세. 정말 그래."

라예프스키는 사모일렌코와 나란히 앉아, 진정으로 열중하여 말했다.

"나는 공허하고 하찮은 타락한 인간이네! 내가 숨쉬고 사는 공기는 술과 사랑이지, 한마디로 나는 이제까지 허위와 무위와 소심함으로 삶을 치워 버린 거지. 이제까지 나는 사람들과 나 자신을 속이고, 이 때문에 괴로워했는데 내 괴로움은 값싸고 시시했네. 폰 코렌의 증오 앞에서, 나는 얌전히 허리를 굽히네. 나 자신이 가끔 스스로를 증오하고 경멸하기 때문이네."

라예프스키는 또다시 흥분해서 이 구석에서 저 구석으로 어정거리더니 이렇게 말했다.

"나는 스스로 나의 결점들을 확실히 보고 그것을 스스로 인정해서 기쁘네. 이는 내가 갱생하여 다른 인간이 되는 데 도움을 줄 서네. 이 사람아, 내가 얼마나 열렬히 얼마나 고통스럽게 자신의 갱생을 갈망하고 있는지 자네가 안다면. 그리고 자네에게 맹세하네, 나는 인간이 되겠네, 인간이 되겠어! 포도주기가 내 안에서 말하는지, 아니면 실제가 그런지 몰라도, 나는 지금 자네와 있는 순간 같은 밝고 순수한 순간들을 이미 오랫동안 체험하지 못한 것 같네."

"이 친구, 잠잘 시간이네." 사모일렌코가 말했다.

"그래, 그래…, 미안해. 곧 가겠네."

라예프스키는 자기 제모를 찾느라 가구와 창문 부근에서 부산하게 움직였다.

"고맙네…." 그는 한숨을 내쉬면서 중얼거렸다. "고마워…. 다정함과 좋은 말은 적선보다 낫네. 자네가 나를 되살렸네."

그는 자기의 모자를 찾고 멈춰 서서 죄진 듯이 사모일렌코를 바라보았다.

"알렉산드르 다비디치!" 그는 간청하는 목소리로 말했다.

"뭔가?"

"친구, 자네 집에서 좀 자게 해 주게!"

"부디 그러게…. 근데 뭐 때문에?"

라예프스키는 소파에 누웠으나, 한참이나 더 의사와 이야기했다.

X

피크닉이 있고 나서 사흘쯤 지난 날, 나데쥬다 표도로브나에게 예기치 않게 마랴 콘스탄티노브나가 찾아와 인사도 없이 모자도 안 벗고 그녀의 두 손을 잡아 자기 가슴에 누르고 강한 흥분 상태에서 말했다.

"이봐요, 난 흥분하고 놀랐어요. 착하고 사람 좋은 의사가 어제 내 니코딤 알렉산드리치에게 댁의 남편이 돌아가신 것 같다고 알려 주었어요. 말해 봐요, 이봐요…. 말해 줘요, 정말이에요?"

"네, 정말이에요. 그가 죽었어요." 나데쥬다 표도로브나가 대답했다.

"끔찍해요, 끔찍해요! 이봐요, 하지만 좋은 일 없는 나쁜 일은 없지요. 댁의 남편은 필시 놀라운, 정말 훌륭한, 성인

같은 사람이었을 거예요. 그런 사람들은 지상보다 하늘에 더 필요하지요."

마랴 콘스탄티노브나의 얼굴은 마치 살갗 아래 작은 가시바늘들이 돋아난 듯 작은 선들과 작은 점들까지 다 떨리기 시작했다. 그녀는 '복숭아' 미소를 짓고 숨을 헐떡거리며 감격하여 말했다.

"자, 이제 댁은 자유로워요. 이봐요. 이제는 머리를 높이 쳐들고 용감하게 사람들의 눈을 들여다볼 수 있어요. 이제부터는 하느님과 사람들이 댁과 이반 안드레이치의 결합을 축복할 거예요. 멋진 일이에요. 기뻐서 떨리고 말 못할 지경이에요. 이봐요, 내가 중매쟁이가 될게요…. 나와 니코딤 알렉산드릐치는 댁을 무척 좋아했으니 우리에게 댁의 합법적이고 정결한 결합을 축복하도록 해 주세요. 언제, 언제 식을 올리려고 생각하세요?"

"저는 그건 생각하지도 않았어요." 두 손을 빼면서 나데쥬다 표도로브나가 말했다.

"그럴 리가 있나요, 이봐요, 댁은 생각했지요, 생각했어요!"

"맹세코 생각하지 않았어요." 나데쥬다 표도로브나는 웃음을 터트렸다. "뭣 때문에 우리가 식을 올려야 하나요? 전 그럴 필요를 전혀 못 느끼겠어요. 살던 대로 살 거예요."

"무슨 말이에요!" 마랴 콘스탄티노브나는 경악했다. "맙소사, 무슨 말을 하는 거예요!"

"식을 올린다고 나아질 건 없어요. 오히려 더 나빠질 수도 있어요. 각자 자유를 잃게 될 테니까요."

"이봐요, 이봐요! 무슨 말을 하는 거예요!" 마랴 콘스탄티노브나는 뒷걸음을 치고 손뼉을 치며 외쳤다. "유별나네요! 정신 차려요! 평온을 찾으세요!"

"그러니까 무슨 평온을 찾느냐고요? 저는 아직 산 것 같지도 않은데 당신은 저더러 평온을 찾으라니요!"

나데쥬다 표도로브나는 그녀가 실제로 아직 삶을 누려보지 못했다는 사실을 떠올렸다.

여학교를 마치자마자 사랑하지 않는 사람에게 시집을 갔고, 그 후 라예프스키와 사귀었고 그와 내내 이 권태롭고 황량한 해변에서 무엇인가 좀 나은 것을 기대하면서 살아왔다. 이것이 삶이란 말인가.

'식을 올려야 하겠지….' 그녀는 생각했지만 키릴린과 아츠미아노프를 떠올리고 얼굴을 붉히고 말했다.

"아니에요. 불가능해요. 이반 안드레이치가 무릎을 꿇고 청한다 해도 그때도 저는 거절할 거예요."

마랴 콘스탄티노브나는 일 분간 말없이 소파에 앉아 슬프고 진지하게 한 점을 바라보다가 일어나서 차갑게 말했다.

"안녕히 계세요, 이봐요. 번거롭게 해서 미안해요. 제게 쉽지 않은 일이기도 하지만 오늘부터 우리 사이는 끝이고, 제가 이반 안드레이치를 깊이 존경함에도 불구하고 댁에게는 제 집 문을 열어 주지 않을 거라는 걸 말하지 않을 수 없군요."

그녀는 엄숙하게 말했지만, 자기의 엄숙한 어조에 스스로가 압도되었다. 그녀의 얼굴은 다시 떨리기 시작했고 부드러운 '복숭아' 표정을 띠었으며, 놀라고 당혹한 나데쥬다 표도로브나에게 두 손을 내밀고 애원조로 말했다.

"이봐요, 일 분만이라도 댁의 어머니나 언니가 되게 해 줘요! 어머니처럼 댁을 터놓고 대할게요."

나데쥬다 표도로브나는 마치 실제로 그녀의 어머니가 살아나서 그녀 앞에 서 있는 것같이 가슴속에 따뜻함과 기쁨과 자기에 대한 동정을 느꼈다. 그녀는 느닷없이 마랴 콘스탄티노브나를 껴안고, 그녀의 어깨에 얼굴을 묻었다. 둘은 울기 시작했다. 그들은 소파로 앉았고, 얼마 동안 서로의 얼굴을 보지 못하고 한마디 말도 못 하고 흐느껴 울었다.

"이봐요, 내 딸 같으니," 마랴 콘스탄티노브나가 말을 시작했다. "봐주지 않고 엄격한 진실을 말할게요."

"제발, 제발요!"

"내 말을 믿어요. 이봐요. 이곳 부인들 중에서 댁을 받아들이는 사람은 나뿐이라는 걸 생각해 봐요. 댁은 첫날부터 나를 겁나게 했지만 나는 다른 사람들처럼 댁을 경멸적으로 대할 수 없었어요. 나는 아들처럼 그 사랑스럽고 선량한 이반 안드레이치 때문에 가슴 아파했어요. 젊은이가 낯선 곳에서, 경험도 없고 약하고 어머니도 없이, 그래서 나는 괴로워했고 또 괴로워했어요…. 남편은 그와 알고 지내는 걸 반대했지요. 그러나 내가 설득하고…, 확신시켰지요…. 우리는 이반 안드레이치를 받아들이게 되었고 그와 함께 물론 댁도 받아들인 거예요, 아니면 그가 모욕을 느꼈겠지요. 내게는 딸이 있고 아들이 있고…. 이해하시지요, 연약한 아이의 정신, 순결한 마음…, 누가 이 어린 양들 중 하나라도 유혹한다면…. 나는 댁을 받아들였지만 아이들 때문에 벌벌 떨었어요. 오, 댁도 어머니가 되면 내 두려움을 이해하게 될 거예요. 그리고 모두들 내가 댁을, 미안해요, 제대로 된 여자처럼 받아들이는 것을 보고 의아해하며 내게 이 말 저 말 암시를 하고…, 네, 물론 험담도 하고 가설도 늘어놓고 했지요…. 내 영혼 깊은 곳에서는 난 댁을 심판하고 있었지만 댁은 불행하고, 비참하고, 궤도를 벗어난 사람, 그래서 불쌍해서 내 가슴이 아팠어요."

"그렇지만 왜요? 왜요?" 나데쥬다 표도로브나는 온몸을 떨면서 물었다. "제가 누구한테 뭘 어쨌는데요?"

"댁은 끔찍한 죄인이에요. 댁은 제단 앞에서 남편에게 한 서약을 깨뜨렸어요. 댁은 훌륭한 젊은 남자를 유혹했어요. 아마도 댁을 만나지 않았더라면 그는 자기에게 맞는 좋은 집안 출신의 합법적인 동반자를 만나 다른 모든 사람들처럼 살았을 텐데요. 댁은 그의 청춘을 망쳤어요. 이봐요, 아무 말 말아요. 아무 말 말아요! 난 우리가 죄를 짓는 것은 남자 탓이라고 믿지 않아요. 항상 여자 탓이에요. 남자는 가정 문제에 대해서는 경솔하고, 마음으로써가 아니라 머리로써 사니 많은 것들을 이해 못 하지만 여자는 모든 것을 이해하지요. 모든 것이 여자에게 달렸어요. 여자에게는 많은 것이 주어졌고 여자에게서 많은 것을 요구하기도 하지요. 오, 이봐요, 만약 여자가 이 점에서 남자보다 어리석거나 약하다면 하느님이 여자에게 사내아이와 여자애들의 교육을 맡기지 않았을 거예요. 게다가 여봐요, 댁은 모든 부끄러움을 잊고 타락의 길로 들어섰잖아요. 다른 여자가 댁의 처지였다면 사람들로부터 숨어서 절연하고 집에 앉아 있기만 할 거고 사람들은 교회에서나 창백한 얼굴로 온통 검은 옷을 입고 우는 그녀를 보고 누구나 진심으로 슬퍼하며 '하느님이시여, 여기 죄를 범한 천사가 다시 그대에게로 돌아갑니다…' 하겠지요. 하지만 댁은, 여봐요, 조심성을 모두 잊고 죄를 자랑스레 여기는 양 내놓고 유별나게 살고 장난을 치고 웃고 야단이었으니 댁을 보고 나는 끔찍해서 몸을 떨었고, 댁이 우리 집에 앉아 있을 때 하늘의 천둥이 우리 집을 내리칠까 봐 무서웠어요. 여봐요, 아무 말 말아요. 아무 말 말아요!" 나데쥬다 표도로브나가 말하고 싶어 하는 것을 알아채고, 마랴 콘스탄티노브나가 소리를 질렀다. "내 말을 믿어요. 나는 댁을 속이지 않을 거고 댁의 영혼의 눈으로부터 단 하나의 진실도 감추지 않을 거예요. 그러니까 내 말을 좀 들어요, 여봐요…. 하느님은 큰 죄인들에게 표적을 붙이시지요. 댁에게도 표적이 붙여져 있어요. 생각해 보세요, 댁의 옷은 언제나 끔찍하지요!"

항상 자기의 옷이 가장 최고라는 의견을 가졌던 나데쥬다 표도로브나는 울기를 멈추고 의아하게 그녀를 바라보았다.

"그래요, 정말 끔찍해요!" 마랴 콘스탄티노브나가 계속했다. "댁의 멋내느라 한 야한 옷차림을 보면 누구나 댁의 행실을 판단할 수 있지요. 모두들 댁을 보고 비웃고 어깨를 으쓱하곤 했지만 난 가슴이 아프고 아파서…. 그리고 여봐요, 이 말 용서해요, 댁은 청결하지 않아요. 해수욕장에서 만날 때마다 댁은 날 치 떨리게 해요. 윗도리는 그래도 괜찮은 편이지만 스커트와 슈미즈의 경우는…, 여봐요, 얼굴이 뜨거워요! 불쌍한 이반 안드레이치에게 아무도 넥타이 하나 제대로 매 주지 않고, 또 그 불쌍한 사람의 셔츠에서도 구두에서도 집에서 아무도 그를 돌보지 않는다는 것이 보여요. 그리고 항상 그는, 여봐요, 집에서 먹지 못해서 배고파 해요. 정말이지 집에 사모바르나 커피를 신경 써 주는 사람이 없으면 어쩔 수 없이 월급의 절반을 카페에서 써 버리게 되지요. 댁의 집안 꼴은 그냥 끔찍, 끔찍 그 자체예요! 도시 전체에 어느 집에도 파리가 없는데 댁의 집에는 파리가 수없이 들끓어 접시들도 사발들도 새까매요. 창턱에도 식탁에도, 보세요, 먼지, 죽은 파리들, 컵들…, 뭣 때문에 여기 컵들을 놔뒀나요? 게다가 여봐요, 아직까지 식탁도 안 치웠잖아요. 그리고 댁의 침실로는 들어가기가 부끄럽지요. 온 곳에 속옷이 널려 있고, 벽에는 여러 가지 고무 제품이 걸려 있고, 무슨 대야까지 놓여 있으니…. 여봐요! 남편은 아무것도 보면 안 돼요, 아내는 남편 앞에서 천사처럼 깨끗해야 해요! 난 매일 아침 날이 밝기 무섭게 일어나 니코딤 알렉산드리치가 내가 잠이 덜 깬 얼굴을 보지 못하게 찬물로 얼굴을 씻어요."

"그건 모두 사소한 일들이에요." 나데쥬다 표도로브나는 소리내어 흐느꼈다. "제가 행복하다면 몰라도, 제가 이렇게 불행한데요!"

"그래요, 그래요, 댁은 매우 불행해요!" 마랴 콘스탄티노브나는 울음이 터지지 않도록 겨우 막느라 한숨을 쉬었다. "그리고 미래에도 무서운 고통이 댁을 기다리고 있지요! 외로운 노년, 질병, 그러고 나서 무서운 심판에서의 답변…. 끔찍해요, 끔찍해요! 지금 운명이 스스로 댁에게 도움의 손을 뻗는데, 댁은 어리석게도 뿌리치는군요. 식을 올려요, 빨리 식을 올려요!"

"그래요, 그래야지요, 그래야지요." 나데쥬다 표도로브나가 말했다. "하지만 그건 불가능해요!"

"도대체 왜죠?"

"불가능해요! 오, 그걸 아실 수 있다면!"

나데쥬다 표도로브나는 키릴린에 대해서, 또 그녀가 어제 저녁 부두에서 젊고 잘생긴 아츠미아노프와 만났고, 삼백 루블의 빚을 벗어나려는 정신 나간 우스운 생각이 떠올라 매우 우스웠는데 그녀가 저녁 늦게 집에 돌아올 때는 돌이킬 수 없이 타락한 창녀라고 느꼈던 것에 대해서 이야기하고 싶었다. 그녀 자신도 어떻게 그런 일이 일어났는지 알 수 없었다. 그리고 지금 그녀는 마랴 콘스탄티노브나 앞에 빚을 꼭 갚을 거라고 맹세하고 싶었지만 흐느낌과 수치심이 그녀의 말을 막았다.

"저는 떠나겠어요." 그녀는 말했다. "이반 안드레이치는 남더라도 전 떠나겠어요."

"어디로요?"

"러시아로요."

"하지만 어떻게 살아갈 거예요? 아무것도 가진 게 없잖아요."

"번역을 하든가, 그렇지 않으면…, 그렇지 않으면 자그마한 도서관을 열 거예요."

"공상은 그만둬요. 여봐요. 자그마한 도서관을 열려면 돈이 있어야죠. 자 이제 댁을 두고 가겠어요. 댁은 진정하고 좀 생각을 하고 내일은 쾌활한 기분으로 제게 오세요. 멋질 거예요! 안녕! 내 천사, 키스하게 해 줘요."

마랴 콘스탄티노브나는 나데쥬다 표도로브나의 이마에 키스를 하고, 성호를 긋고, 조용히 나갔다. 벌써 어두워졌고 올가는 부엌에서 불을 켰다. 나데쥬다 표도로브나는 계속 울면서 침실로 가서 침대에 누웠다. 고열이 났다. 누운 채 그녀는 옷을 벗어 발치로 구겨 놓고, 담요를 덮고 몸을 공처럼 웅크렸다. 갈증이 났으나 아무도 가져다줄 사람이 없었다.

"갚을 거야!" 그녀는 자신에게 말했고, 열뜬 상태에서 그녀는 어떤 앓는 여자 곁에 앉아 있는 듯했고, 그 여자가 자기라는 것을 알아본 듯했다. "갚을 거야. 그런 생각은 바보 같아, 내가 돈 때문에…. 떠나서 페테르부르그에서 그에게 돈을 보낼 거야. 우선 백…, 그다음 또 백…, 그러고 나서 또 백…."

밤늦게 라예프스키가 돌아왔다.

"우선 백…," 나데쥬다 표도로브나가 그에게 말했다. "그다음 또 백…."

"키니네를 먹어 봐요." 그는 말하고 나서 생각했다. '내일은 수요일, 기선이 떠난다. 나는 안 떠나고. 그러니까 여기서 토요일까지 살아야 하는군.'

나데쥬다 표도로브나는 침대 위에 무릎을 꿇고 앉았다.

"제가 방금 아무 말도 안 했나요?" 미소를 띠며 촛불에 눈부셔 하며 그녀는 물었다.

"아무 말도 안 했소. 내일 아침 의사를 부르러 보내겠소. 자요."

그는 베개를 들고 문 쪽으로 갔다. 나데쥬다 표도로브나를 남겨두고 떠나겠다고 최종적으로 결심한 후부터 그녀는 그에게 동정과 죄책감을 일으키게 되었다. 그녀를 보면 병에 걸렸거나 늙어서 죽여 버리기로 결심한 말을 볼 때처럼 약간 양심이 찔렸다. 그는 문에 멈춰 서서 그녀를 돌아다보았다.

"피크닉 때는 신경이 날카로워져서 난폭한 말을 했소. 부디 용서해요."

이렇게 말하고 그는 자기 서재로 가서 누웠으나 오랫동안 잠들지 못했다.

다음 날 아침, 축제일이어서 견장들과 훈장들을 단 완전한 예복 차림으로 사모일렌코가 나데쥬다 표도로브나의 맥을 짚어 보고 혀를 보고 침실에서 나왔을 때, 문지방에서 있던 라예프스키가 불안하게 물었다.

"그래, 어떤가? 어떤가?"

그의 얼굴은 공포와 극도의 불안과 희망을 나타내고 있었다.

"안심하게, 위험한 건 전혀 아니야." 사모일렌코가 말했다. "그냥 열이 난 거네."

"그거 말고." 라예프스키는 초조하게 찌푸렸다. "돈은 구했나?"

"여보게, 미안하네." 사모일렌코는 방문 쪽을 돌아다보고 당황하며 속삭였다. "정말 미안하게 됐어! 아무도 돈이 없다는 거야. 아직 오 루블, 십 루블씩 모았는데 다 합쳐야 백십 루블이야. 오늘 또 이 사람 저 사람 알아보겠네. 조금만 참게."

"허지만 마지막 기한이 토요일이네!" 라예프스키는 초조해서 떨며 속삭였다. "제발, 제발 토요일까지는 돼야 돼! 만약 토요일에 떠나지 못한다면, 아무것도 필요 없어…, 아무것도! 의사에게 돈이 없다니 이해가 안 돼!"

"그래, 참 나, 자네 맘대로 생각하게." 사모일렌코는 빠르게 억지로 짜내는 소리로 속삭이느라 목구멍에서 삑 소리까지 났다. "내내 내게서 꾸어 갔단 말이야. 꿔준 돈이 칠천이야. 그리고 나도 사방에 빚을 졌어. 내 잘못이란 말인가?"

"그러니까 토요일까지는 되는 거지? 되지?"

"힘써 보겠네."

"간청이네, 친구. 금요일 아침에 돈이 내 수중에 있도록 해 주게."

사모일렌코는 앉아서 키니네 브롬칼리 용액, 설사제, 틴투라 겐티아나 아쿠아 포에니쿨리, 이 모두를 합제하는 처방을 쓰고, 쓴맛이 안 나도록 장미목 시럽을 첨가하고는 돌아갔다.

XI

"마치 나를 체포하러 온 사람 같은 모습이네." 예복을 입고 그에게로 들어오는 사모일렌코를 보고 폰 코렌이 말했다.

"지나가다가 잠깐 들러 동물학 강의 좀 얻어 들어야겠다 생각했네."

사모일렌코는, 동물학자가 직접 보통 널빤지들로 짠 큰 탁자로 앉으며 말했다.

“안녕하시오, 보제!” 창가에 앉아서 무엇인가를 베끼고 있는 보제에게도 고개를 끄떡였다. “나, 일 분만 앉았다가 점심 준비를 하러 집으로 달려 갈 거네. 벌써 시간이 됐으니…. 방해했나?”

“전혀 아니네.” 동물학자는 작은 글씨가 씌어 있는 종이들을 탁자 위에 펼쳐 놓으며 말했다. “우리는 베끼고 있네.”

“그렇군…. 오, 맙소사, 맙소사….” 사모일렌코는 한숨을 쉬었다. 그는 죽어서 말라붙은 지네가 놓여 있는 먼지가 덮인 책을 조심스럽게 탁자에서 밀어내며 말했다. “도대체가! 어때, 어떤 초록빛 딱정벌레가 볼일 보러 다니다가 길에서 갑자기 이런 몹쓸 놈을 만났다고 생각해 보세. 정말 끔찍했을 것 같아!”

“그래, 그럴 거네.”

“이놈은 적으로부터 방어하기 위한 독을 가졌나?”

“그렇네, 방어하고 또 스스로 공격하기 위해서지.”

“그래, 그래, 그렇군…, 그래서 자연의 모든 것은, 여보게들, 합목적적이고 설명 가능하군.”

사모일렌코는 한숨을 쉬었다. "그런데 아무래도 내가 이해할 수 없는 게 있네. 자네는 매우 똑똑한 사람이니 내게 설명 좀 해 보게. 자네 알겠네만 크기는 쥐만 한 게 예쁘장하게 보이는, 높은 차원에서는, 자네에게 말이지만, 저속하고 부도덕한 동물들이 있지. 그 동물이 숲을 돌아다니다 새를 보고 잡아서 먹었다고 치세, 계속 가다 풀밭에서 알들이 있는 작은 둥지를 보지만 이미 배가 불러 삼키고 싶지는 않고, 그래도 알 하나를 쪼고 다른 알들은 발로 둥지 밖으로 아무렇게나 내던지네. 그다음에 개구리를 만나 장난을 치네. 개구리를 싫컷 괴롭히고 나서 가다가 입맛을 다시는데 맞은편에서 풍뎅이가 오네. 그는 발로 풍뎅이를…. 그래서 만나는 모든 것을 망치고 파멸시키고…. 남의 굴로 들어가서 공연히 개미집들을 파헤치고 달팽이를 깨물고…, 쥐를 만나면 쥐와도 싸우고, 작은 뱀이나 생쥐를 보면 죽여야 되고. 하루 종일 그렇게 보내지. 말해 보게, 이런 동물은 뭐에 필요한가? 그 동물은 왜 창조되었나?"

"어떤 동물을 말하는지 모르지만…." 폰 코렌이 말했다.

"아마 어떤 식충 동물의 하나일 거네. 근데, 왜? 새가 조심하지 않아서 잡힌 거고, 새가 서툴러 둥지를 잘 못 만들어 눈에 띄지 않게 하지 못했기 때문에 그것이 둥지를 부숴 버린 거네. 개구리는 피부색에 아마 결함이 있었을 거네, 그렇지 않다면야 그것이 보지 못했을 거고, 등등이네. 자네가 말한 그 동물은 약하고, 서툴고, 조심성이 없는 것들, 한마디로 자연이 후손에게 전달할 필요가 없다고 여기는 결함들을 가진 것들만 파멸시키네. 더 기민하고 조심성이 있고, 강하고, 발전된 것들만 살아남네. 이리하여 자네의 그 동물은, 자신은 상상도 못한 채, 종의 완성이라는 위대한 목적에 봉사하는 거지."

"그래, 그래, 그렇군…. 근데, 여보게," 사모일렌코가 허물없이 굴며 말했다. "한 백 루블 내게 좀 꿔 주게!"

"좋네. 식충 동물 중에는 아주 재미있는 개체들이 있네. 예를 들면 두더지가 그렇네. 두더지는 해충을 없애기 때문에 유익하다고들 말하네. 어떤 독일인이 두더지 털가죽으로 만든 외투를 황제 빌헬름 1세에게 바쳤는데, 황제가 그렇게 많은 유익한 동물을 죽였다고 그 사람을 견책하라고 명령했다는 이야기가 있네. 그렇지만 두더지는 그 잔혹성에 있어서 자네가 말한 고 짐승에 조금도 뒤지지 않는 데다가 목초지를 마구 망쳐놓으니 해롭다네."

폰 코렌은 돈궤를 열고 백 루블짜리 지폐를 꺼냈다.

"두더지는 박쥐처럼 강한 흉곽에," 그는 돈궤를 잠그면서 계속했다. "몹시 발달한 골격과 근육, 특별히 무장된 입을 가지고 있네. 만약 두더지가 코끼리의 크기를 가졌다면 모든 것을 파괴하는 무적의 동물이 되었을 거네. 재미있는 것은 흙 속에서 두 마리의 두더지가 만났을 때 그 둘은 꼭 약속이라도 한 듯이 널찍한 터를 파기 시작한다는 거네. 이 터는 더 편하게 싸우기 위해서 필요한 거네. 다 파면 그들은 잔혹한 싸움을 시작해서 약자가 쓰러질 때까지 싸우네. 자, 백 루블 받게," 폰 코렌은 목소리를 낮추며 말했다. "허나 라예프스키를 위해서 꾸지 않는다는 조건으로."

"라예프스키를 위해서면 어때서!" 사모일렌코는 흥분해서 말했다. "자네가 무슨 상관인가?"

"라예프스키를 위해서라면 줄 수 없네. 자네가 돈 꾸어 주는 거 좋아하는 거 아네. 강도 케림이라도 부탁하면 줄 테지. 허나 미안하지만, 나는 이런 방향에서는 자네를 도울 수 없네."

"그래! 난 라예프스키를 위해서 부탁하는 거네!"

사모일렌코는 일어서서 오른손을 휘두르며 말했다. "그래! 라예프스키를 위해서! 그리고 어떤 악마라도 귀신이라도 내가 내 돈을 어떻게 써야 한다고 가르칠 권리가 없어! 주기 싫은 거지? 아니야?"

보제는 큰 소리로 웃기 시작했다.

"흥, 열 올리지 말고 생각 좀 해 보게." 동물학자가 말했다. "라예프스키 씨에게 선행을 베푸는 것은, 내 생각으로는, 잡초에 물을 주거나 메뚜기에게 먹이를 주는 것과 똑같이 어리석네."

"내 생각으로는, 우리는 가까운 이들을 도와줄 의무가 있네!" 사모일렌코가 소리를 질렀다.

"그렇다면 담 밑에 누워 있는 저 굶주린 터키인이나 도와주시게! 그는 노동자고 자네의 라예프스키보다 더 필요하고 유익한 사람이니. 이백 루블을 그에게 주게! 아니면 내 탐험에 백 루블 희사하게!"

"줄 건가, 말 건가? 묻지 않나?"

"숨기지 말고 말하게. 그는 뭣 때문에 돈이 필요한 거야?"

"그건 비밀이 아니네. 그는 토요일에 페테르부르그로 떠나야 하거든."

"바로 그거군!" 폰 코렌은 길게 늘이며 말했다. "아 그래…, 알았어. 그런데 그녀도 떠나는 건가 아니면 어떻게 되나?"

"그 여자는 당분간 여기에 남아 있을 거네. 그가 페테르부르그에서 일을 처리하고 그녀에게 돈을 부칠 거네, 그러면 그 여자도 떠날 거네."

"교묘해!" 동물학자는 말하고 짧은 고음의 웃음소리를 냈다. "교묘해! 영리한 생각이야."

그는 사모일렌코에게로 빨리 다가와서 얼굴을 맞대고

서서 그의 눈을 들여다보면서 물었다.

"숨기지 말고 말하게. 그가 싫증내는 거지? 그렇지? 말하게, 싫증낸 거지? 그렇지?"

"그렇네." 사모일렌코는 발설하고 진땀을 흘렸다.

"얼마나 혐오스런 일인지!" 폰 코렌이 말했다. 그의 얼굴로 그가 혐오를 느낀다는 것을 알 수 있었다. "알렉산드르 다비드치, 자네는 그와 공모자거나 아니면, 미안하지만, 바보거나 둘 중의 아무거나네. 도대체 자네는 그가 가장 비양심적인 방법으로 자네를 어린 소년처럼 속이는 걸 이해 못 하나? 그가 그녀로부터 벗어나고 그녀를 여기에 내버리기를 원한다는 것은 대낮처럼 훤하지. 그녀는 자네 목에 매달릴 거고 자네는 자기 돈으로 그녀를 페테르부르그로 보내야 한다는 것도 대낮처럼 훤하지. 자네의 그 훌륭한 친구가 자네가 가장 단순한 일들까지 보지 못하게 할 정도로 눈을 멀게 했단 말인가?"

"그건 다만 가정일 뿐이지." 사모일렌코는 앉으면서 말했다.

"가정이라구? 하지만 그는 왜 그녀와 함께 떠나지 않고 혼자 떠나는 거지? 그에게 물어보게, 왜 그녀가 먼저 가면 안 되고 그가 나중에 가면 안 되는지? 교활한 짐승!"

사모일렌코는 친구에 대한 갑작스런 회의와 의심들로 압도되어, 갑자기 약해지며 소리를 낮추었다.

"하지만 그럴 리가 없어!" 그는 라예프스키가 자기 집에서 자고 간 밤을 떠올리면서 말했다. "그는 그렇게 괴로워했는데!"

"그래서 어쨌단 말인가? 도둑들과 방화범들도 역시 괴로워하네!"

"자네 말이 옳다고 가정하더라도…." 사모일렌코는 생각에 잠겨 말했다. "그렇다고 치세…. 하지만 그는 젊은 사람이네. 낯선 곳에 있고…, 대학생이었고, 우리도 대학생들이었고. 그리고 여기엔 우리 말고는 아무도 그에게 힘이 되어 줄 사람이 없네."

"자네와 그가 다른 시기에 대학에 다녔고, 둘 다 그곳에서 아무 일도 안 했다는 단지 그 이유만으로 그가 파렴치한

짓을 하는 걸 돕겠다! 무슨 헛소리인가!"

"잠깐만! 냉정히 생각해 보세. 내 생각엔 이렇게 하면 어떨까…." 사모일렌코는 손가락을 꿈지럭거리며 생각을 짜냈다. "알겠나, 난 돈을 줄 거지만 그에게서 나데쥬다 표도로브나에게 일주일 후에 여비를 보내겠다는 명예롭고 고결한 맹세를 받겠네."

"그는 명예를 걸고 맹세를 할 거고 눈물까지도 흘릴 거고 스스로도 자신을 믿을 거네. 그러나 그 언약이 얼마나 가치가 있을지? 그는 맹세를 지키지 않을 거고 일이 년 뒤에 새 연인과 팔짱을 끼고 있는 그를 네프스키 거리에서 만나면 그는 문명이 그를 불구로 만들었고, 그는 루딘*의 복사판이라며 변명할 거네. 제발 그를 버리게. 진흙에서 빠져나오게, 두 손 다 진흙 속에 담그고 휘젓지 말게!"

사모일렌코는 잠깐 생각해 보고 단호하게 말했다.

---

* 이반 투르게네프의 소설 《루딘》(1855)의 주인공. 루딘은 40년대 사람으로 헤겔 철학을 배운 달변가지만 니콜라이 황제 치하에서 아무 일자리를 찾지 못하고 지주 집에서 밥을 얻어먹으며 지내는 행동력이 없는 청년으로 순수한 처녀의 사랑에도 답하지 못한다.

"허지만 그래도 난 그에게 돈을 줄 거네. 마음대로 하게. 난 순전히 가정에 기반하여 사람에게 거절하지 못하네."

"훌륭하네. 그와 키스라도 하게나."

"그러니 내게 백 루블 꿔 주게." 사모일렌코가 겁먹은 듯 말했다.

"안 주겠네."

침묵이 시작됐다. 사모일렌코는 완전히 힘이 빠졌다. 그의 얼굴은 죄진 듯하고 무안해 하며 아첨하는 표정을 띠었는데 견장과 훈장을 달고 있는 몸집이 큰 사람이 가엾고 어린애같이 어쩔 줄을 몰라 하는 얼굴을 보는 것은 어쩐지 이상했다.

"이곳 주교님은 마차가 아니라 말을 타시고 교구를 돌아다니세요." 보제가 펜을 놓으며 말했다. "말을 탄 그의 모습은 지극히 감동적이에요. 그의 소박함과 겸허함은 성서적인 위대성으로 가득 차 있어요."

"그는 좋은 사람이오?" 화제를 바꾸는 것을 기뻐하는 폰코렌이 물었다.

"그렇지 않을 수가 있나요? 좋은 분이 아니면 주교로 봉했을까요?"

"주교들 가운데는 매우 훌륭하고 재능 있는 사람들이 있소." 폰 코렌이 말했다. "다만 그들 중 많은 사람들이 자신을 국가적 인물이라고 상상하는 약점을 가진 게 유감이오. 어떤 사람은 러시아화에 바쁘고 어떤 사람은 과학을 비판하지요. 그건 그 사람들의 일이 아닌데. 교구 감독국을 더 자주 들여다보는 게 더 나을 거요."

"속세 사람이 주교님을 판단할 수 없어요."

"어째서요, 보제. 주교도 나와 똑같은 인간이오."

"같기도 하고 같지 않기도 하지요." 보제는 모욕을 느끼고 펜을 들었다. "만일 당신이 주교님과 같다고 하면 당신은 하느님의 은총을 받아서 스스로 주교가 되었을 겁니다. 당신이 주교가 아니라는 것은 그러니까 같지 않다는 것이지요."

"시시콜콜 따지지 말게, 보제," 사모일렌코가 우울하게 말했다. "들어 보게, 내가 생각했는데 말이지…." 그는 폰 코렌을 향했다. "그 백 루블을 내게 꿔 주지 말게. 자네는 겨울까지 석 달 더 우리 집에서 식사할 거니 자, 석 달치를 미리 주게."

"안 주겠네."

사모일렌코는 두 눈을 깜박거리며 얼굴을 붉혔다. 그는 지네가 얹혀 있는 책을 기계적으로 자기에게 끌어당겨 그것을 들여다보고 있다가 일어나서 모자를 들었다. 폰 코렌은 그가 불쌍해졌다.

"그럼 그런 귀족 나리들과 살고 상종하시지!" 동물학자는 말하고, 화가 나서 방구석으로 무슨 종이 한 장을 발로 찼다. "제발 좀 알아듣게, 그건 선량함도 사랑도 아니고 비겁이고 태만이고 해악이네! 이성이 하는 일을 자네들의 그 물러 터진 아무짝에도 쓸모없는 심장이 망치는 거네! 내가 중학생일 때 장티푸스를 앓았는데 숙모가 동정심으로 내게 절인 버섯을 너무 많이 먹여서 난 죽을 뻔했네. 자네나 숙모나 알아들어야 하네, 인간에 대한 애정은 심장이나 명치나 복부에 있는 게 아니라 바로 여기 있다는 걸!" 폰 코렌은 자기 이마를 탁 쳤다.

"가져가게!" 그는 말하고 100루블짜리 지폐를 내던졌다.

"공연히 화를 내는구만, 콜랴." 사모일렌코는 그 작은 종이를 접으면서 부드럽게 말했다. "자네 말 무슨 뜻인지 잘 아네. 하지만…, 내 처지가 되어 보게."

"자네는 할머니야, 꼭!"

보제가 웃음을 터트렸다.

"들어 보게, 알렉산드르 다비듸치, 마지막 부탁이니!" 폰 코렌은 열을 띠며 말했다. "그 빌어먹을 놈에게 돈을 줄 때, 자기 귀부인과 같이 떠나든지 아니면 그녀를 먼저 보내든지 하라고 조건을 제시하게, 아니면 주지 말게. 예의 차릴 것 없네. 그에게 그렇게 말하게. 만일 말하지 않으면, 맹세하는데, 내가 직접 가서 그를 계단에서 밀어 떨어뜨릴 거고, 자네와는 절교야. 그렇게 알게!"

"뭐가 문제야? 그녀와 같이 떠나던가 그녀를 먼저 보내면 그에게도 더 편할 텐데," 사모일렌코가 말했다. "그는 기뻐하기까지 할 걸. 그럼 잘 있게."

그는 상냥하게 작별 인사를 하고 나갔는데, 그러나 문을 닫기 전에 폰 코렌을 돌아보고 무서운 얼굴을 하고 말했다.

"이건, 여보게, 독일인들이 자네를 망친 거네! 그래! 독일인들이!"

XII

그 다음 날 목요일에 마랴 콘스탄티노브나는 자기 코스탸의 생일파티를 했다. 모두들 정오에는 케이크를 먹으라고, 저녁에는 코코아를 마시라고 초대받았다. 저녁에 라예프스키와 나데쥬다 표도로브나가 도착하자, 벌써 객실에 앉아서 코코아를 마시고 있던 동물학자가 사모일렌코에게 물었다.

"그와 얘기했나?"

"아니, 아직."

"이것 봐, 예의 차릴 거 없네. 도대체 이 귀족님들의 뻔뻔함은 이해를 못 하겠네. 도대체 자기들의 동거에 대한 이

가족의 견해를 썩 잘 알고 있으면서 이리로 기어들다니."

"편견마다 신경 쓴다면 아무 데도 가지 말아야 하네." 사모일렌코가 말했다.

"혼외정사나 방종에 대한 많은 사람들의 혐오가 편견이란 말인가?"

"물론, 편견이고 적의지. 군인들은 가벼운 행실의 처녀를 보면 웃고 휘파람 불고 하지만 한번 그들에게 물어보게, 그들 자신은 어떤지?"

"공연히 휘파람 부는 게 아니지. 처녀들이 사생아들을 목 졸라 죽이고 감옥으로 가는 것, 안나 카레니나가 기차 밑에 몸을 던지는 것, 시골에서 대문에 타르를 칠하는 것,* 나에게나 자네에게나 왠지는 몰라도 카탸의 순결이 마음에 드는 것, 또 누구든지 순결한 사랑은 존재하지 않는 줄 알면서도 그런 사랑에 대한 욕구를 희미하게 느끼는 것— 이 모든 것이 편견인가? 여보게, 이것이 자연도태의 법칙에서 온전히 빠져나온 유일한 것이니 이성 관계를 조정하

* 정숙하지 못한 여인들의 집의 대문에 타르를 칠한 것을 말한다.

는 이 알 수 없는 힘이 없다면 라예프스키 유의 귀족님들이 본때를 보일 것이고 인류는 이 년 만에 퇴화하게 될 거네."

라예프스키가 객실로 들어왔다. 그는 모두와 인사를 나누고, 폰 코렌과 악수를 하면서 아첨하는 미소를 띠었다. 그는 적당한 순간을 기다려 사모일렌코에게 말했다.

"알렉산드르 다비디치, 미안하네만 자네에게 잠깐 할 얘기가 있네."

사모일렌코는 일어서서 그의 허리를 안았고, 둘은 니코딤 알렉산드리치의 서재로 갔다.

"내일이 금요일이야…." 라예프스키는 손톱을 깨물며 말했다. "약속한 건 마련했나?"

"겨우 이백십 루블 마련했네. 나머지는 오늘이나 내일 마련할게. 안심하게."

"다행이군!" 라예프스키는 안도의 한숨을 내쉬었고 그의 두 손은 기쁨으로 떨고 있었다.

"자네는 나를 구원했어, 알렉산드르 다비디치, 나는 하느님과 자신의 행복과 자네가 원하는 모든 것에 걸고 자네에게 맹세하는데 이 돈은 도착하는 즉시 자네에게 보내겠네."

"그런데, 바냐…," 사모일렌코는 라에프스키의 단추를 잡으며 얼굴을 붉히며 말했다. "자네 가정사에 참견하는 걸 용서하게, 하지만 도대체…, 무슨 이유로 자네는 나데쥬다 표도로브나와 함께 떠나면 안 되는 건가?"

"자넨 괴짜야, 하지만 그게 가능하단 말인가. 우리 둘 중 한 사람은 꼭 남아야 하네. 그렇지 않으면 빚쟁이들이 아우성일거네. 난 상점들에 적어도 칠백 루블 빚을 졌네. 기다리게, 그들에게 돈을 보내서 아가리를 틀어막겠네, 그러면 그녀도 이곳에서 빠져나올 걸세."

"그렇군…. 하지만 왜 자네는 그녀를 먼저 보내지 않나?"

"아흐, 맙소사, 그게 가능이나 한가?" 라에프스키는 몸서리를 쳤다. "그녀는 여자 아닌가. 그녀 혼자 거기서 뭘 할 건가? 그녀가 뭘 아나? 그건 시간만 지체하고 돈만 낭비하는 것일 뿐이네."

'옳은 말이야….' 사모일렌코는 생각했으나 폰 코렌과의 대화를 떠올리고 눈을 내리깔고 시무룩하게 말했다.

"나는 자네에게 동의할 수 없네. 그녀와 함께 떠나던가, 그녀를 먼저 보내게. 그렇지 않으면…, 그렇지 않으면 나는 자네에게 돈을 주지 않겠네. 이게 내 마지막 말일세…."

그는 뒷걸음질을 치다가 문에 등을 부딪쳤고, 얼굴이 빨개지고 몹시 당황한 채 객실로 나갔다.

'금요일…, 금요일,' 라예프스키는 객실로 돌아오며 생각했다. '금요일….'

그에게 코코아 잔을 가져왔다. 그는 뜨거운 코코아 때문에 입술과 혀를 데었고, 또 생각에 잠겼다.

'금요일…, 금요일….'

'금요일'이라는 말이 웬일인지 머릿속에서 떠나지 않았다. 그는 금요일 이외에는 생각하지 않았는데 머릿속이 아니라 심장 부근 어딘가에서는 토요일에 그가 떠나지 못할 것이라는 것만이 분명했다. 그 앞에 머리카락을 양 관자놀이 위로 단정하게 빗어 내린 몸가짐이 단정한 니코딤 알렉산드리치가 서서 청했다.

“좀 드세요. 변변치 않지만 좀 드세요….”

마랴 콘스탄티노브나는 손님들에게 카탸의 성적표를 보여 주며 한 마디 한 마디 천천히 말하고 있었다.

“요즈음에는 공부하는 데 끔찍 끔찍하게 어려워요! 얼마나 많은 걸 요구하는지….”

“엄마!” 수치심과 칭찬의 말들 때문에 어디로 숨어야 할지 모르는 카탸가 신음했다.

라예프스키도 성적표를 보고 칭찬을 하였다. 교리, 러시아어, 품행, 오 점, 사 점 따위의 글자가 그의 눈앞에서 이리 뛰고 저리 뛰기 시작했으며, 이 모든 것이 그에게 달라붙어 있는 금요일, 양 관자놀이 위로 머리를 단정하게 빗어 내린 니코딤 알렉산드리치, 카탸의 붉어진 두 뺨과 함께 정말로 막막하고 누를 수 없는 권태로운 모습으로 그에게 비쳐져서 그는 하마터면 절망 때문에 소리 지를 뻔하면서 자신에게 물었다. ‘정말, 정말로 나는 떠나지 못하게 될까?’

사람들은 롬베르* 카드 테이블 두 개를 나란히 놓고, 익

* 카드게임의 일종.

명편지 게임을 하려고 앉았다. 라예프스키도 앉았다.

'금요일…, 금요일….' 그는 미소를 띠고 주머니에서 연필을 꺼내면서 생각했다. '금요일….'

그는 자기의 상황을 잘 생각하고 싶었으나 생각하기가 두려웠다. 그는 그가 그렇게 오랫동안 조심스럽게 자기 자신에게 감추어 온 기만을 의사가 포착한 것을 인정하기가 두려웠다. 자신의 미래에 대해 생각할 때마다 매번 그는 자기의 생각이 자유롭게 진행되는 것을 막았다. 기차를 타고 떠난다—그것으로 그의 삶의 문제가 해결되고, 더 이상 생각이 진행되도록 허락하지 않았던 것이다. 들판 저 멀리 희미한 등불처럼 그렇게 가끔만 그의 뇌리에서, 페테르부르그의 한 뒷골목 어딘가에서 먼 미래에, 나데쥬다 표도로브나와 헤어지고 빚을 갚기 위해 그가 작은 거짓말로 달아나야 할 것이라는 생각이 희미하게 깜빡였다. 그는 한 번만 거짓말을 할 것이다. 그리고 나면 완전한 갱생이 닥칠 것이다. 그리고 그건 좋은 일이다. 작은 거짓말의 값으로 커다란 진실을 사게 될 것이니.

의사가 거절로써 거칠게 그의 기만을 암시한 지금 그에게 분명해진 것은 거짓말이 먼 미래에만 필요한 것이 아니라 오늘도 내일도 한 달 뒤에도 그리고 아마도 생명을 다할 때까지 필요하다는 사실이었다. 실상 떠나기 위해서는 나데쥬다 표도로브나, 채권자들, 상사에게 거짓말을 해야 할 것이다. 페테르부르그에서 돈을 마련하기 위해서는 어머니를 속이고 나데쥬다 표도로브나와는 이미 헤어졌다고 말해야 할 것이다. 그런데 어머니는 오백 루블 이상은 주지 않을 것이다. 그러니까, 빠른 시일 내에 돈을 보낼 수 없으므로 그는 이미 의사를 속인 것이다. 그리고 또 나데쥬다 표도로브나가 페테르부르그로 오면, 그녀와 헤어지기 위해 크고 작은 온갖 속임수를 써야 할 것이다. 또다시 눈물, 권태, 지겨운 생활, 후회, 그리고 아무런 갱생도 없을 것이다. 기만뿐이고 그 이상 아무것도 없다. 라예프스키의 상상 속에서 거짓말의 거대한 산이 솟아났다. 이 산을 한번에 뛰어넘기 위해서는, 조금씩 거짓말을 하지 말고, 예를 들어 한마디 말없이 자리에서 일어나 모자를 쓰고 돈

없이 한마디 말없이 바로 떠나는 것 같은 급격한 조치를 취하기로 결심하여야 하지만 이런 일은 자신에게 불가능하다는 것을 라예프스키는 느끼고 있었다.

'금요일, 금요일….' 그는 생각했다. '금요일….'

사람들은 각자 쪽지를 써서 그것을 둘로 접어 니코딤 알렉산드리치의 낡은 실린더 모자에 넣었고, 쪽지들이 충분히 모였을 때 코스탸가 배달부 역를 하며 테이블을 빙 돌면서 그것들을 나누어 주었다. 재미있는 쪽지들을 받고, 더 우습게 쓰려고 애쓰며 보제와 카탸와 코스탸는 열광하고 있었다.

'우리 이야기 좀 해야 합니다.' 쪽지에서 나데쥬다 표도로브나는 읽었다. 그녀는 마랴 콘스탄티노브나와 시선을 교환했고 그녀는 '복숭아' 미소를 지으면서 나데쥬다 표도로브나에게 고개를 끄덕였다.

'무슨 얘기를 해야 하지?' 나데쥬다 표도로브나는 생각했다. '모든 것을 이야기할 수 없으면 이야기할 필요가 없지.'

이리로 방문하기 전에 그녀는 라예프스키의 넥타이를

매 주었는데, 이 아무것도 아닌 일이 그녀의 마음을 상냥함과 슬픔으로 채웠다. 그의 얼굴 위의 불안, 산만한 시선, 창백함, 최근에 그에게 일어난 이해할 수 없는 변화, 그리고 그녀가 그에게 무섭고 혐오스러운 비밀을 가지고 있다는 것, 그리고 그녀가 넥타이를 맬 때 그녀의 손이 떨리고 있었다는 것, 이 모든 것이, 웬일인지 그들 둘이 함께 사는 것이 얼마 남지 않았다는 것을 그녀에게 말하고 있었다. 그녀는 성상처럼 그를 공포와 회한과 함께 바라보며 생각했다. '용서해 줘요, 용서해 줘요….' 그녀 맞은편에 아츠미아노프가 앉아 있었고 사랑에 빠진 검은 눈을 그녀에게서 떼지 않았다. 정욕이 그녀를 흥분시켰고 그녀는 자신을 부끄러워했으며, 오늘이 아니면 내일이라도 우수와 비애조차 자기가 불순한 열정에 항복하는 것을 막지 못할까 봐, 또 그녀가 술꾼처럼 이미 버틸 힘이 없을까 봐 두려웠다.

그녀에게 치욕적이고 라예프스키에게 모욕적인 이런 생활을 계속하지 않기 위해서 그녀는 떠날 것을 결심했다. 그가 그녀를 보내 주도록 그녀는 울면서 간청할 것이고,

그가 반대한다면 그녀는 몰래 그를 떠날 것이다. 그녀는 일어난 일에 대해 그에게 말하지 않을 것이다. 그가 그녀에 대해서 깨끗한 추억을 간직하도록.

'사랑합니다, 사랑합니다, 사랑합니다.' 그녀는 읽었다. 아츠미아노프가 보낸 것이었다.

어딘가 벽촌에 살면서 일을 하고 라예프스키에게, '익명으로' 돈과 수놓은 셔츠과 담배를 보내 주고, 그녀가 노년이 되어서 그가 몹시 병이 나서 간호인이 필요할 때만 그에게 돌아갈 것이다. 노년이 되어 그가 무슨 이유로 그녀가 그의 아내가 되기를 거절하고 그를 떠났는지 알게 되면 그는 그녀의 희생을 존중하고 그녀를 용서할 것이다.

'당신의 코는 깁니다.' 이것은 필시 보제나 코스탸에게서 온 것이다.

나데쥬다 표도로브나는, 라예프스키와 작별하며 그를 세차게 껴안고 그의 손에 키스하며 죽을 때까지 죽을 때까지 그를 사랑하겠다고 맹세한 후에 벽촌에서 낯선 사람들 가운데 살면서 어딘가에 그녀에 대해 깨끗한 추억만을 간직한 친구, 사랑하는 사람이 살고 있다고 매일 생각하게 될 것을 상상했다.

'오늘 밀회의 약속을 해 주지 않는다면 조치를 취하겠습니다. 맹세코 보증합니다. 점잖은 사람들과 그렇게 행동하는 법이 아니라는 걸 알아야 합니다.' 이것은 키릴린에게서 온 것이었다.

XIII

라예프스키는 쪽지를 두 개 받았다. 그는 하나를 펼쳐서 읽었다. '떠나지 말아요, 내 사랑.'

'이걸 누가 썼을 수 있을까….' 그는 생각해 보았다. '물론 사모일렌코는 아니다…. 보제도 아니야, 내가 떠나고 싶어 하는 것을 그는 모르니까. 혹시 폰 코렌일까?'

동물학자는 테이블에 몸을 굽히고 피라미드를 그리고 있었다. 라예프스키에게는 그의 두 눈이 미소 짓고 있는 것으로 보였다.

'필시 사모일렌코가 떠벌렸군.' 라예프스키는 생각했다.

다른 쪽지에는 마찬가지로 긴 꼬리가 달린 일부러 비틀어 쓴 삐뚤삐뚤한 필적으로 씌어져 있었다. '그 누구는 토요일에 떠나지 않을 것이다.'

'바보 같은 조롱이군.' 라예프스키는 생각했다. '금요일, 금요일….'

무엇인가가 그의 목구멍으로 치밀었다. 그는 옷깃을 만지면서 기침을 하였지만 기침 대신 목구멍에서 웃음이 터져 나왔다.

"하— 하— 하!" 그는 웃기 시작했다. "하— 하— 하!" '내가 왜 이럴까?' 그는 생각했다. "하—하—하!"

그는 자제해 보려고 손으로 입을 막았으나 웃음이 가슴과 목덜미를 졸라 와서 손으로 입을 막아 낼 수 없었다.

'이게 뭐야, 참 나, 바보같이!' 웃음으로 뒤집어지면서 그는 생각했다. '내가 미치기라도 했나?'

웃음소리는 점점 더 높아지고 높아져서 삽살개 짓는 소리와 비슷한 어떤 것으로 변했다.

라예프스키는 탁자에서 일어서려고 했으나 다리가 말을 듣지 않았고, 오른손이 어떻게 이상하게 그의 의지와는 무관하게 탁자 위를 통통 뛰면서 발작적으로 종이쪽지들을 움켜쥐고 구겨 버렸다. 그는 놀란 시선들, 사모일렌코의 진지하고 경악한 얼굴, 동물학자의 냉소와 혐오로 가득 찬 시선을 보았고 그에게 히스테리가 일어났다는 것을 알았다.

'이게 무슨 추태야, 무슨 창피야.' 뜨뜻한 눈물을 얼굴에 느끼면서 그는 생각했다…. '아흐, 아흐, 무슨 치욕이야! 이런 일은 내게 한 번도 없었는데….'

이제 사람들이 양 겨드랑이 밑으로 그를 잡고 머리를 뒤에서 받치면서 어디론가 데리고 갔다. 이제 눈앞에 컵이 반짝거리더니 이빨에 부딪혔고 물이 가슴 위로 흘러내렸다. 이제 작은 방인데 한가운데 눈처럼 깨끗하고 하얀 시트가 씌워져 있는 침대가 두 개 나란히 놓여 있다. 그는 한 침대 위로 쓰러져서 흐느끼기 시작했다.

"괜찮아, 괜찮아…." 사모일렌코가 말했다. "있을 수 있는 일이네…. 있을 수 있는 일이네…."

공포로 서늘해진 나데쥬다 표도로브나가 온몸을 떨며, 무언가 끔찍한 것을 예감하면서 침대 곁에 서서 묻고 있었다.

"무슨 일이죠? 뭐예요? 제발 말 좀 해 보세요…."

'키릴린이 그에게 무엇이라고 써 보낸 것이 아닐까?' 그녀는 생각했다.

"괜찮아…." 라예프스키가 웃고 울면서 말했다. "여기서 나가 줘…, 여보."

그의 얼굴은 증오도 혐오도 나타내고 있지 않았다. 그러니까 그는 아무것도 모르는 것이다. 나데쥬다 표도로브나는 약간 안심하여 객실로 들어갔다.

"걱정하지 말아요, 여봐요." 마랴 콘스탄티노브나가 곁에 앉으며 그녀의 손을 잡으며 말했다. "지나갈 거예요. 남자들도 죄 많은 우리들과 똑같이 약해요. 당신네 둘은 지금 위기를 겪고 있어요…. 그건 그냥 알 만한 일이죠! 그건 그렇고, 여봐요, 난 대답을 기다리고 있어요. 얘기 좀 해요."

"아뇨, 얘기 안 할래요…." 나데쥬다 표도로브나는 라예프스키의 흐느낌에 귀를 기울이며 말했다. "제가 우울해서요…. 이만 실례하겠습니다."

"무슨 말이에요, 무슨 말이에요, 여봐요!" 마랴 콘스탄티노브나가 깜짝 놀랐다. "제가 저녁도 대접하지 않고 보낼 거라 생각해요? 같이 들도록 하세요. 그러고 나서 가신다면 기꺼이 보내드리지요."

"제가 우울해서요…." 나데쥬다 표도로브나는 속삭였고, 쓰러지지 않으려고 두 손으로 안락의자의 팔걸이를 잡았다.

"그에게 경기가 있어요!" 폰 코렌이 객실로 들어서면서 유쾌하게 말했으나, 나데쥬다 표도로브나를 보고 당황하여 나갔다.

히스테리가 끝났을 때, 라예프스키는 남의 침대에 앉아서 생각에 잠겨 있었다.

'치욕스러워, 여자애처럼 엉엉 울다니! 내가 우습고 구역질 났을 거야, 틀림없어. 몰래 나가야겠다…. 그렇지만, 그러면 내가 내 히스테리에 진지한 의미를 부여한다는 의

미가 될 텐데. 농담으로 돌려 버려야겠군….'

그는 거울을 들여다보고 잠시 앉아 있다가 객실로 나왔다.

"저도 여기 있습니다." 그는 미소를 띠며 말했다. 그는 괴로울 만큼 창피했고, 그가 있는 것이 다른 사람들까지도 창피하게 만든다는 것을 느꼈다. "이런 히스테리들이 나타나곤 하지요." 그는 앉으며 말했다. "제가 앉아 있는데 갑자기 옆구리에 무시무시한 찌르는 듯한…, 참을 수 없는 통증이 느껴졌다는 거 아세요? 신경이 견디지를 못했고 그래서…, 그래서 이런 바보 같은 우스운 일이 생겼어요. 신경증적인 우리 세대, 어쩔 수 없죠!"

저녁 식사 동안 그는 포도주를 마시고 대화를 하였고, 가끔 경련하듯 숨을 들이쉬며 아직도 아픔이 느껴지는 것을 보여 주려는 듯 옆구리를 쓰다듬었다. 그리고 아무도, 나데쥬다 표도로브나 이외에는 아무도 그를 믿지 않았고, 그도 그것을 알고 있었다.

아홉 시가 지나서 모두들 가로수 길로 산책을 나갔다. 나데쥬다 표도로브나는 키릴린이 그녀와 말을 시작할까 봐 두려워서 내내 마랴 콘스탄티노브나와 아이들 곁을 지키려고 애썼다. 공포와 우울로 힘이 빠지고 발열을 예감하면서 그녀는 고통스러워 하며 겨우 발을 움직이고 있었으나 분명히 키릴린이나 아츠미아노프가, 또는 둘이 함께 그녀 뒤를 따라올 것을 알았기 때문에 집으로 가지 않았다. 키릴린은 뒤에서 니코딤 알렉산드리치와 나란히 걸으면서 나직한 소리로 노랫가락을 흥얼거렸다.

"나를 가지고 놀면 가만 두지 않아! 가만 두지 않아!"

사람들은 가로수 길에서 정자카페 쪽으로 방향을 꺾어 해안을 따라 걷기 시작했고, 오랫동안 바다가 인광을 발하는 것을 바라보았다. 폰 코렌은 바다가 왜 인광을 발하는지 말하기 시작했다.

XIV

"그런데 빈트 게임할 시간이네요…. 절 기다리고들 있어요." 라예프스키가 말했다. "안녕히들 가세요, 여러분."

"저도 같이 가겠어요. 기다려요." 나데쥬다가 말하고 라예프스키의 팔을 잡았다.

그들은 일행과 작별 인사를 하고 걷기 시작했다. 키릴린도 작별 인사를 하고, 가는 길이라고 하면서 그들과 나란히 걸었다.

'될 대로 되라지.' 나데쥬다는 생각했다. '그러라지 ….'

그녀에게는 모든 나쁜 기억들이 머릿속으로부터 빠져나와 그녀 곁 어둠 속에서 걸어가며 무겁게 숨 쉬고 있으며, 그녀 자신은 잉크 속에 빠졌던 파리처럼 힘겹게 보도를 기어 가며 라예프스키의 옆구리와 손을 검은색으로 칠하고 있는 것처럼 여겨졌다. '만일 키릴린이…,' 그녀는 생각했다 '무엇인가 추한 짓을 한다면 그의 책임이 아니라 오직 그녀 하나만의 책임인 것이다. 어떤 남자도 그녀에게 키릴린처럼 이야기하지 않았던 시절이 있었는데 그녀 자신이 이 시절을 실처럼 끊어 버리고 그것을 되돌릴 수 없이 망쳐 버렸지, 이건 누구의 책임인가? 정욕으로 혼미해져 그녀는 전혀 모르는 사람에게 단지 아마도 그가 체격이 좋고 키가 크다는 이유만으로 미소를 짓게 되었고 두 번 밀회한 후 그가 지겨워져서 차 버렸지, 그러니,' 그녀는 지금 생각한다. '그가 제 마음대로 그녀에게 행동할 권리가 왜 없겠나?'

"이제, 여보, 나 여기서 헤어지겠소." 라예프스키가 멈춰 서서 말했다. "일랴 미하일리치가 당신을 바래다주오."

그는 키릴린에게 절을 하고 빨리 가로수 길을 가로질러 갔고, 거리를 지나 창문들이 불 밝혀 있는 쉐슈코프스키의 집을 향해 갔고, 그 후 그가 쪽문을 닫는 소리가 들렸다.

"해명을 받아야겠다구요." 키릴린이 시작했다. "나는 소년이 아니고 무슨 아치카소프나, 라치카소프나, 자치카소프가 아니란 말이오…. 나는 진지한 관심을 요구한다구요."*

나데쥬다 표도로브나의 심장이 강하게 고동쳤다. 그녀는 아무 대답도 하지 않았다.

"당신의 저에 대한 급격한 태도의 변화를 처음에는 애교

* 키릴린은 아츠미아노프나 라예프스키가 연상되는 이름을 어린애 이름처럼 지소형으로 만들어 부르고 있다. 자기는 어른으로 무시하면 안 되는 남자라는 것을 주장한다.

라고 여겼다구요." 키릴린은 계속했다. "그런데 이제 보니, 당신은 그냥 제대로 된 사람들과 교제할 능력이 없다는 것을 알겠다구요. 당신은 다만, 저 아르메니아 애송이와 같이 그냥 나를 가지고 놀기를 원했던 거라구요. 그러나 나는 제대로 된 인간이고 제대로 된 인간에게 마땅한 행동을 요구한다구요. 자, 제가 봉사한다구요…."

"제가 우울해서요…." 나데쥬다 표도로브나는 말하고 울기 시작했고, 눈물을 감추려고 얼굴을 돌렸다.

"저도 역시 우울하다구요. 그러나 그러니 어쩌야 하냐구요?"

키릴린은 잠시 침묵하고는 한 음절 한 음절 명확하게 말했다.

"되풀이한다구요, 부인, 부인이 만일 오늘 밀회를 해 주지 않는다면, 나는 오늘 안에 스캔들을 일으키겠다구요."

"오늘은 가게 해 주세요." 나데쥬다 표도로브나는 말했으나, 그 목소리가 그렇게도 슬프고 가냘파서 자기 목소리를 알아보지 못할 정도였다.

"나는 당신에게 따끔한 맛을 보여 주지 않을 수 없다구요…. 난폭한 말을 해서 실례입니다만요, 당신에게 아무래도 따끔한 맛을 보여 줘야 한다구요. 물론입죠, 유감스럽지만, 따끔한 맛을 보여 주지 않을 수 없다구요. 나는 밀회를 두 번 요구한다구요. 오늘과 내일. 모레는 당신은 완전히 자유이고 아무하고나 아무 데로나 갈 수 있다구요. 오늘과 내일."

나데쥬다 표도로브나는 자기 집 쪽문 쪽으로 다가가서 멈추었다.

"저를 보내 주세요!" 그녀는 온몸을 떨면서 눈앞의 어둠 속에서 하얀 여름 윗도리 말고는 아무것도 보지 못한 채 속삭였다. "당신 말이 맞아요, 저는 끔찍한 여자예요…. 제가 잘못했어요, 그렇지만 보내 주세요…. 부탁이에요…." 그녀는 그의 찬 손에 닿자 흠칫 몸을 떨었다. "제발 간청해요…."

"아, 슬퍼라!" 키릴린이 한숨을 내쉬었다. "아, 슬퍼라! 당신을 놓아주는 건 내 계획에는 없다구요. 난 그저 당신한테 따끔한 맛을 보여 주고 깨닫게 해 주고 싶다는 생각뿐이라구요. 게다가 마담, 나는 여자들을 거의 믿지 않는다구요."

"저는 우울해요…."

나데쥬다 표도로브나는 규칙적인 바닷소리에 귀를 기울이고 별들이 흩뿌려져 있는 하늘을 바라보았고 그녀는 모든 것을 빨리 끝내고 바다, 별들, 남자들, 발열이 있는 이 삶의 저주스런 감각으로부터 벗어나고 싶어졌다….

"저희 집만 말고요…." 그녀는 차갑게 말했다. "절 아무데나 데리고 가세요."

"뮤리도프네로 가자구요. 제일 적격이라구요."

"거기가 어디예요?"

"옛 성벽 근처요."

그녀는 빠른 걸음으로 거리를 따라 걷기 시작했고 얼마 후 산들로 올라가는 골목으로 방향을 꺾었다. 깜깜했다. 포도에는 불 밝힌 창문들로부터 나오는 창백한 빛줄기가 군데군데 깔려 있었고, 그녀에게는 그녀가 파리처럼 잉크 속으로 빠졌다가 다시 밝은 곳으로 기어 나오고 하는 것처럼 여겨졌다. 키릴린은 뒤에서 걸어오고 있었다. 한 곳에서 그가 발이 걸려 넘어질 뻔했고 웃음을 터트렸다.

'취했어….' 나데쥬다 표도로브나는 생각했다. '아무래도 좋아…, 아무래도 좋아…. 될대로 되라지.'

아츠미아노프도 곧 일행과 작별 인사를 하고 보트를 타러 가자고 말하려고 나데쥬다 표도로브나를 뒤따라갔다. 그는 그녀의 집으로 다가가 울타리 마당 사이로 들여다보았다. 창문은 활짝 열려 있었으나 불빛은 없었다.

"나데쥬다 표도로브나!" 그는 불렀다.

일 분쯤 지났다. 그는 다시 불렀다.

"누구예요?" 올가의 목소리가 들렸다.

"나데쥬다 표도로브나 계십니까?"

"아니요, 아직 안 돌아오셨어요."

'이상한데…, 정말 이상하군.' 아츠미아노프는 강한 불안을 느끼기 시작하며 생각했다.

'그녀는 집으로 갔는데….'

그는 가로수 길을 따라 걸었고 얼마 후 거리를 따라 걸으면서 쉐슈코프스키 네 집 창문을 흘깃 보았다. 라예프스키가 재킷을 벗고 테이블에 앉아 카드 패들을 주의 깊게 들여다보고 있었다.

'이상한데, 이상해….' 아츠미아노프는 중얼거렸고, 그는 라예프스키가 일으킨 히스테리를 기억하면서 창피해졌다. '집에 없다면 도대체 어디에 있단 말인가?'

'이건 배신이야, 배신….' 그는 오늘 정오에 비튜고프 네에서 그를 만났을 때 그녀가 저녁에 함께 보트를 타자고 그녀 스스로 약속했다는 것을 떠올리면서 생각했다.

키릴린이 살고 있는 집의 창문들은 깜깜했고, 대문 앞 벤치에는 순경 하나가 앉아서 자고 있었다. 창문들과 순경을 보았을 때, 아츠미아노프에게 모든 것이 분명해졌다. 그는 집으로 가려고 마음먹고 걷기 시작했으나, 문득 정신을 차리고 보니 다시 나데쥬다 표도로브나의 집 근처에 와 있었다. 여기서 그는 벤치로 앉아 질투와 모욕감으로 머리가 불타는 것을 느끼고 모자를 벗었다.

시 교회의 시계는 정오와 자정, 하루에 두 차례만 종을

쳤다. 시계가 자정을 알리자마자 바로 바삐 서두르는 발걸음 소리가 들려왔다.

"그러니까 내일 밤 또 뮤리도프네서!" 아츠미아노프는 들리는 소리가 키릴린의 목소리인 것을 알았다. "여덟 시. 또 만납지요!"

울타리 마당 곁에 나데쥬다 표도로브나가 나타났다. 아츠미아노프가 벤치에 앉아 있는 것을 알아차리지 못하고, 그녀는 어둠 속 그의 곁을 지나서 쪽문을 열었고, 문을 열어 놓은 채 안으로 들어갔다. 자기 방에서 그녀는 촛불을 켜고 빨리 옷을 벗었으나, 침대로 눕지 않고 의자 앞에 무릎을 꿇고 쓰러져 의자를 껴안고 의자에 이마를 대고 엎드렸다.

라예프스키는 두 시가 지나 집으로 돌아왔다.

XV

거짓말을 단번에 다 하지 않고 조금씩 하기로 결심하고, 라예프스키는 다음 날 오후 한 시가 지나서 토요일에는 꼭 떠나기 위해 돈을 요청하러 사모일렌코에게로 갔다. 그의 괴로운 영혼에 날카로운 수치심을 더해 준 어제의 히스테리 이후 도시에 남는 것은 생각할 수 없는 일이었다. 만일 사모일렌코가 자기의 조건들을 고집한다면, 그는 생각했다, 그렇다면 그 조건들에 동의하고 돈을 받은 다음 내일 출발 시각에 나데쥬다 표도로브나가 떠나기를 거부한다고 말할 수 있지. 저녁부터 모든 것이 바로 그녀를 위해서 행해지는 것이라고 나데쥬다 표도로브나를 설득할 수 있을 것이다. 만일 분명히 폰 코렌의 영향 하에 있는 사모일렌코가 돈을 하나도 내놓지 않겠다고 하거나 무엇인가 새로운 조건들을 제시한다면, 그, 라예프스키는 오늘 당장 화물선이나 심지어 돛단배를 타고라도 노브이 아폰이든가 노보로시스크*로 가서 어머니에게 굴욕적인 전보를 치고 어머니가 여비를 보낼 때까지 거기서 살 것이다.

* 노보시비르스크는 흑해의 동쪽 해안에 있는 항구도시이고, 노브이 아폰은 흑해의 동쪽 해안에 있는 마을로 수도원, 절벽, 포도밭이 있는 아름다운 곳이다.

사모일렌코의 집으로 도착하자 그는 객실에서 폰 코렌과 마주쳤다. 동물학자는 방금 점심을 들러 왔던 것이며, 으레 그렇듯이 앨범을 펼치고, 실린더 모자를 쓴 남자들과 숙녀모를 쓴 귀부인들을 들여다보고 있었다.

'때도 참 나빠.' 라예프스키는 그를 보고 생각했다. '그가 방해할 수 있어.'

"안녕하십니까!"

"안녕하시오." 폰 코렌은 그를 보지도 않고 대답했다.

"알렉산드르 다비드치 있습니까?"

"있소, 부엌에."

라예프스키는 부엌 쪽으로 갔으나, 문으로 사모일렌코가 샐러드를 만드느라 바쁜 것을 보고 객실로 돌아와 앉았다. 동물학자가 있으면 그는 항상 거북함을 느꼈는데 지금은 히스테리에 대해서 말해야 할 것이 겁났다. 침묵 속에 일 분 이상이 지나갔다. 폰 코렌은 갑자기 라예프스키에게로 눈을 쳐들고 물었다.

"어제 일 이후 기분은 어떠시오?"

"아주 좋습니다." 라예프스키는 얼굴을 붉히며 대답했다. "따지고 보면 아무 특별한 일이 아니었으니까요…."

"어제까지 나는 히스테리라는 것은 여자들만 발작하는 것으로 알았소, 그래서 처음에는 당신에게 무도병이 있다고 생각했소."

라예프스키는 아첨하는 듯한 미소를 지으며 생각했다.

'그는 정말 무례하군. 내가 힘들어 하는 걸 너무 잘 알면서.' "그래요, 우스운 이야기였죠." 그는 여전히 미소를 지으며 말했다. "오늘 난 아침 내내 웃었어요. 히스테리 발작에서 이상한 것은 발작이 바보 같은 짓이라는 걸 알고 있고 마음속에서는 그것을 비웃고 있는데 동시에 흐느낀다는 거예요. 우리의 노이로제 시대에 우리들은 신경의 노예예요. 신경이 우리의 주인이고 우리를 자기 마음대로 하지요. 이 면에서 문명은 곰의 서비스인 셈이죠."*

라예프스키는 말하는 동안 폰 코렌이 진지하고 주의 깊게 자신의 말을 들으며 마치 연구하듯 눈도 깜빡이지 않고

* 호의를 베풀려다 피해를 준다는 뜻.

자기를 보는 것이 불쾌했다. 그리고 폰 코렌을 싫어하면서도 자기의 얼굴에서 아첨하는 듯한 미소를 아무래도 몰아낼 수 없는 자신에게도 불만스러웠다.

"하지만 고백하자면…." 그는 계속했다. "발작에는 가까운 원인들과 상당히 근본적인 원인들이 있었지요. 최근 제 건강이 몹시 흔들렸지요. 이 권태에다가 항상 돈이 궁하고…, 사람들이나 공통 관심사는 부재하고…, 주지사보다도 나쁜 상황이었죠."*

"그래요, 당신의 상황은 출구가 없어요." 폰 코렌이 말했다.

조소 같기도 하고 청하지 않은 예언 같기도 한 이 침착하고 차가운 말이 라예프스키를 모욕했다. 그는 조소와 혐오로 가득했던 어제의 동물학자의 시선을 떠올리고 잠깐 침묵하다가 이미 미소를 띠지 않고 물었다.

"어떻게 내 상황을 아시지요?"

"방금 당신 자신이 말하지 않았소. 게다가 당신 친구들

---

* 궁지, 진퇴양난이라는 뜻의 익살스런 표현.

이 당신 일에 뜨겁게 참가해서 하루 종일 당신 이야기만 듣게 되지요."

"어떤 친구들 말이오? 사모일렌코 맞지요?"

"그렇소, 그 사람도 그렇소."

"알렉산드르 다비디치와 내 친구들에게 일체 내 걱정 좀 덜 하라고 부탁해야겠군요."

"저기 사모일렌코가 오니, 당신 걱정 좀 덜 하라고 부탁하구려."

"당신 말투를 이해 못하겠어요…." 라예프스키는 중얼거렸다. 동물학자가 자기를 증오하고, 경멸하고, 조롱한다는 것, 동물학자야말로 자기의 최대의 화해 불가능한 적이라는 것을 지금에야 알게 된 것 같은 느낌이 그를 휩쌌다.

"그러한 말투는 다른 사람을 위해서나 아껴 두시죠." 그는 어제 웃음이 나오려는 욕구가 그랬듯이 증오가 이미 그의 가슴과 목을 죄었기 때문에 큰 소리를 낼 힘이 없어 작은 소리로 말했다.

사모일렌코가 윗도리 없이 땀을 흘리면서 부엌의 열기

로 얼굴이 빨갛게 되어 들어왔다. "아, 자네 여깄군?" 그는 말했다. "잘 있었나, 여보게, 점심은 들었나? 사양 말고 말하게. 들었나?"

"알렉산드르 다비디치." 라예프스키는 일어서며 말했다.

"내가 매우 가까운 사람에게 할 수 있는 청을 자네에게 했다고 해서 자네가 함부로 행동하지 않아야 하는 의무와 다른 사람의 비밀을 존중해야 하는 의무를 면하게 해 준다는 것을 의미하지는 않네."

"도대체 무슨 소린가?" 사모일렌코는 의아해 했다.

"자네에게 돈이 없다면…." 목소리를 높여, 흥분으로 두 발을 번갈아 구르며 라예프스키는 계속했다. "주지 말아, 거절하란 말이야, 그렇지만 뭣 때문에 내 상황이 가망 없다는 둥 뒷골목 구석구석까지 선전하는 건가? 눈꼽만큼 행하고 백 배나 더 부풀려 말하는 이 선행이나 우정의 봉사 따위를 난 못 참겠네. 자기의 신행을 뽐내고 싶으면 마음껏 하게나, 허나 아무도 내 비밀을 폭로할 권리를 자네에게 주지 않았네!"

"무슨 비밀 말인가?" 사모일렌코는 이해를 못 하고 화가 나기 시작하면서 물었다. "욕하러 온 거라면 가게. 나중에 오게!" 그는 친한 사람에게 화가 나면, 속으로 백까지 세기 시작해서 마음을 가라앉히는 원칙을 떠올렸다. 그는 서둘러 세기 시작했다.

"내 걱정 말기를 청하네!" 라예프스키는 계속했다. "나한테 관심을 돌리지 말게. 나나 내가 어떻게 살거나 누구에게 무슨 상관인가? 그래, 나는 떠나고 싶네! 그래 나는 빚을 지고, 술을 마시고 남의 아내와 살고 히스테리가 있고 저속하고 누구들처럼 심오하지 않네. 그러나, 그게 누구에게 무슨 상관인가? 인격을 존중하게!"

"자네, 여보게, 용서하게," 사모일렌코는 서른다섯까지 세고 말했다. "그러나…."

"인격을 존중하게!" 라예프스키가 그의 말을 가로막았다. "항상 남에 관해서 오호, 아하 말들 하고 항상 남의 뒤를 밟고 엿듣고 우정 어린 동정을 한다고…. 빌어먹을! 내게 돈을 꾸어 주는 데 꼭 애 녀석 대하듯 조건을 제시하다니! 나를 뭐 대하듯 멸시하고! 나는 아무것도 원치 않아!" 흥분으로 몸을 비틀거리며, 다시 히스테리가 발작할까 봐 두려워하면서 라예프스키는 소리쳤다. '그러니까 토요일에는 떠나지 않을 거다'가 그의 생각 속을 스치고 지나갔다. "아무것도 원치 않아! 제발 나를 후원하는 일을 좀 하지 말기만을 요청하네. 나는 어린 소년도 아니고 미친 사람도 아니니 나로부터 이 감시를 벗어나게 해 주기를 요청하네!"

보제가 들어오다가 창백해져서 두 손을 흔들어 대며, 보론초프 공작의 초상을 향하여 이상한 연설을 하고 있는 라예프스키를 보고 문가에 못 박힌 듯이 멈추어 섰다.

"항상 내 마음속까지 엿보는 것은…." 라예프스키가 계속했다. "내 안의 인간적 존엄을 모욕하는 거지…. 나는 자발적 탐정들에게 스파이 짓을 중지하라고 요청하네! 지긋지긋하다구!"

"뭐…. 자네 뭐라고 했나?" 백까지 다 세고 나서 얼굴을 붉히며 라예프스키에게 다가오며 사모일렌코가 물었다.

"지긋지긋하다구!" 라예프스키는 가쁜 숨을 내쉬고, 모자를 손에 들며 반복했다.

"나는 러시아 의사고, 귀족이고, 오등관이야!"

사모일렌코는 한 마디 한 마디를 또박또박 말했다. "나는 스파이인 적은 한 번도 없고 그 누구도 나를 모욕하게 놔두지 않아!" 떨리는 목소리로 마지막 단어에 강세를 주며 그는 소리쳤다. "입 다물게!"

한 번도 이렇게 장엄하고 거만하고 빨갛게 단 무서운 의사를 본 적이 없던 보제는 입을 막고 현관으로 나와서 배꼽을 잡고 웃었다. 안개 속에서 보듯, 라예프스키는 폰 코렌이 일어서서 두 손을 바지 호주머니에 찔러 넣고, 앞으로 어떻게 될까를 기다리고 있는 것 같은 자세로 멈춰 선 것을 보았다. 이 침착한 자세는 라예프스키에게 극도로 불손하고 모욕적으로 보였다.

"자네 말 취소하게!" 사모일렌코가 소리쳤다.

자기가 무슨 말을 했는지 이미 기억을 못 하는 라예프스키가 대답했다.

"나를 내버려두게! 나는 아무것도 원치 않아! 내가 원하는 건 단지 자네나 유대계 독일 이민자가 나를 내버려두는 거야! 그렇지 않으면 조치를 취하겠어! 싸우겠어!"

"이제 알겠군." 폰 코렌이 테이블에서 나오며 말했다. "라예프스키 씨는 출발 전에 결투로 기분풀이를 좀 하고 싶다는 거군. 이 만족을 내가 제공해 드리지. 라예프스키 씨, 당신의 도전을 받아들입니다."

"도전?" 라예프스키는 동물학자에게 다가가며 증오를 가지고 그의 거무스름한 이마와 고수머리를 바라보면서 나직하게 말했다. "도전? 좋지요! 나는 당신을 증오해! 증오한다구!"

"매우 기쁩니다. 내일 아침 좀 일찍 케르발라이 네 근처에서 하는 거요. 모든 세부사항들은 당신 취향대로 하시지요. 지금은 꺼지시지요."

"증오해!" 힘들여 숨을 쉬면서 라예프스키가 나직하게 말했다. "오래전부터 증오해! 결투! 그래!"

"알렉산드르 다비디치, 그를 치워 줘요. 그렇지 않으면 내가 가겠어." 폰 코렌이 말했다. "나를 물어뜯을 거야."

폰 코렌의 침착한 어조는 의사의 흥분을 식혔다. 그는 어찌된 셈인지 갑자기 자신으로 돌아와 상황을 깨닫고 두 손으로 라예프스키의 허리를 안고 동물학자의 곁에서 떼어 놓으며, 상냥하고 흥분으로 떨리는 목소리로 웅얼거렸다.

"내 친구들… 선량하고 좋은 사람들…. 흥분했었는데, 자 이제…, 자 이제…, 내 친구들…."

부드럽고 우정 어린 목소리가 들려오자, 라예프스키는 자기 인생에 무엇인가 이제까지 없었던, 마치 기차에 치일 뻔한 것 같은 끔찍한 일이 방금 일어났다는 것을 느끼게 되었다.

그는 막 울음을 터트릴 듯이 손을 휘두르며 방에서 뛰어나갔다.

'남의 증오를 느끼고, 증오하고 있는 사람 앞에서 가장 처량하고 경멸할 만한 가망 없는 모습을 보이다니…. 맙소사, 얼마나 힘든 일인지!' 그는 얼마 뒤 찻집 의자에 앉아서 방금 체험한 남의 증오로 꼭 몸에 녹이 슨 것 같은 느낌을 가지면서 생각했다. '얼마나 지독한지, 맙소사!'

코냑을 탄 냉수가 그에게 기운을 돋우어 주었다. 그가 눈앞에 명확하게 폰 코렌의 침착하고 거만한 얼굴과 어제의 시선, 양탄자 비슷한 셔츠, 목소리, 하얀 두 손을 그려 보자 무겁고 뜨겁고 게걸스러운 증오가 그의 가슴속을 휩쓸며 충족을 요구했다. 그는 머릿속으로 폰 코렌을 땅으로 쓰러뜨리고, 자기 두 발로 밟았다. 그는 사건 전체를 매우 사소한 점들까지 머리에 떠올렸고 어떻게 자기가 그런 시시한 인간에게 아첨하는 미소를 지을 수 있었는지, 도대체가 아무도 알지 못하는 가장 시시한 소도시, 지도에조차 나와 있지도 않을 것 같은, 페테르부르그에서 제대로 된 사람은 단 한 사람도 모를 이 소도시에 사는 시시한 인간들의 의견을 존중할 수 있었는지 의아해 했다. 이 하찮은 도시가 갑자기 함몰되거나 화재로 타 버린다면, 이에 대한 전보는 헌 가구를 판매한다는 광고와 마찬가지로 러시아에서 권태롭게 읽힐 것이다. 내일 폰 코렌을 죽이든 그를 살려 두

든 매한가지다. 똑같이 무익하고 흥미 없는 일이다. 다리나 손을 쏘아 상처를 입히고 그런 뒤에 그를 비웃자. 다리 하나가 떨어져 나간 곤충이 풀숲으로 숨어들어 가듯이 그 후에 그가 깊은 고통을 안고 그와 똑같은 시시한 사람들 속으로 숨어들어 가도록 해야지.

라예프스키는 쉐슈코프스키에게로 가서 모든 것을 이야기 하고 입회인으로 와 달라고 부탁했다. 그리고 둘은 우편전신국장에게로 가서 역시 입회인으로 와 달라고 부탁하고 그 집에서 식사를 하며 머물렀다. 점심 식사 동안 많은 농담들을 하고 웃어 댔다. 라예프스키는 자기가 거의 총을 쏠 줄 모른다는 것에 대해 농담하며 자신을 임금님의 사수이며 빌헬름 텔이라고 불렀다.

"이 잘난 작자 혼 좀 내야 돼…." 그는 수차례 말했다.

점심 식사 후에 카드게임을 하려고 앉았다. 라예프스키는 카드게임을 하고 포도주를 마시면서 결투는 문제를 해결하지 않고 복잡하게 만들기만 하기 때문에 도대체가 어리석고 무의미한 짓이지만 가끔은 피할 수 없다고 생각했다. 예를 들어 이번 경우 사실 폰 코렌을 치안 판사에게 고소할 수는 없으니까! 게다가 앞둔 결투는 결투가 끝난 뒤에는 이미 그가 도시에 남을 수 없으므로 더욱 좋다. 그는 약간 취해서 카드게임에 열중했고 기분이 좋았다.

그러나 해가 지고 어두워지자 불안이 그를 휩쌌다. 그것은 죽음에 대한 두려움은 아닌 것이 점심을 먹고 카드게임을 하는 동안 그는 결투가 아무 일 없이 끝나게 되리라는 확신이 웬일인지 그의 안에 자리 잡고 있었기 때문이다. 이것은 내일 아침 처음으로 그의 삶에 일어나야 할 어떤 미지의 것에 대한 두려움이었고 또 다가올 밤에 대한 두려움이었다…. 이 밤이 길고 잠 못 이루게 될 것과, 이 밤에 그가 폰 코렌과 그의 증오에 대해서만이 아니라, 그 앞에 놓여 있는 지나가야 하는 거짓말의 산, 그에겐 그것을 피할 힘과 능력이 없는 그 산에 대해서도 생각해야 한다는 것을 알고 있었다. 마치 예기치 않게 병이 난 것과 비슷했다. 갑자기 그는 카드게임과 사람들에 대해 모든 흥미를 잃고 공연히 안절부절 못하더니 집으로 가게 해 달라고 청하기에 이르렀다. 한시라도 빨리 침대 속에 드러누워, 꼼짝 않고 밤까지 생각을 준비하고 싶었다. 쉐슈코프스키와 우체국장은 그를 배웅하고, 결투에 관하여 약간의 논의를 하려고 폰 코렌의 집으로 갔다.

자기 집 근처에서 라예프스키는 아츠미아노프를 만났다. 청년은 숨을 헐떡이며 흥분돼 있었다.

"저는 당신을 찾고 있었어요, 이반 안드레이치!" 그는 말했다. "부탁이에요, 어서 함께 가시죠…."

"어디로?"

"당신에게 매우 중요한 용건이 있는 당신이 모르는 어떤 분이 당신을 만나기를 원하고 있습니다. 일 분이라도 와 달라고 간절하게 청하고 있어요. 당신에게 말해야 할 것이 있답니다. 그 사람에게는 여하간에 삶과 죽음이 달린 문제랍니다."

흥분하여 아츠미아노프는 강한 아르메니아 액센트로 말해서 '삶'이 '살음'이 되었다.

"그가 도대체 누군데요?" 라예프스키가 물었다.

“이름을 말하지 말라고 부탁했어요.”

“내가 바쁘다고 말해요. 내일, 괜찮다면….”

“그럴 수는 없어요!” 아츠미아노프는 펄쩍 뛰었다. “그는 당신에게 매우 중요한 그런 것을 이야기하고자 합니다…. 매우 중요한…, 가지 않으신다면 불행한 일이 일어날 거예요.”

“이상하군….” 아츠미아노프가 어째서 그처럼 흥분되어 있는지, 그리고 이 권태스럽고, 아무에게도 쓸모없는 이 조그만 도시에 무슨 비밀이 있을 수 있는지 이해할 수 없어 라예프스키가 중얼거렸다. “이상하군,” 라예프스키가 생각에 잠겨 되풀이했다. “어쨌든 가 봅시다. 어차피 마찬가지니까.”

아츠미아노프가 빠른 발걸음으로 앞서 가고, 그는 뒤를 따랐다. 거리를 지나고 골목으로 해서 갔다.

“정말 지루하네!” 라예프스키가 말했다.

“거의 다 왔어요, 거의 다…. 바로 근처예요.”

옛 성벽 부근에서 그들은 울타리로 둘러싸인 두 공터 사이의 좁은 골목으로 해서 간 다음 어떤 넓은 마당으로 들어가 작은 집을 향했다.

"이건 뮤리도프 네 집 아네요?" 라예프스키가 물었다.

"그래요."

"그런데 왜 뒷마당으로 해서 가는지 모르겠네. 거리로 해서도 갈 수 있는데. 더 가까운데."

"상관없어요, 상관없어요…."

아츠미아노프가 그를 뒷길로 데리고 가고, 더 조용히 걸으며 말하지 말라고 청하듯 손을 흔드는 것도 라예프스키에게 이상하게 보였다.

"이리로, 이리로…." 아츠미아노프는 조심스레 문을 열고, 발끝으로 복도로 들어서면서 말했다. "조용히, 조용히. 부탁입니다…. 들릴지 몰라요."

그는 귀를 기울이고, 힘들게 숨을 쉬더니 속삭였다. "여기 이 문을 열고 들어가세요…. 겁먹지 마세요."

라예프스키는 의아해 하며 문을 열고 낮은 천장에 창문에는 커튼이 드리워져 있는 방 안으로 들어갔다. 탁자 위에 촛불이 있었다.

"누구 찾아요?" 옆방에서 누군가가 물었다. "자넨가, 뮤리트카?"

라예프스키는 그 방으로 몸을 돌려 키릴린과 그 곁에 나데쥬다 표도로브나를 보았다.

그들이 무슨 말을 했는지 들리지 않았고 그는 뒷걸음질 쳤는데 어느새 거리에 나와 있었다. 폰 코렌에 대한 증오와 불안, 모든 것이 그의 마음속에서 사라져 버렸다. 집으로 오면서, 그는 거북하게 오른손을 흔들고, 편편한 곳을 디디려고 애쓰면서 주의 깊게 발치를 살폈다. 집에서는 서재에서, 그는 두 손을 비비고, 재킷과 와이셔츠가 갑갑한 듯 어색하게 어깨와 목을 움직이면서, 한동안 이 구석 저 구석 왔다 갔다 하고 난 후에 촛불을 켜고 책상에 앉았다.

XVI

"당신이 말하는 인문과학은 그 운동 과정에서 정밀과학과 만나 함께 나란히 나아갈 때만 인간의 사상을 만족시키는 것이 되는 것이오. 이 둘이 현미경 밑에서 만나는지 새로운 햄릿의 독백 속에서 만나는지 새로운 종교 속에서 만나는지 나는 몰라요. 그러나 그것이 일어나기 전에, 지구는 얼음의 층으로 덮이고 말 것이라고 나는 생각하오. 모든 인문학적인 지식 가운데서 가장 견고하고 생명력이 있는 것은 물론 그리스도의 가르침이지만, 보시오, 그 가르침조차도 얼마나 상이하게 해석되는지! 어떤 사람들은 우리가 모든 이웃을 사랑해야 한다고 가르치오. 이때 군인과 범죄자와 미치광이는 예외로 하지요. 첫 번째 사람들은 전쟁에서 죽이도록 허락하고 두 번째 사람들은 격리 또는 처형을 허락하고 세 번째 사람들에게는 결혼을 금지하오. 다른 해석자들은 모든 이웃을 예외 없이, 플러스 마이너스 구별 없이 사랑하라고 가르치오. 그들의 가르침에 따르면, 결핵환자거나 살인범이나 간질환자가 당신한테 와서 딸에게 구혼하면 하면 딸을 내주라는 거고, 크레틴병의 백치들이 육체적으로나 정신적으로 건강한 사람들에게 전쟁을 걸어 오면 목을 내맡겨라 하는 것이오. 이 사랑을 위한 사랑이라고 하는 설교는 예술을 위한 예술이라고 하는 설교와 마찬가지로, 만일 그것이 힘을 가질 수 있게 된다면 결국에는 인류를 완전한 파멸로 이끌게 되고, 그리하여 이제까지 지상에 나타났던 죄악 중에 가장 거대한 죄악이 실현될 거요. 해석은 매우 여러 가지가 있소. 많은 해석이 있다 해도 진지한 사상가는 그중 어느 하나에도 만족하지 못하고, 모든 해석들 무리에 자기 고유의 해석을 더하는 것을 서두르오. 따라서 당신이 말하는 것처럼 결코 문제를 철학적 또는 이른바 기독교적인 기초 위에 놓지 마시오. 그렇게 하면 문제의 해결로부터 멀어질 뿐이오."

보제는 동물학자의 말을 주의 깊게 듣고 나서 잠깐 생각하더니 말했다.

"누구에게나 주어진 도덕률은 철학자가 생각해 낸 것일까요, 아니면 하느님이 육체와 함께 창조하신 걸까요?"

"모르겠소. 그러나 이 법칙이 모든 민족, 모든 시내에 보편적인 정도로 보아 내게는 인간과 유기적으로 연결되어 있다고 여겨지오. 그것은 생각해 낸 것이 아니라 존재하며 앞으로도 존재할 거요. 그것을 언젠가 현미경으로 보게 될 것이라고 말하지는 않겠지만 유기적인 연결은 이미 뚜렷한 증거에 의하여 증명되고 있소. 실제로 뇌의 심각한 고통과 모든 이른바 정신병들은 내가 알고 있는 한 무엇보다도 먼저 도덕률의 도착 속에 나타나니까요."

"좋습니다요. 그러니까 위가 먹고 싶어 하는 것과 마찬가지로 도덕적 감정은 우리가 이웃을 사랑하는 것을 원한다, 이거죠? 그러나 우리의 자연적 본성은 자기애 때문에 양심과 이성의 목소리에 반항합니다. 그리고 그래서 많은 골치 아픈 문제들이 생깁니다. 이런 문제들을 철학적 기반 위에 놓지 말라고 하시면 우리는 누구에게 이런 문제들의 해결을 구해야 할까요?"

"우리가 지니고 있는 약간의 정확한 지식에 의지하는 거요. 증거와 사실의 논리를 믿으시오. 이게 빈약하다는 것은 맞소. 그러나 그 대신 철학처럼 불분명하고 애매하지도 않소. 도덕률이 당신이 인간을 사랑하는 것을 요구한다고 가정해 봅시다. 그게 뭘까? 사랑은 사람들에게 이리저리 해를 끼치거나 현재와 미래에 위험을 가져올 것들을 제거하는 데 있어야 하오. 우리의 지식과 증거는 인류를 위협하는 위험이 윤리적으로 또 육체적으로 비정상적인 사람들에서 온다고 말하오. 그렇다면 당신은 비정상적인 사람들과 싸우세요. 만약 그들을 규범까지 끌어올릴 만한 힘이 없다면 그들을 무해화하는, 즉 그들을 없애 버리는 힘과 능력만 있으면 충분하오."

"그러니까 사랑은 강자가 약자를 이기는 데 있군요?"

"틀림없소."

"그러나 강자들은 우리의 구세주 예수 크리스트를 십자가에 못 박았지 않습니까!"

보제는 열을 올리며 말했다.

"강자들이 아니라 약자들이 그를 십자가에 못 박은 것에 바로 문제가 있는 거요. 인류의 문화는 생존경쟁과 자연도태를 약화시켰고, 제로에 가까워지게 하려 노력하고 있소이다. 그래서 약자들이 급격히 증가하고 강자들을 압도하오. 미성숙한, 발육 부진한 형태의 인도적 사상을 꿀벌들에게 주입하는 데 성공했다고 한번 상상해 보오. 무슨 일이 일어날까? 죽여야 하는 수벌들이 살아남아 꿀을 다 먹어 치우고, 꿀벌들을 타락시키고 눌러 죽이게 되오 — 결과적으로 약자들이 강자들을 압도하여 강자들은 퇴화하오. 이와 똑같은 일이 현재 인류에게도 일어나고 있소. 약자들이 강자들을 압박하고 있는 거요. 아직 문화에 접하지 않았던 원시인들에게 있어서는 가장 강하고 현명하고 그리고 가장 도덕적인 사람이 선두에 서서 가오. 그가 지도자이며 지배자요. 그러나 우리 문화인들은 크리스트를 십자가에 못 박았고, 계속 못 박고 있소. 그러니까 우리들에게는 무엇인가가 부족한 것이오. 이 '무엇인가'를 우리는 회복시켜야 하오, 아니면 이 착오는 영원히 끝나지 않소."

"약자들과 강자들을 구분하는 당신의 기준은 어떤 겁니까?"

"지식과 증거요. 결핵환자와 연주창환자는 그들의 병으로 알 수 있고 부도덕한 자와 미치광이는 그들의 행위로 알 수 있소."

"그렇지만 오류가 있을 수 있어요!"

"그래요. 하지만 홍수가 나려고 하는데 발이 젖는 것쯤이야 걱정할 것 없지요."

"그건 철학이네요." 보제가 웃기 시작했다.

"전혀 아니오. 당신은 신학생적인 철학에 의해 심한 정도로 왜곡되어 모든 것 속에서 오직 안개만 보기를 원하지요. 당신의 젊은 머리를 가득 채우고 있는 추상적 학문들은 당신의 정신을 증거로부터 추상화시키기 때문에 그렇게 불리는 거요. 악마를 똑바로 봐요, 만일 악마가 악마면 악마라고 말하고 설명을 찾아 칸트나 헤겔에게 기어 가지 말아요."

동물학자는 잠깐 침묵했다가 계속했다.

"이 곱하기 이는 사요. 돌은 돌이오. 내일은 결투가 있소. 당신과 나는 결투가 어리석고 불합리한 일이라고, 결투는 이미 시대에 뒤떨어진 일이라고, 귀족적인 결투일지라도 본질적으로는 술집에서 술꾼들이 하는 싸움과 다를 바 없다고 말하겠지만 그래도 여전히 우리는 멈추지 않고 가서 싸울 거요. 그러니까 우리의 판단보다 더 강한 힘이 존재하는 거요. 우리는 전쟁은 약탈 행위이다, 만행이다, 끔찍한 일이다, 형제를 죽이는 일이다, 하고 외치오. 기절하지 않고는 피를 보지 못하오. 그러나 프랑스거나 독일이 우리를 모욕만 해도 우리는 당장 사기가 오르는 것을 느끼고 진정으로 '만세'를 외치며 적진으로 돌진할 거요. 당신네들이 우리의 무기에 신의 축복을 빌어 주면, 우리들의 용맹은 모두의, 그것도 진정한 열광을 불러일으킬 거요. 여기서도 그러니까 우리나 우리의 철학보다 더 높지는 않더라도 더 강한 힘이 존재하고 있다는 것을 알 수 있소. 우리는 바다에서 움직여 오는 저기 저 구름을 막을 수 없듯이 그 힘을 막을 수 없소. 위선을 부리지 마오, 그 힘에게 주머니에서 손가락으로 엿 먹어라 하지도 말고 '아흐, 어리석다! 아흐, 케케묵은 일이다! 아흐, 성서에 어긋난다!'라고 말하지 말고 그 힘을 직시하고 그 합리적인 정당성을 인정하오, 그리고 예를 들어 그 힘이 허약하고 연주창을 앓는 타락한 종족을 없애기를 원한다면 당신네들의 알약들과 잘못 이해한 복음서의 인용들로써 그 힘을 방해하지 마오. 레스코프의 작품에 양심적인 다닐라*라고 하는 남자가 나오오. 그는 교외에서 문둥병 환자를 발견하고 그에게 음식을 주고 사랑과 크리스트의 이름으로 그를 따뜻하게 해 주는 사람이오. 이 다닐라가 만일 진정으로 인간들을 사랑한다면 그 문둥병 환자를 도시에서 멀리 떨어진 곳으로 끌고 가서 웅덩이 속에 처넣고, 자기는 건강한 사람들에게 봉사하러 갔을 거요. 크리스트가 우리에게 이성적이고 의미 있고 유익한 사랑을 설파했다고 바라고 싶소."

"당신 참 괴짜네요!" 보제는 웃음을 터트렸다. "당신은 크리스트를 믿고 있지도 않으면서 어째서 그를 그렇게 자주 언급하는 거지요?"

---

* 니콜라이 세묘노비치 레스코프(1831–1895)는 러시아의 산문작가로 대표적 작품으로 《성직자들》(1872), 《므첸스크의 맥베스 부인》(1864)이 있다. 《성직자들》은 여러 에피소드로 되어 있는데, 그중 한 이야기이다. 이 작품은 그의 정교회에 대한 비판으로 받아들여졌는데 레스코프가 완전히 정교회에 실망하게 되어 그것을 거부하는 것은 그 훨씬 이후이다.

"아니, 나는 믿고 있소. 다만 물론 당신 식으로가 아니라 내 식으로 말이오. 아흐, 보제, 보제!" 동물학자는 웃음을 터트리면서 보제의 허리를 껴안고 유쾌하게 말했다. "자, 어때요, 내일 결투하는 데 오는 거죠?"

"직책이 허락하지 않아요. 그렇지 않으면 가 보겠지만."

"무슨 직책이요?"

"저는 성직자입니다. 제게 하느님의 은총이 내렸습니다."

"아흐, 보제, 보제." 폰 코렌은 웃으면서 반복했다. "당신과 얘기하는 걸 좋아하오."

"당신은 당신에게 신앙이 있다고 말했습니다." 보제가 말했다. "그게 어떤 신앙입니까? 제게는 사제 아저씨가 계십니다. 그런데 그분은 가뭄에 들판으로 비를 청하러 갈 때 돌아오는 길에 비에 젖지 않도록 우산과 가죽 외투를 들고 나갈 정도로 신을 믿습니다. 이것이 신앙이지요! 그가 크리스트에 대해 말할 때는 그에게서 빛이 나고 시골 아낙들 농부들 모두 통곡을 합니다. 그라면 저 구름도 멈출 거고 당신이 말하는 그 갖가지 힘을 쫓아낼 거예요, 그래요.

신앙은 산을 옮기기도 하니까요."

보제는 웃음을 터트리며 동물학자의 어깨를 두드렸다.

"바로 그래요…." 그는 계속했다. "여기 당신은 항상 연구만 하고 바닷속을 파악하고 강자와 약자를 구분하고 책을 쓰고 결투를 신청하고 합니다. 그러나 모든 것은 제자리 그대로입니다. 하지만 보세요. 어떤 힘없는 노인이 성령을 받아 한마디만 중얼거리거나, 또는 아라비아에서 새로운 마호메트가 장검을 휘두르며 말을 타고 달려오면 당신의 모든 것은 날벌레떼처럼 공중으로 날아가 버리고 유럽은 온통 뒤흔들릴 겁니다."

"보제, 그게 하늘에 갈퀴로 씌어져 있단 말이지요!"

"행위 없는 신앙은 죽은 것이지만 신앙 없는 행위는 더욱 나쁩니다. 그저 시간 낭비일 뿐 그 이상 아무것도 아니지요."

바닷가에 의사가 나타났다. 그는 보제와 동물학자를 보고 다가왔다.

"모든 게 준비된 것 같네." 그는 가쁜 숨을 몰아쉬며 말했다. "입회인은 고보로프스키와 보이코가 될 거네. 새벽 다섯 시에 올 거야. 날씨가 뭐 이래." 하늘을 쳐다보고 그가 말했다. "아무것도 안 보이는군. 금방 비가 오겠어."

"자네도 같이 가 줄 거지?" 폰 코렌이 물었다.

"아니, 아무래도 안 되겠네. 나는 그냥도 괴롭네. 나 대신 우스티모비치가 갈 거네. 이미 그와 이야기했네."

멀리 바다 위에서 번갯불이 번쩍 빛났고 둔한 천둥소리가 들려왔다.

"소나기가 쏟아지기 전의 무더위란 참!" 폰 코렌이 말했다. "내기를 해도 좋아, 자네는 벌써 라예프스키의 집에 가서 그의 가슴 위에서 울었네."

"뭣 하러 내가 그 사람 집에 간단 말인가." 의사는 당황하면서 말했다. "말도 안 돼!"

해가 지기 전에 그는 라예프스키를 만날 수 있을까 하는 희망을 품고 가로수 길과 거리를 몇 번이나 왔다 갔다 했다. 그는 자기가 벌컥 화를 낸 일과 그 뒤에 갑자기 친절의 발작을 보인 것이 창피했다. 라예프스키에게 농담조로 용서를 구하고, 주의를 주고, 안심시키고 결투는 중세적 야만의 잔재이기는 하지만, 하늘의 뜻이 그들에게 화해의 수단으로써 결투를 지시했다는 것을, 내일 훌륭한 인물이고 뛰어난 수재인 그들 두 사람이 발사를 교환한 뒤 서로의 고귀함을 인정하고 친구가 될 것이라는 것을 말하고 싶었다. 그러나 라예프스키를 한 번도 마주칠 수 없었다.

"뭣하러 내가 그 사람 집에 간단 말인가?" 사모일렌코는 되풀이했다. "내가 그 사람을 모욕한 것이 아니라, 그 사람이 나를 모욕했네. 내게 좀 말해 주게, 도대체 그 사람은 어째서 내게 덤벼들었나? 내가 그에게 무슨 몹쓸 짓을 했나? 내가 객실로 들어가니 갑자기 멀쩡한 사람더러 스파이라니! 참, 나, 원, 기가 막혀서! 어디 말해 보게, 왜 그런 일이 일어났나? 자네는 그에게 뭐라고 했나?"

"그의 상황이 출구가 없다고 말했네. 또 맞는 말이고. 정직한 사람이거나 사기꾼만이 어떠한 상황에서든지 출구를 발견할 수 있네. 정직한 사람이기도 하고 동시에 사기꾼이기도 하고자 하는 사람에게는 출구가 없네. 그건 그렇고, 여러분, 벌써 열한 시예요. 내일 일찍 일어나야 해요."

갑자기 바람이 불어왔다. 바람이 바닷가에 먼지를 일으키고 회오리바람으로 돌며 울부짖는 소리가 물결 소리보다 높았다.

"질풍이에요!" 보제가 말했다. "가야 해요. 안 가면 눈을 뜰 수가 없게 돼요."

그들이 걷기 시작하자 사모일렌코가 한숨을 내쉬고 제모를 누르며 말했다.

"오늘 밤엔 틀림없이 잠을 못 잘 거야."

"그렇게 불안해 하지 말게." 동물학자는 웃음을 터트렸다. "안심해도 되네. 결투는 아무 일 없이 끝날 테니까. 라예프스키는 너그럽게 허공을 쏠 거네. 그는 다르게는 못 하네, 그리고 필시 나는 전혀 쏘지 않을 거네. 라예프스키 때문에 재판을 받는 것, 시간을 낭비하는 것은 수지 맞는 일이 아니니까. 그런데 참, 결투를 하면 어떤 벌을 받나?"

"구류. 그렇지만 상대가 죽었을 경우에는 삼 년 이하의 징역형을 받네."

"페트로 파블로프스크에서 말인가?"*

"아니, 군 감옥일 거네."

"이 젊은 애녀석을 혼 좀 내 줘야 하긴 하지만."

뒤쪽 바다 위에서 번갯불이 번쩍이며 한순간 집들의 지붕과 산들을 환히 비췄다. 가로수 길 근처에서 친구들은 헤어졌다. 의사가 어둠 속으로 사라지고 이미 그의 발 소리가 들리지 않게 되었을 때, 폰 코렌이 그에게 외쳤다.

"내일 날씨가 우리를 방해하지 말아야 할 텐데."

"그럼 더 좋지, 아마 괜찮을 거네!"

"그럼, 편안한 밤 보내게!"

"뭐 밤이라구? 뭐라고 했나?"

바람과 바닷소리와 천둥소리 때문에 잘 들리지 않았다.

"아무것도 아니네!" 동물학자는 소리치고 서둘러 집으로 갔다.

---

* 페테르부르그에 있는 감옥.

XVII

…슬픔으로 짓눌린 영혼 속에는
우울한 사념들이 가득히 북받치고
회상들은 말없이 내 앞에
그 긴 두루마리를 펼친다
나 나의 삶을 읽으면서
혐오에 떨며 저주하고
괴로움에 한탄하며 쓴 눈물 흘려도
슬픈 구절들을 지우지 않는다.
—푸시킨*

---

* 푸시킨의 서정시 〈회상〉(1828)의 일부로 생략된 앞부분은 다음과 같다.

세상 사람들의 소란한 낮이 침묵하고
도시의 말없는 거리위로
밤의 반투명의 그림자와 함께
낮의 노고의 보상으로 잠이 드리워지면
고요 속에 내게로 천천히
고통스러운 각성의 시간이 찾아온다
밤의 무위 속에서 양심의 가책은
뱀이 문 상처인 듯 더 화끈거리며 타오르고
공상들이 들끓는다. 슬픔으로 짓눌린 영혼 속에는
(…)

내일 아침 그를 죽이든 아니면 그를 비웃든, 즉 그에게 이 삶을 남겨 주든, 그는 어차피 파멸했다. 이 치욕당한 여자가 절망과 수치심으로 자살을 하든 아니면 비참한 실존을 끌고 가든, 그녀는 어차피 파멸했다….

라예프스키는 밤늦도록 책상에 앉아서, 여전히 손을 비비면서 이렇게 생각했다. 갑자기 창문이 열리며 쾅 소리가 나며 방 안으로 강한 바람이 들이닥쳤고 종이들이 책상에서 날아갔다. 라예프스키는 창문을 닫고 바닥에서 종이들을 모으려고 몸을 굽혔다. 그는 자기의 몸속에서 무언가 새로운 것, 전에는 없었던 어떤 어색함을 느꼈고 자기의 동작을 의식하지 못했다. 그는 팔꿈치를 양옆으로 세우고 어깨를 부들부들 떨며 멈칫멈칫 걸었고, 책상에 앉을 때 또다시 손을 비비기 시작했다. 그의 몸은 유연성을 잃었다.

죽기 전날 밤에는 가까운 사람들에게 편지를 써야 하는 법이다. 라예프스키는 이를 기억했다. 펜을 잡고 떨리는 필체로 편지를 썼다.

'엄마!'

그는 어머니에게 그녀가 믿는 자비로운 하느님의 이름으로 그가 더럽힌 불행한 여자, 고독하고 가난하고 약한 여자에게 보금자리를 주시고 친절로 따뜻하게 해 달라고, 또 그녀가 모든 것을 잊고 모든 것, 모든 것, 모든 것을 용서하고 희생으로써 아들의 무서운 죄악을 부분적으로나마 속죄해 달라고 쓰고 싶었다. 그러나 그의 어머니, 살이 찌고 몸집이 무거운 노파가 레이스로 된 모자를 쓰고 아침마다 저택에서 정원으로 나오고 그 뒤를 더부살이 여자가 털강아지를 데리고 따라가는 것하며, 어머니가 명령조로 정원사나 하인에게 소리 지르는 것, 그녀의 얼굴이 거만하고 심술궂은 것을 떠올렸다. 이런 것들이 기억나자 그는 써 놓은 글씨를 새까맣게 지워 버렸다.

세 개의 창문 모두에 번갯불이 환하게 번쩍였고, 그 뒤에 귀가 먹먹할 정도로 강한 천둥소리가 울렸다. 처음에는 둔탁했으나 조금 후에는 우르르 쾅 하는 굉음을 내어 창문의 유리들이 철커덩거릴 정도로 강한 천둥이었다. 라예프스키는 일어서서 유리창으로 다가가서 이마를 창유리에 댔다. 마당에는 강하고 아름다운 뇌우가 쏟아지고 있었다. 수평선에서는 번갯불들이 하얀 리본처럼 끊임없이 검은 구름 속에서 바다로 던져지며 망망대해에 높이 솟은 검은 파도들을 환하게 비추고 있었다. 왼쪽에서도 오른쪽에서도, 그리고 집 위에도 틀림없이 번개가 번쩍거리고 있었다.

"뇌우!" 라예프스키는 중얼거렸고 그는 누구에게든가, 무엇에든가, 번갯불이나 먹구름에게라도 기도를 하고 싶은 욕구를 느꼈다. "아름다운 뇌우!"

어린 시절 뇌우가 쏟아졌을 때 그가 맨머리로 정원으로 뛰어나갔고 푸른 눈의 금발의 여자애 둘이 뒤를 따라왔고 모두 비에 젖었던 것이 떠올랐다. 그들은 즐거워 웃어 댔지만 강한 천둥이 울리면 여자애들은 천진하게 소년의 가슴에 매달렸고 소년은 성호를 긋고 서둘러 외웠다. '거룩하고, 거룩하고, 거룩하신….' 오, 너희들은 어디로 갔는가. 너희들은 어떤 바다에 빠져 버렸나, 아름답고 깨끗한 삶의 어린 싹들이여? 이미 그는 뇌우를 두려워하지 않고 자연을 사랑하지 않으며, 그에게 신은 없고, 그가 언젠가 알았던, 사람을 쉽게도 믿던 여자애들은 모두 그나 그의 동년배들에 의해 망쳐졌고, 그의 집 정원에 그는 일생 동안 나무 한 그루 심은 적이 없고 풀 한 포기 기른 적이 없으며, 생명체들 사이에 살면서 파리 한 마리 살려 준 적이 없으며 그저 파괴했고 망쳤고 거짓말을 했고, 또 거짓말을 했다….

'내 과거 중에 악덕 아닌 게 뭔가 있었나?' 그는 절벽으로 떨어지는 사람이 나뭇가지를 붙잡듯 무엇이라도 밝은 회상을 붙잡고자 애쓰며 자신에게 물었다.

중고등학교? 대학? 그러나 그것도 사기였다. 그는 공부를 못했으며 배운 것도 잊었다. 사회적 복무? 이것 역시 사기였다. 왜냐하면 공직에서 그는 아무 일도 안 했으며 봉급을 공짜로 받았으니 그의 복무는 재판에 회부되지 않는 추악한 공금횡령이었다.

진리는 그에게 필요하지 않았고 또 그는 그것을 추구하지도 않았고, 그의 양심은 악덕과 허위로써 마법에 걸려 잠자거나 침묵하고 있었다. 그는 이방인이나 다른 행성에서

와서 세들어 사는 사람처럼 사람들의 공동생활에 참여하지 않았고, 그들의 고통, 사상, 종교, 지식, 추구, 투쟁들에 무관심했으며, 사람들에게 좋은 말 한마디 하지 않았고, 유익하고 저속하지 않은 글 한 줄도 쓴 적이 없고, 사람들에게 한 푼어치도 일해 준 적이 없고 그들의 빵만 먹었고 그들의 포도주를 마셨고 그들의 아내를 훔쳤고, 그들의 사상들로 살면서 자신의 경멸할 만한 기생충적인 삶을 그들과 자기 자신 앞에 변명하기 위하여 항상 그가 그들보다 더 높고 더 좋은 인간인 척하려고 항상 기를 썼지. 거짓, 거짓, 거짓….

그는 간밤에 뮤리도프의 집에서 본 것을 선연히 떠올리고 혐오감과 비통함으로 견딜 수 없을 만큼 기분이 나빴다. 키릴린과 아츠미아노프는 혐오스럽지만 그들은 다만 그가 시작한 것을 계속한 것이다. 그들은 그의 공범자이고 제자이다. 그를 오빠보다 더 믿어 준 젊고 약한 여자에게서 남편과 아는 사람들과 고향을 빼앗고 그녀를 이리로—무더위와 열병과 권태 속으로 데리고 왔다. 매일매일 그녀는 거울처럼 그의 무위와 악덕과 허위를 반사해야 했고,

이것으로 오직 이것으로만 그녀의 삶, 약하고 시들고 비참한 삶이 채워져 있었다.

얼마 후 그는 그녀에게 싫증이 났고 증오했으나 버릴 용기가 모자랐고, 마치 거미줄 같은 위선으로 그녀를 더욱 더 강하게 묶으려고 애써 왔던 것이다. 그 마무리를 이 사람들이 했던 것이고.

라예프스키는 책상에 앉았다가 창가로 갔다가 했고, 촛불을 껐다가 다시 켜기도 했다. 그는 큰 소리로 자신을 저주하고 울고 푸념하고 용서를 빌기도 했고, 절망 속에서 몇 번이나 책상으로 달려가서 썼다. '엄마!'

어머니 외에는 아무 친척도 가까운 사람도 없었다. 그러나 어머니가 그를 어떻게 도울 수 있을까? 그리고 어머니는 어디 있나? 그는 나데쥬다 표도로브나에게 달려가서, 그녀의 발 아래 쓰러져 그녀의 손과 발에 키스하고 용서를 간청하고 싶었으나 그녀는 그의 희생물이었고 그래서 그는 그녀를 마치 죽은 사람처럼 두려워했다.

"삶은 파멸했어!" 그는 손을 비비면서 중얼거렸다. "도대체 무엇 때문에 나는 아직 살아 있나, 맙소사!…”

그는 희미한 자기의 별을 하늘에서 밀어냈고 별은 떨어졌고 그 흔적은 밤의 어둠과 섞여 버렸다. 별은 이미 하늘로 되돌아갈 수 없다, 삶은 오직 한 번 주어지고 반복되는 것이 아니므로. 만일 지나간 세월들을 되돌릴 수 있다면, 그는 지난날들의 허위를 진실로, 무위를 노동으로, 권태를 환희로 바꾸고, 그가 순수를 빼앗은 사람들에게 순수를 돌려주고, 하느님과 정의도 발견할 것이지만 그것은 떨어진 별을 다시 하늘로 되돌릴 수 없는 것과 마찬가지로 불가능하지. 그것이 불가능하기 때문에 그는 절망에 도달한 것이고.

뇌우가 물러간 뒤, 열려진 창가에 앉아서, 그가 앞으로 어찌 될 것인가 가만히 생각해 보았다. 폰 코렌은 아마도 그를 죽이겠지. 이 인간의 분명하고 냉정한 세계관은 허약하고 쓸모없는 자들의 근절을 허락하지. 혹시라도 그의 세계관이 결정적인 순간에 변한다고 해도 라예프스키가 그의 마음속에 불러일으킨 증오와 혐오감이 그를 도울 것이다. 혹시라도 그가 잘못 쏘든가 또는 증오하는 적을 비웃으려고 그저 상처만 입히든가 또는 허공에 쏜다면, 그때에는 어떻게 해야 하나? 어디로 가야 하나?

'페테르부르그로 간다?' 라예프스키는 자문해 보았다. '그러나 그것은 내가 저주하는 지난 삶을 다시 시작하는 것이 될 것이다. 그리고 철새처럼 장소를 바꿈으로써 구원을 찾으려고 하는 사람은 아무것도 찾을 수 없을 것이다. 그에게는 어디나 마찬가지 땅이기 때문이다. 사람들에게서 구원을 찾을까? 그러나 누구에게서 또 어떻게 찾는단 말인가? 사모일렌코의 선량함이나 관대함도, 보제의 웃음이나 폰 코렌의 증오와 마찬가지로 구원해 주기는 어렵다. 구원은 오직 자기 자신 속에서 찾아야 하는데, 만일 못 찾는다면 무엇 때문에 시간을 낭비하나, 자살해야 한다. 그러면 다이다….'

마차 소리가 들려 왔다. 이미 날이 밝아오고 있었다. 반개마차는 지나갔다가 돌아와 축축한 모래땅에 바퀴 소리를 내면서 집 부근에 멈추었다. 마차에는 두 사람이 앉아 있었다.

"잠깐 기다려 주게, 곧 나갈 테니!" 라예프스키는 그들에게 창 너머로 말했다. "자고 있지 않네. 벌써 갈 시간인가?"

"그렇네, 네 시네. 아직 제시간에 도착할 수 있네…."

라예프스키는 코트를 입고, 모자를 쓰고, 주머니에 담배를 넣고 생각에 잠긴 채 멈춰 섰다. 아직 무엇인가 해야만 할 일이 있는 것처럼 여겨졌다. 거리에서는 입회인들이 낮은 소리로 이야기하고 있었고 말들이 힝힝거렸는데, 모두가 자고 있고 하늘이 막 희끄무레해지고 있는 이르고 축축한 아침, 이 소리들은 라예프스키의 마음을 불길한 예감을 닮은 우울로 가득 채웠다. 그는 잠시 생각에 잠겨 서 있다가 침실로 갔다.

나데쥬다 표도로브나는 두꺼운 모직 담요를 머리까지 뒤집어쓰고 몸을 길게 뻗고 자기 침대에 누워 있었다. 그녀는 꼼짝 않고 있었는데 이집트의 미라와 비슷했다. 특히 머리가 그랬다. 말없이 그녀를 바라보면서 라예프스키는 마음속으로 용서를 빌고, 만일 하늘이 텅 비어 있는 것이 아니라 정말로 그곳에 하느님이 있다면, 하느님은 그녀를 지켜 줄 것이라고 생각했다. 만일 하느님이 없다고 한다면 그녀는 파멸할 것이다. 살아갈 목적이 없는 것이다.

그녀는 갑자기 일어나더니 침대 위에 앉았다. 창백한 얼굴을 들고, 두려움을 가지고 라예프스키를 보면서 그녀는 물었다.

"당신이었군요. 뇌우가 지나갔나요?"

"지나갔어."

그녀는 기억이 되살아나자 두 손으로 머리를 감싸고 온몸을 떨었다.

"얼마나 괴로운지!" 그녀는 말했다. "얼마나 괴로운지 당신이 안다면…!" 그녀는 눈을 반쯤 감고 계속했다. "당신이 저를 죽이던가, 집에서 빗속으로 뇌우 속으로 내쫓기를 기다리고 있었어요. 하지만 당신은 지체하고…, 지체하고…."

그는 그녀를 발작적으로 꽉 껴안고, 그녀의 무릎과 손에 키스를 퍼부었다. 그러고 나서 그녀가 무언가를 중얼거리고 기억 때문에 몸을 떨었을 때, 그는 그녀의 머리를 쓰다

듣고 그녀의 얼굴을 들여다보면서, 이 불행하고 부도덕한 여자가 그에게 유일하게 가깝고 소중하고 대체 불가능한 인간이라는 것을 깨달았다.

그가 집에서 나와 마차를 탔을 때 그는 살아서 집으로 돌아오고 싶어졌다.

XVIII

보제는 일어나 옷을 입고, 굵은 옹이 투성이인 지팡이를 들고 조용히 집에서 나왔다.깜깜해서 거리를 걷기 시작한 처음 몇 분 동안은 자기의 하얀 지팡이조차 보이지 않았다. 하늘에는 별 하나 없었고, 다시 비가 내릴 것 같았다. 축축한 모래와 바다 냄새가 났다.

'설마 체첸인들이 습격해 오진 않겠지.' 보제는 자기의 지팡이가 포도에 닿는 소리와 이 소리만이 밤의 고요 속에서 낭랑하게 고독하게 울리는 것을 들으며 생각했다.

교외로 나오자 길도 자기의 지팡이도 보였다. 검은 하늘에 여기저기 희미한 반점들이 나타났고 곧 별 하나가 얼굴을 내밀고 자기의 한 눈으로 수줍게 깜빡거렸다. 보제는 자갈이 깔린 높은 해변을 따라 걸어갔으므로 바다는 보이지 않았다. 바다는 아래에서 잠들었고 보이지 않는 파도는 느릿느릿 힘겹게 해안을 때리면서 마치 우후 하고 한숨을 쉬는 것 같았다. 게다가 또 얼마나 느릿느릿 그러는지! 파도가 한번 때리고 보제가 여덟 보 걸어가면 두 번째 파도가 치고 여섯 보 걸어가면 세 번째 파도가 쳤다. 역시 아무것도 보이지 않았고, 어둠 속에서 느릿느릿하고 잠에 취한 바닷소리가 들렸고, 신이 혼돈 위를 달렸던 끝없이 먼 상상할 수 없는 시간이 들렸다.

보제는 무서워졌다. 그는 그가 무신론자들과 어울리고 그들의 결투까지 보러 가는 것에 대해 신이 어떤 벌을 줄지에 대해 생각했다. 결투는 대수롭지 않을 것이고 피가 흐르지도 않을 것이며 우스울 것이지만 어쨌든 결투는 이교적인 광경이고 그곳에 간다는 것은 성직자로서 점잖지 못하다. 그는 멈춰 서서 돌아가야 하지 않을까 하고 생각했다. 그러나 강한 가라앉지 않는 호기심이 회의적인 생각들보다 윗자리를 차지하고 있었고 그는 계속 걷기 시작했다.

'그들은 신앙을 가진 사람들은 아니지만 선량한 사람들이니 구원을 받을 거야.' 그는 자신을 달랬다. "틀림없이 구원을 받을 거야!" 담배에 불을 붙이면서 그는 소리 내어 말했다.

인간에 대해 공정하게 판단하려면 어떠한 척도를 가지고 재야 할까? 보제는 자기의 적인 신학교의 학생감을 떠올렸다. 그는 신을 믿고 결투를 하지 않으며 순결을 지키며 살지만 언젠가 보제에게 모래가 섞인 빵을 먹였고, 한번은 그의 귀를 거의 떨어질 뻔하게 잡아당겼다. 만일 인간 생활이 정부의 밀가루를 횡령하는 부정직하고 잔혹한 그 학생감을 모두들 존경하고 신학교에서 그의 평안과 구원에 대해 기도할 정도로 간단하게 되어 있는 경우, 폰 코렌이나 라예프스키와 같은 인물을 비신자라는 이유만으로 경원시하는 것은 과연 공정한가? 보제는 이 문제를 풀어보기 시작했으나 오늘 사모일렌코가 얼마나 우스운 꼴을 했는가가 기억났고 이는 그의 생각의 흐름을 중단했다. 내일은 또 얼마나 많이 웃게 될까! 보제는 자기가 덤불숲 아래 앉아서 엿보게 될 것과 내일 점심때 폰 코렌이 잘난 척하기 시작하면, 그, 보제가 웃으면서 그에게 결투의 세세한 점들을 모두 이야기하는 것을 상상했다.

'어떻게 다 알지요?' 동물학자가 물을 것이다. '바로 그랬지요. 집에 앉아 있었지만 알지요.'

결투를 우스운 모습으로 묘사하는 것도 좋을 것이다. 장인은 그것을 읽고 웃을 것이다. 장인은 먹을 것은 안 줘도 아무거나 재미있는 이야기를 하거나 써 주면 만족하는 사람이다.

황하의 계곡이 펼쳐졌다. 비 때문에 강은 더 넓고 사나워져서 이미 예전처럼 중얼거리는 것이 아니라 울부짖고 있었다. 날이 밝기 시작했다. 잿빛의 희미한 아침, 먹구름에 따라붙으려고 서쪽으로 달려가는 구름들, 안개가 둘러쳐진 산들, 젖은 나무들—모든 것이 보제에게는 보기 흉하고 화난 듯이 여겨졌다. 강물로 세수를 하고 아침 기도를 올리고 나니 그는 차와 매일 아침 장인 집 식탁에 나오는, 신 크림을 바른 따끈따끈한 둥근 빵이 먹고 싶어졌다. 보제 부인과 그녀가 피아노로 연주하던 〈돌아오지 않는 것〉이라는 곡이 생각났다. 그녀는 도대체 어떤 여자일까? 보제를 소개하고 중매하고 혼인을 시키는 일은 일 주일 만에 이루어졌고 채 한 달도 같이 살기 전에 그를 이리로 파견한 것이어서 그는 아직 그녀가 어떤 인간인지 파악조차 못했다. 그러나 어쨌든 그녀 없이는 지루한 편이었다.

'그녀에게 편지를 보내야겠어.' 그는 생각했다.

술집 깃발이 비에 흠뻑 젖어 매달려 있었고 술집 자체도 지붕이 젖어서 예전보다 더 어둡고 더 낮은 것 같았다. 문 부근에는 짐 마차가 서 있었고, 케르발라이와 어떤 아프하즈인 둘과 케르발라이의 아내나 딸임이 분명한 헐렁한 바지를 입은 젊은 타타르 여자가 가게 안에서 무엇인가가 든 부대들을 들고 나와서 짐 마차 안 옥수수 짚 위로 놓고 있었다. 짐 마차 곁에는 당나귀 두 마리가 고개를 숙이고 서 있었다. 부대들을 다 싣자, 아프하지아인들과 타타르 여자가 그것들 위로 짚을 덮었고 케르발라이는 서둘러 당나귀들을 마차에 맸다.

'아마 밀수인가 봐.' 보제는 생각했다.

말라 버린 바늘잎들이 달린 채 쓰러져 있는 나무, 저기 모닥불이 탄 검은 자국이 있다. 피크닉 때의 일이 세세한 것들까지 떠올랐다. 아프하지아인들의 노래, 대주교의 자리와 십자가 행렬에 관한 달콤한 생각들…. 흑하는 비로 더 검어졌고 더 넓어졌다. 보제는 더러운 물결의 머릿갈래들이 이미 닿아 있는 위험스런 다리를 조심스럽게 건너 사다리를 올라 건조소로 들어갔다.

'굉장한 머리야!' 짚 위에 몸을 뻗고 폰 코렌에 대해 기억하며 그는 생각했다. '좋은 머리야. 부디 무사해야 할 터인데. 다만 그에게 잔인성이 있어….'

어째서 그는 라예프스키를 미워하고 또 라예프스키는 그를 미워하고 있는 것일까? 어째서 두 사람은 결투를 벌이려는 것일까? 만일 그 두 사람이 자기처럼 어릴 때부터 그러한 곤궁을 알았다면, 만일 그들이 무식하고 심장이 냉혹하고 돈벌이에 욕심이 많고 한 조각의 빵 때문에 비난하고, 거칠고 무례하며, 마룻바닥에 침을 뱉고, 식사 때에나 기도 때에도 트림을 하는 사람들 속에서 자라났다고 한다면, 그리고 만일 어릴 때부터 좋은 환경 속에서 선택된 사람들 사이에서 응석받이로 크지 않았다면, 그들은 얼마나 서로서로 의지하고, 얼마나 기꺼이 서로서로 결점을 용서해 주고, 각자에게 있는 점들을 존중해 줄 것인가. 외적으로나마 제대로 된 사람들도 세상엔 정말 얼마나 적은가! 라예프스키가 덜떨어지고 방종하고 이상한 사람이긴 해도 훔치거나 큰 소리로 바닥에 침을 뱉거나 아내에게, '밥 처먹으면서 일 안 하려고 한다'고 야단하거나 어린애를 채찍으로 때리거나 자기 하인들에게 고약한 냄새가 나는 절인 고기를 먹이거나 하지 않을 것이다. 이것만 해도 그를 관대하게 대하기에 충분하지 않은가? 게다가 그는 환자가 자기 상처 때문에 괴로워하듯이 자기가 먼저 자신의 결점들 때문에 괴로워한다. 권태 때문에 또는 어떤 오해 때문에 서로서로에게서 퇴화, 사멸, 유전 그리고 알아들을 수도 없는 것을 찾아내려고 하는 대신 좀 아래로 내려가 그 증오와 분노를, 거리마다 온통 거친 무식함, 탐욕, 비난, 불결, 욕설, 여자의 비명으로 신음 소리 울리는 그곳으로 방향을 돌리는 게 낫지 않을까?

마차 소리가 났고 보제의 생각은 끊어졌다. 문으로 내다보니 반개마차가 보였고, 그 안에 라예프스키, 쉐슈코프스키, 우편전신국장 세 사람이 있었다.

"멈춰!" 쉐슈코프스키가 소리쳤다.

세 사람은 모두 마차에서 내려 서로를 쳐다보았다.

"그들은 아직 안 왔군." 쉐슈코프스키는 몸에서 흙을 털면서 말했다. "어쨌든 잘 되었네. 질질 끄는 동안 적당한 장소나 찾으러 가세. 여기는 몸 돌릴 공간도 없으니."

그들은 강을 따라 상류로 걸어갔고 곧 시야에서 사라졌다. 타타르인 마부는 마차에 타 고개를 어깨로 기울이고 잠이 들었다. 십 분쯤 기다린 후 보제는 건조소에서 나와 눈에 띄지 않도록 검은 모자를 벗고 몸을 웅크리며 주위를 두리번거리면서 덤불숲과 옥수수 밭 사이로 강변을 따라

헤치고 갔다. 나무들과 덤불들에서 커다란 물방울들이 그에게 떨어졌다. 풀과 옥수수도 젖어 있었다.

"이게 무슨 창피람!" 그는 젖고 더러워진 옷자락을 걷어 올리며 중얼거렸다. "이럴 줄 알았으면 안 왔지."

곧 사람 소리가 나고 사람들이 보였다. 라예프스키는 두 손을 모아 소맷부리 속으로 집어 넣고 몸을 구부리고 자그마한 풀밭을 빠른 걸음으로 왔다 갔다 하고 있었다. 입회인들은 바로 강가에 서서 담배를 말고 있었다.

'이상해….' 보제는 라예프스키의 걸음걸이를 알아볼 수 없어서 생각했다. '꼭 노인 같군.'

"그쪽 편은 어찌 이리 무례하지!" 우체국 관리가 시계를 들여다보면서 말했다. "아마 학자 식으로 하면 늦어도 좋은지 몰라도 내 식으로 말하면 이건 더러운 짓이네."

검은 턱수염을 기른 뚱뚱한 쉐슈코프스키가 귀를 기울이더니 말했다.

"오고 있어요!"

XIX

"난생 처음 봤소! 정말 굉장해요!" 폰 코렌이 풀밭으로 모습을 나타내고 두 손을 동쪽을 향해 뻗으며 말했다. "보세요. 저 초록 빛줄기들!"

동쪽 산들 뒤로부터 두 개의 초록 빛줄기가 뻗어 나오고 있었고 이는 정말로 아름다웠다. 해가 떠오르고 있었다.

"안녕들 하시오!" 라예프스키의 입회인들에게 고개를 끄떡하며 동물학자는 계속 말했다. "제가 늦지 않았지요?"

그의 뒤에 입회인들이 따르고 있었다. 하얀 제복을 입은, 키가 같은 새파랗게 젊은 두 장교, 보이코와 고보로프스키, 그리고 마르고 사람을 꺼리는 의사 우스티모비치였다. 우스티모비치는 한 손에 뭔가가 든 보따리를 들고, 또 한 손은 뒤로 돌리고 있었는데 버릇대로 등을 따라 지팡이를 길게 뻗고 있었다. 그는 보따리를 땅에 놓더니 아무와도 인사하지 않고, 다른 손도 등 뒤로 향하고 풀밭을 걷기 시작했다.

라예프스키는 아마도 곧 죽게 되어 사람들의 주목을 받

고 있는 사람이 느끼는 피로와 어색함을 느끼고 있었다. 그를 빨리 죽이던가 집으로 데리고 갔으면 싶었다. 그는 해뜨기를 지금 난생 처음 보고 있다. 이 이른 아침, 초록 빛줄기들, 축축함, 젖은 장화를 신은 사람들이 모두 그의 삶 안에 들어오지 않는 쓸데없고 불필요한 것으로 여겨져서 그를 답답하게 했다. 이 모든 것은 지난밤 그의 여러 가지 상념들과 죄의식과 아무 관계가 없어 그는 결투까지 기다리지 않고 떠나고 싶었다.

폰 코렌은 눈에 띄게 흥분하고 있었으나, 이를 숨기려고 초록 빛줄기들이 무엇보다도 그의 흥미를 끄는 체한 것이었다. 입회인들은 당황하고 있었고 자신들이 왜 여기에 있는지 무엇을 해야 하는지 묻는 듯 서로서로 시선을 교환하였다.

"여러분, 더 이상 갈 필요가 없다고 생각합니다." 쉐슈코프스키가 말했다. "여기도 좋습니다."

"네, 물론입니다." 코렌이 동의했다.

침묵이 닥쳤다. 우스티모비치는 서성거리다가 갑자기

라예프스키 쪽으로 휙 몸을 돌리고 그의 얼굴에 입김을 뿜어내며 작은 목소리로 말했다.

"내 조건들을 아마 당신에게 아직 전하지 못했나보군요. 각 측이 15루블씩 제게 지불해야 하고, 대적자들 중 한쪽이 죽는 경우에는 살아남은 사람이 30루블을 다 지불해야 합니다."

라예프스키는 예전부터 이 사람을 알긴 했지만 그의 흐릿한 눈과 빳빳한 콧수염, 말라빠진 결핵환자 같은 목을 처음으로 정확히 보았다. 고리대금업자지, 의사가 아니군! 그의 숨결에서도 쇠고기 냄새와 같은 불쾌한 냄새가 났다.

'세상에는 별의별 인간이 다 있는 거니까.' 라예프스키는 생각하고, 대답했다.

"좋아요."

의사는 고개를 끄덕이더니 또 걷기 시작했다. 아무래도 전혀 돈이 필요한 것이 아니라 그냥 증오심 때문에 그들에게 요구한 것이 분명했다. 사람들은 이미 시작하거나 이미 시작한 것을 끝내야 할 때라고 느꼈지만 시작도 안 했고 끝내지도 않은 채 왔다 갔다 하고 서 있고 담배를 피웠다. 젊은 장교들은 난생 처음 결투에 참가하였고, 군인이 아닌 사람이 벌이는, 그들의 의견에 따르면, 필요 없는 이 결투를 지금은 별로 믿지 않고, 자기들의 제복을 주의 깊게 점검하거나 소매를 펴고 있었다. 쉐슈코프스키는 그들에게로 다가가서 작은 소리로 말했다.

"여러분, 우리는 이 결투가 성립되지 않도록 모든 힘을 써야 합니다. 두 사람을 화해시켜야만 해요."

그는 얼굴을 붉히고 계속 말했다.

"어제 키릴린이 우리 집에 왔었는데, 어제 나데쥬다 표도로브나와 함께 있는데 라예프스키가 보았다는 둥 가지가지 이야기를 하며 한탄했어요."

"그래요. 우리도 알아요." 보이코가 말했다.

"자, 보이지요…. 라예프스키 손이 떨고 있고 여러 가지로…. 그는 지금 권총도 들 수 없을 겁니다. 저 사람과 싸운다는 것은 술 취한 사람이나 티푸스 환자와 싸우는 것과 마찬가지로 비인간적이에요. 화해가 성립되지 않는다면

하다못해 결투를 연기라도 하는 게…. 그런 처참한 광경은 안 보았으면 해요."

"폰 코렌과 말 좀 해 보세요."

"나는 결투 규칙들도 모르고, 그 까짓것 알려고 하지도 않습니다. 아마도 그는 라에프스키가 겁이 나서 나를 보냈다고 생각하겠지요. 그건 그렇고, 좋을 대로 생각하라죠. 말해 볼게요."

쉐슈코프스키는 망설이며 한쪽 발이 저린 것처럼 약간 다리를 절며 폰 코렌 쪽으로 향했고, 그가 걸어가며 절뚝 소리를 내는 동안 온몸에서 꺼리는 기색이 역력하게 나타났다.

"실은 말씀드릴 게 있습니다만…." 그는 동물학자의 셔츠 위의 꽃무늬들을 주의 깊게 바라보면서 말을 시작했다. "이건 비밀로 하는 얘기입니다…. 나는 결투 규칙도 모르고, 까짓것 알려고 하지도 않습니다만, 입회인이나 무슨 뭐 뭐가 아니라, 오로지 인간으로서 판단하는 것 뿐입니다."

"그렇군요, 그래서요?"

"입회인이 화해를 제의하면, 대개는 듣지 않고 절차로서 보는 거죠. 오로지 자기애죠…. 그렇지만 이반 안드레이치에게 주의를 기울이시기를 공손히 청합니다. 그는 오늘 정상적인 상태에 있지 않습니다. 말하자면 제정신이 아니고 비참하다는 겁니다. 그에게 사실은 불행한 일이 일어났어요. 나는 흠구덕을 참을 수 없지만," 쉐슈코프스키는 얼굴을 붉히며 주위를 둘러보았다. "결투 때문에 당신에게 말하는 게 필요하다고 봅니다. 실은 어젯밤 그가 뮤리도프네 집에서 그의 마담이…, 어떤 신사와 함께 있는 현장을 봤어요."

"정말 혐오스럽군!" 동물학자는 중얼거렸다. 그는 창백해져서 얼굴을 찌푸리고 큰 소리로 침을 뱉었다. "퉤!"

그의 아랫입술이 떨리기 시작했다. 그는 더 이상 듣기가 싫어 쉐슈코프스키에게서 떨어져서 어쩌다가 무슨 쓴 것을 맛본 듯이 또다시 큰 소리로 침을 뱉고 증오를 가지고 오늘 아침 처음으로 라예프스키를 쳐다보았다. 흥분과 어색함이 지나가자 그는 머리를 한번 흔들고 큰 소리로 말했다.

"여러분, 우리가 대체 무엇을 기다리는지 의문이 생기네요, 왜 시작하지 않는 거죠?"

쉐슈코프스키는 장교들과 시선을 교환하고 어깨를 으쓱했다.

"여러분!" 그는 아무에게도 향하지 않고 큰 소리로 말했다. "여러분! 우리는 당신들에게 화해를 제안합니다!"

"형식적인 것들은 빨리 끝냅시다," 폰 코렌이 말했다. "화해에 대해서는 이제 말했군요. 그러니 다음 형식은 어떤 건가요? 서둘러야겠어요, 여러분, 시간이 기다리지 않아요."

"그러나 우리는 여전히 화해를 주장합니다." 쉐슈코프스키는 남의 일에 참견하지 않을 수 없게 된 사람처럼 미안해 하는 목소리로 말했다. 그는 얼굴을 붉히고 한 손을 심장 위에 대고 말을 계속했다. "여러분, 우리는 모욕과 결투 사이에 인과 관계를 보지 않습니다. 인간의 약점 때문에 가끔 우리들이 서로서로에게 주는 모욕과 결투에는 아무런 관계가 없습니다. 여러분은 대학을 다닌 교양이 있는 분들이므로 물론 스스로 결투가 낡은 의미 없는 형식 따위

일 뿐이라고 볼 것입니다. 우리들은 결투를 그렇게 봅니다. 그렇지 않으면 여기에 오지 않았을 겁니다. 왜냐하면 우리 면전에서 사람들이 서로 쏘는 것을 허락할 수 없기 때문일 뿐입니다." 쉐슈코프스키는 얼굴에서 땀을 닦고, 또 말을 계속했다. "여러분, 여러분의 오해를 끝내고, 서로 악수를 하세요. 그리고 집으로 돌아가서 화해의 술을 듭시다. 정말입니다, 여러분!"

폰 코렌은 잠자코 있었다. 라예프스키는 사람들이 자기를 보고 있는 것을 깨닫고 말했다.

"저는 니콜라이 바실리치에게 전혀 적대적이 아닙니다. 만일 그분이 제가 죄가 있다고 하면 저는 그분에게 사과할 준비가 되어 있습니다."

폰 코렌은 모욕을 느꼈다.

"여러분! 당신들에게는 라예프스키 씨가 관대한 사람으로서, 그리고 기사로서 집으로 돌아가는 것이 편한 게 분명하지만 나는 당신들과 라예프스키 씨에게 이 만족을 제공할 수 없군요. 화해주를 마시고 안주를 먹고 결투는 낡은 형식이라고 내게 설명하기 위해서, 일찍 일어나서 도시로부터 십 킬로미터나 떨어진 곳으로 올 필요는 없었지요. 결투는 결투지요. 그것을 실제보다 더 어리석고 거짓된 것으로 만들어서는 안 됩니다. 저는 싸우기를 원합니다!"

침묵이 시작되었다. 장교 보이코가 상자에서 권총 두 자루를 꺼냈다. 한 자루는 폰 코렌에게, 다른 한 자루는 라예프스키에게 건네졌다. 그런 뒤에 동물학자와 입회인들을 잠깐 재미있게 했던 혼란이 일어났다. 그 자리에 있던 사람들 가운데 평생 결투에 있었던 사람은 한 사람도 없었고 아무도 어떻게 서야 하는지, 입회인들은 무엇을 말하고 무엇을 해야 하는지 정확히 몰랐던 것이다. 그러나 조금 후에 보이코가 기억해 내고, 미소를 띠면서 설명하기 시작했다.

"여러분, 레르몬토프의 작품에 어떻게 씌어 있는지 누구 기억하나요?" 폰 코렌이 웃으면서 물었다. "투르게네프의 작품에서도 바자로프가 누군가와 총질을 했는데…."*

---

* 레르몬토프의 작품《우리 시대의 영웅》에서 결투가 묘사된 것을 말하고, 투르게네프의《아버지와 아들》에서 니힐리스트 바자로프가 그의 친구의

"기억할 거 뭐 있습니까?" 우스티모비치가 걸음을 멈추고 초조하게 말했다. "거리를 재세요. 그게 다예요."

그는 어떻게 재야 하는지 보여 주려는 듯 세 걸음쯤 걸었다. 보이코가 걸음을 세고, 그의 동료가 칼을 뽑아 결투 거리를 표시하는 양 끝 점에 땅을 긁어 금을 그었다.

대적자들은 모두가 침묵을 지키고 있는 가운데 자기 자리에 섰다.

'두더지들.' 덤불 속에 앉아 있던 보제가 생각했다.

쉐슈코프스키가 무언가를 말하고 다시 보이코가 무언가를 설명했으나 라예프스키는 듣지 못했거나 더 정확히 말하면 듣기는 했으나 이해하지 못했다. 그는 이를 위한 시간이 되자 공이치기를 올리고, 무겁고 차가운 권총을 총부리를 위로 향해 들어올렸다. 외투 단추를 푸는 것을 잊어버려서 어깨와 겨드랑이 밑이 몹시 죄었고 소매가 마치 양철로 만든 듯이 손이 매우 거북하게 올라갔다. 그는 이 거무스름

아저씨인 파벨 페트로비치 키르사노프와 결투하여 그에게 가벼운 부상을 입힌다.

한 이마와 고수머리를 향한 어제의 증오를 떠올리고, 그는 자신이 심지어 어제 강한 증오와 분노의 순간에도 사람을 쏘지 못했을 것이라고 생각했다. 총알이 어쩌다가 우연히 폰 코렌을 맞출까 봐 두려워하면서 권총을 점점 더 높이 올렸고, 이렇게 너무 드러나는 관대성이 세련되지 못하고 관대한 것이 못 된다고 느꼈으나 달리 할 줄도 몰랐고 할 수도 없었다. 맨 처음부터 상대방이 허공을 쏘리라는 것을 확신했음이 분명한 폰 코렌의 비웃는 창백한 얼굴을 바라보며 라예프스키는 다행히도 모든 것이 곧 끝날 것이고 조금만 더 세게 방아쇠를 당기기만 하면 된다고 생각했다….

어깨에 강한 반동이 왔고 발사 소리가 울렸고, 산속에서 메아리가 대답했다. "타아항— 타아항."

폰 코렌도 공이치기를 올리고 나서, 여전히 두 손으로 뒷짐을 지고 아무 데도 주의를 기울이지 않은 채 이리저리 걸어 다니는 우스티모비치 쪽을 바라보았다.

"의사 선생," 동물학자가 말했다. "제발 부탁이니 시계추처럼 왔다 갔다 하지 마시오. 당신 때문에 눈이 어른거리오."

의사는 멈추어 섰다. 폰 코렌은 라예프스키를 겨냥하기 시작했다.

'끝났다!' 라예프스키는 생각했다.

정면으로 얼굴로 향해진 총부리, 폰 코렌의 자세와 온몸에 나타나 있는 증오와 경멸의 표정, 한 신사가 대낮에 여러 명의 신사들이 있는 앞에서 막 행하려고 하는 이 살인, 이 고요, 라예프스키로 하여금 도망치지도 않고 서 있게 하는 알 수 없는 힘—이 모두가 얼마나 신비롭고 불가해하고 무서운가! 폰 코렌이 겨냥을 하고 있는 동안 시간은 라예프스키에게는 밤보다도 길게 여겨졌다. 그는 애원하듯 입회인들을 바라보았다. 그들은 미동도 없이 창백했다.

'빨리 쏴라!' 라예프스키는 생각했고 그의 창백하고 떨리는 비참한 얼굴이 폰 코렌에게 더 큰 증오를 불러일으킬 것이 틀림없다고 느꼈다.

'나는 지금 그를 죽인다.' 이마를 겨냥하고, 이미 손가락으로 방아쇠를 건드리며 폰 코렌은 생각했다. '그래, 물론

죽인다….'

"그가 그를 죽인다!" 갑자기 어딘가 매우 가까운 곳에서 절망적인 외침 소리가 들렸다.

그 순간, 발사 소리가 울렸다. 라예프스키가 제자리에서 있고 쓰러지지 않은 것을 보고 모두들 외침 소리가 들려온 쪽을 바라보았고 보제를 발견했다. 그는 창백한 얼굴에 머리카락은 젖어서 이마와 뺨에 달라붙었고, 온몸이 젖고 더러워진 채 건너편 강가 옥수수밭 속에 서 있었고, 어쩐지 이상하게 미소를 지으면서 젖은 모자를 흔들고 있었다. 쉐슈코프스키는 기뻐서 웃음을 터트렸고 울기 시작하며 자리를 떠났다.

XX

조금 지난 후 폰 코렌과 보제는 다리 부근에서 만났다. 보제는 흥분되어 있었고 힘들게 숨을 쉬며 눈을 들여다보기를 피했다. 자기가 무서워한 것도 옷이 더럽고 젖은 것도 창피스러웠다.

"당신이 그를 죽이고 싶었던 것으로 여겨졌어요." 그는 중얼거렸다. "얼마나 인간 본성에 어긋나는 일인가요! 얼마나 자연에 어긋나는 일인가요."

"당신은 어떻게 이리로 오게 되었소, 도대체?" 동물학자가 물었다.

"묻지 마세요!" 보제는 손을 저었다. "악마가 꾀었어요. 가라, 가, 하고요…. 그래서 왔고 옥수수밭 속에서 무서워서 죽을 뻔했어요. 그러나 지금 다행히도, 다행히도…, 나는 당신에게 매우 만족해요…." 보제가 중얼거렸다. "우리 땅거미 아저씨도 아주 만족할 거예요…. 나는 어찌나 우스웠던지! 다만 당신에게 꼭 부탁하는데, 내가 여기 왔다는 것을 아무에게도 말하지 말아 주세요. 그렇지 않으면 윗분에게 혼날 거예요. 보제가 입회인이었다고들 할 테니까요."

"여러분!" 폰 코렌이 말했다. "보제는 여러분이 여기서 그를 봤다고 아무에게도 말하지 말라고 부탁하네요. 곤란하게 될 수 있거든요."

"참으로 인간 본성을 거스르는 일이에요!" 보제는 한숨을 내쉬었다. "저를 관대하게 용서해 주세요. 그러나 당신의 얼굴을 보고, 당신이 꼭 그를 죽일 거라 생각했지요."

"내게는 이 파렴치한의 숨통을 끊어 버리고 싶은 강한 유혹이 있었소." 폰 코렌이 말했다. "그렇지만 당신이 바로 손 아래서 큰 소리를 질렀고 나는 오발을 했소. 정말 이런 절차가 낯설어서 지긋지긋했고 나를 지치게 했소, 보제. 나는 끔찍하게 힘이 빠져 버렸소. 함께 타고 갑시다."

"아니, 고맙습니다만 저는 걸어가겠습니다. 옷을 말려야 하거든요. 안 그러면 젖어 얼어붙을 거예요."

"그럼 아는 대로 하시오…." 힘이 빠진 동물학자는 마차에 올라타면서 두 눈을 감으면서 지친 목소리로 말했다. "아는 대로…."

모두들 마차들 주변을 서성거리거나 마차에 타거나 하는 동안, 케르발라이는 길가에 서서 두 손을 배에 대고 깊이 절을 하고 이를 드러내고 있었다. 그는 신사들이 자연을 감상하고 차를 마시러 왔다고 생각했다. 그래서 그들이 왜 이렇게 마차에 타는지 이해할 수 없었다. 모두가 말이 없는 가운데 행렬이 움직였고 주막집 근처에는 보제만이 홀로 남았다.

"들어갔다 주막, 마셨다 차." 그는 케르발라이에게 말했다. "내, 하고 싶다, 먹는다."

케르발라이는 러시아 말을 잘 했으나, 보제는 자신이 토막난 러시아말로 이야기하면 타타르인이 오히려 더 잘 알아들을 것이라고 생각했던 것이다.

"달걀 구웠다, 치즈 내줬다…."

"자, 어서 들어오세요, 보제님." 케르발라이는 절을 하면서 말했다. "다 드리겠습니다…. 치즈도 있고 포도주도 있습죠…. 원하는 대로 드세요."

"타타르 말로 뭐지, 하느님?" 보제는 가게 안으로 들어가면서 물었다.

"당신 하느님과 내 하느님은 같은 하느님이죠." 보제의 질문을 알아듣지 못하고 케르발라이가 말했다. "모든 사람에게 하느님은 하나예요. 사람들만이 여러 가지죠. 어떤 사람은 러시아인, 어떤 사람은 터키인, 어떤 사람은 영국인…. 가지가지 사람이 있지만 하느님은 하나예요."

"말씀 좋으시네. 모든 민족들이 하나의 하느님을 믿는다면, 왜 당신네들 회교도는 기독교도를 영원한 숙적으로 보고 있는 거요?"

"뭣 때문에 화를 내요?" 케르발라이는 두 손으로 배를 잡고 말했다. "당신은 보제, 나는 회교도. 당신은 먹고 싶다 말하고, 난 내주고…, 부자들이나 당신의 하느님이 누구고, 내 하느님이 누군지 구별하지, 가난한 사람들에게는 똑같아요.어서 드세요."

주막에서 신학적 대화가 행해지고 있는 동안, 라예프스키는 집으로 돌아가면서, 길과 바위, 그리고 산들이 젖어 있었고 깜깜했으며, 알 수 없는 미래가 바닥이 보이지 않는 절벽처럼 무섭게 보였던 새벽에 오던 이 길이 얼마나 무서웠는지를 회상했다. 지금은 풀잎들과 바위들에 맺힌 빗방울들이 보석처럼 햇빛에 반짝이고 있었다. 자연이 기뻐하며 미소 지었고 무서운 미래는 뒤에 남았다. 그는 쉐슈코프스키의 울어서 부석해진 무뚝뚝한 얼굴과 폰 코렌과 그의 입회인들과 의사가 타고 있는 앞서 가는 마차 두 대를 바라보았다. 그에게는 그들 모두가 모두의 삶을 방해하는 힘들고 견딜 수 없는 한 인간을 막 매장하고 공동묘지에서 돌아오는 것처럼 여겨졌다. '모든 것이 끝났구나.' 그는 손가락들로 목을 어루만지며 지난 일을 생각했다.

목 오른쪽 깃 부근에 길이와 굵기가 작은 손가락만 한 작은 상처가 부풀어 있었고 다리미가 목 위를 스치고 지나간 듯한 통증을 느꼈다. 총알이 스치고 지나간 것이다.

집에 돌아온 이후에는 그에게 길고, 이상하고, 달콤하고, 꿈결같이 몽롱한 하루가 펼쳐졌다. 그는 감옥이나 병원에서 나온 사람처럼 오래전부터 익숙한 사물들을 들여다보고, 탁자들과 창문들과 의자들과 햇빛과 바다가 까마득히 오래전부터 체험하지 못했던 어린이 같은 생생한 기쁨을 그의 안에 불러일으키는 것에 놀라워했다. 창백하고 심하게 수척해진 나데쥬다 표도로브나는 그의 부드러운 목소리와 낯선 거동을 이해할 수 없었다. 그녀는 자기에게 일어난 모든 일들을 서둘러 그에게 이야기했다. 그녀에게는 그가 아마 귀가 잘 들리지 않아서 그녀의 말을 이해하지 못하는 것으로 여겨졌다. 만약 그가 모든 것을 알게 되면 그녀를 저주하고 죽일 것이라고 생각했다. 그러나 그는 그녀의 말을 귀 기울여 들었고, 얼굴과 머리를 쓰다듬었고, 그녀의 눈을 들여다보며 말했다.

"내게는 당신 말고는 아무도 없어…."

그리고 두 사람은 서로서로 몸을 꼭 붙이고 오랫동안 앉아 있었고 침묵을 했거나 그들의 미래의 행복한 삶에 대해 소리내어 꿈꾸면서 짧은 토막난 문장들을 말했는데, 그에게는 그가 예전에 한 번도 이렇게 길고 아름답게 말한 적이 없었던 것 같다는 생각이 들었다.

XXI

석 달 남짓 지났다.

폰 코렌이 떠나기로 한 날이 다가왔다. 이른 아침부터 굵고 차가운 비가 왔고 북동풍이 불었고, 바다에는 높은 파도가 일었다. 이런 날씨에는 배가 정박항에 들르는 적이 거의 없다고들 했다. 시간표에 따르면 배가 아침 아홉 시가 지나서 도착해야 했지만 폰 코렌이 정오에 해안으로 나와 점심을 먹은 후, 쌍안경을 통해 보이는 것은 수평선을 덮고 있는 회색 파도와 비뿐이었다. 날이 저물 무렵 비가 그쳤고 바람도 눈에 띄게 약해지기 시작했다. 폰 코렌은 오늘은 떠날 수 없다는 생각과 이미 타협했고 사모일렌코와 장기를 두려고 앉았다. 그런데 어두워졌을 때 졸병이 바다에 불빛들이 보이고 횃불도 보았다고 보고했다.

폰 코렌은 서둘렀다. 작은 가방을 어깨에 둘러메고 사모일렌코는 보제와 키스를 나누고, 쓸데없이 모든 방들을 돌아다니고 졸병과 여자 요리사에게도 작별 인사를 하고 의사의 집이나 자기 집에 무엇인가를 잊어버리고 온 것 같은 기분을 안고 밖으로 나왔다. 거리에서 그는 사모일렌코와 나란히 걸어갔고, 그들 뒤에 상자를 든 보제, 맨 뒤에는 트렁크 두 개를 들고 졸병이 걸어갔다. 사모일렌코와 졸병만이 바다 위에 희미한 불빛들을 알아보았고 나머지 사람들은 깜깜한 어둠속을 바라보아도 아무것도 보지 못했다. 배는 해안에서 멀리 멈춰 서 있었다.

"빨리, 빨리!" 폰 코렌이 서둘렀다. "그냥 떠날까 봐 겁나네!"

라예프스키가 결투 후에 곧 이사한, 창문이 세 개 있는 작은 집을 지나면서 폰 코렌은 참지 못하고 창문 안을 들여다보았다. 라예프스키는 몸을 구부리고 창문으로 등을 향한 채 책상에 앉아서 쓰고 있었다.

"놀라워." 동물학자가 작은 소리로 말했다. "그가 얼마나 분기했는지!"

"그래, 놀랄 만하네," 사모일렌코가 한숨을 쉬었다. "저렇게 아침부터 밤까지 앉아 있네. 내내 앉아서 일만 하네. 빚을 모두 갚으려 하네. 사는 건, 여보게, 거지보다도 못하네."

삼십 초가량 침묵이 흘렀다. 동물학자와 의사와 보제는 창가에 서서 내내 라예프스키를 바라보았다.

"저렇게 지내면서 여길 떠나지 않았지, 불쌍한 사람."

사모일렌코가 말했다. "자네 기억하지, 그가 떠나려고 분주하게 돌아다니던 걸?"

"그래, 그는 강하게 분기했네." 폰 코렌이 또 같은 말을 되풀이했다. "그의 결혼, 한 조각의 빵을 위한 온종일의 노동, 그의 얼굴에 나타나는 어떤 새로운 표정, 심지어 그의 걸음걸이까지 이 모든 게 뭐라고 불러야 할지 모를 정도로 특별해."

동물학자는 사모일렌코의 소매를 잡고, 설레는 목소리로 말을 계속 했다.

"여보게, 그와 그의 아내에게 내가 떠날 때 그들에게 감탄했고 복을 빌었다고 전해 주게…. 그리고 만일 가능하다면, 나를 나쁘게 여기지 말아 달라고 부탁해 주게. 그는 나를 아네. 그때 만일 내가 이 변화를 예견할 수 있었다면 나는 그의 좋은 친구가 되었을 거라는 걸 그는 알고 있네."

"자네 잠깐 들러 작별 인사를 하게나."

"아니, 그건 불편하네."

"왜? 어쩌면 다시 그를 못 보게 될지 누가 아나."

동물학자는 잠깐 생각해 보다가 대답했다.

"그건 맞는 말이네."

사모일렌코는 손가락으로 창문을 조용히 두드렸다. 라예프스키가 흠칫 놀라며 돌아보았다.

"바냐, 니콜라이 바실리치가 자네와 작별 인사를 하기를 원하네." 사모일렌코가 말했다. "그는 지금 떠나네."

라예프스키는 책상에서 일어나 문을 열려고 현관으로 나왔다. 사모일렌코와 폰 코렌과 보제는 안으로 들어왔다.

"일 분만." 현관에서 신발을 벗으면서 감정에 못 이겨, 초대하지도 않았는데 이리로 들어온 것을 벌써 후회하며 동물학자가 말을 시작했다. '내가 귀찮게 구는 것 같아,' 그는 생각했다, '이건 어리석어.' "방해해서 미안합니다." 라예프스키를 따라 그의 방으로 들어가면서 그는 말했다. "저는 지금 떠납니다. 당신을 만나고 싶어졌지요. 다시 만나게 될지도 알 수 없고 해서."

"반갑습니다. 자, 어서 앉으세요." 라예프스키는 이렇게 말하고, 어색하게 손님들에게 의자를 권했는데 마치 그들의 길을 막으려는 듯했다. 그 자신은 손을 비비며 방 한복판에 멈춰 섰다.

'잘못했어. 구경꾼들을 괜히 데리고 들어왔군.' 폰 코렌은 잠시 생각하고 나서 확고하게 말했다.

"나를 나쁘게 여기지 말아 줘요. 이반 안드레이치. 과거는 물론 잊을 수 없어요. 과거는 너무 슬픈 일이었어요. 그리고 나는 당신에게 사과를 한다거나, 내가 잘못한 것이 아니라는 것을 확신시키러 여기 온 게 아닙니다. 나는 진심으로 행동했고 그 이후에도 제 신념에 충실합니다…. 사실 지금 생각해 보면, 내가 당신에 대해서 잘못 생각한 거죠. 난 그 점을 매우 기쁘게 생각합니다. 그러나 평탄한 길에서 넘어지기도 하지요. 그게 인간의 운명이지요. 중요한 것에서 실수를 안 하면 부분적인 것들에서 실수를 하지요. 아무도 진정한 진실을 모릅니다."

"그래요. 아무도 진실을 알 수 없어요…." 라예프스키가 말했다.

"그럼 안녕히 계세요. 부디 평안하시길 빌겠어요."

폰 코렌은 라예프스키에게 손을 내밀었다. 라예프스키는 그 손을 잡고 절을 하였다.

"제발 나를 나쁘게 생각하지 말아 주십시오." 폰 코렌이 말했다. "당신의 아내에게도 인사해 주시고 작별 인사를 못해 매우 섭섭해 했다고 말해 주세요."

"아내는 집에 있어요."

라예프스키는 문 쪽으로 가서 다른 방을 향해 말했다.

"나댜, 니콜라이 바실레비치가 당신과 작별하고 싶어 하오."

나데쥬다 표도로브나가 방으로 들어왔다. 그녀는 문 부근에 멈춰 서서 겁먹은 듯 손님들을 바라보았다. 그녀의 얼굴은 죄인같이 놀란 표정을 띠었고, 마치 야단맞는 여학생처럼 두 손을모아 쥐고 있었다.

"저는 지금 떠납니다, 나데쥬다 표도로브나," 폰 코렌이 말했다. "그래서 인사하러 왔습니다."

그녀는 망설이며 손을 내밀었고 라예프스키는 절을 하였다.

'그러나 이들 두 사람은 얼마나 비참한가!' 폰 코렌은 생각했다. '이렇게 사느라고 꽤 고생을 하는군.' "저는 모스크바와 페테르부르그에도 갈 텐데요," 그가 물었다. "그곳에서 보내 드릴 뭐 필요한 것 없나요?"

"뭘요?" 나데쥬다 표도로브나는 말하고 불안하게 남편과 시선을 교환하였다. "아무것도 없는 것 같아요…."

"네, 아무것도 없습니다…." 라예프스키는 손을 비비면서 말했다. "안부나 전해 주세요."

폰 코렌은 더 무슨 말을 할 수 있는지 또 해야 하는지 알 수 없었다. 그렇지만 아까 이리로 들어올 때는 그가 좋은 말, 따뜻한 말, 의미 있는 말을 아주 많이 할 것이라 생각했었다. 그는 말없이 라예프스키와 그의 아내와 악수를 나누고, 무거운 감정을 가지고 그들에게서 나왔다.

"굉장한 사람들!" 보제가 따라오며 가만가만 말했다. "와, 굉장한 사람들! 진실로 하느님의 오른손이 이 포도를 심으셨어! 주님, 주님! 한 사람은 수천의 적을 이기고, 또 한 사람은 수만의 적을 이기고. 니콜라이 바실리치…." 그는 감격하여 말했다. "알아두세요, 당신이 오늘, 사람의 적들 가운데 제일 큰 적, 교만을 이겼어요."

"됐네, 보제! 그나 나나 무슨 승리자인가! 승리자라면 독수리처럼 바라보지, 그는 비참하고, 겁먹었고, 심신이 지쳤고, 중국인형처럼 절만 하고, 나는…, 나는 우울하네."

뒤에서 발걸음 소리가 들렸다. 라예프스키가 배웅을 하러 쫓아온 것이었다. 부두에는 두 개의 트렁크를 든 졸병이 서 있었고, 조금 떨어진 곳에 네 명의 노잡이가 서 있었다.

"그런데 바람이 부네, 부르르!" 사모일렌코가 말했다. "바다에는 아마 폭풍우가 심하겠는데. 우, 우! 나쁜 때에 떠나는군, 콜랴."

"나는 뱃멀미가 겁나지 않아요."

"그런 말이 아니네…. 이 바보들이 자네를 엎어 버리지나 말았으면 해서 그러지. 출장소 보트를 타고 가는 게 좋겠는데. 출장소 보트는 어디 있지?" 그는 노잡이들을 보고 소리쳤다.

"이미 나갔습니다, 각하."

"그럼 세관 것은?"

"그것도 나갔습니다."

"왜 보고하지 않았지?" 사모일렌코는 화를 냈다. "이 얼간이들!"

"아무거나 마찬가지네, 화내지 말게." 폰 코렌이 말했다. "그럼 안녕히들 계시오. 신의 가호가 있기를!"

사모일렌코는 폰 코렌을 껴안고 세 번 성호를 그었다.

"날 잊지 말게, 콜랴…. 편지를 쓰게…. 내년 봄에 우리 기다리겠네."

"잘 있어요, 보제." 폰 코렌이 보제의 손을 잡으면서 말했다. "당신과 알고 지내고 좋은 대화를 가졌던 것 고맙소. 탐험 문제도 생각해 봐요."

"네, 맹세코, 세계 끝까지라도!" 보제는 웃음을 터트렸다. "제가 반대했나요?"

폰 코렌은 어둠 속에서 라예프스키를 알아보고 말없이 손을 내밀었다. 노잡이들은 벌써 아래에 서서 보트를 잡고 있었다. 방파제가 배를 큰 물결로부터 막고 있기는 했으나 보트는 말뚝에 부딪치고 있었다. 폰 코렌은 사닥다리를 내려가 보트로 뛰어들어 키 옆에 앉았다.

"편지 쓰게!" 사모일렌코가 그를 향해서 소리쳤다. "몸 조심하게!"

'아무도 진정한 진실을 모른다.' 라예프스키는 외투 깃을 세우고 두 손을 모아 소맷부리 속으로 집어넣으며 생각했다.

보트는 재빨리 부두를 돌아 넓은 바다로 나갔다. 보트는 파도 속으로 사라졌다가 곧 다시 깊은 물구덩이에서 높은 물봉우리 위로 미끄러져 올라와서 사람들도 노들도 식별할 수 있었다. 보트는 삼 사젠쯤 갔다가 이 사젠쯤 뒤로 밀렸다.

"편지 쓰게!" 사모일렌코가 소리쳤다. "이런 날씨에 귀신이 씌웠군!"

'그렇다, 아무도 진정한 진실을 모른다.' 라예프스키는 파도 치는 어두운 바다를 우울하게 바라보며 생각하였다.

'보트는 뒤로 밀린다.' 그는 생각했다. '앞으로 두 걸음 뒤로 한 걸음 간다. 그러나 노잡이들은 굳세다. 지치지 않고 노를 젓고 높은 파도도 겁내지 않는다. 보트는 점점 앞으로 앞으로 나아간다. 이제 이미 보이지 않는다. 앞으로 반 시간 지나면 노잡이들은 배의 불빛들을 이미 분명하게 보게 될 것이다. 인생에서도 역시 그렇게…, 진실을 추구하며 사람들은 두 걸음 앞으로, 한 걸음 뒤로 간다. 고통, 실수, 권태가 그들을 뒤로 밀어내지만 진실에 대한 갈망과 굽히지 않는 의지가 앞으로 앞으로 그들을 내몬다. 그리고 누가 알아? 아마도 그들은 진정한 진실에 도달하게 될 것이다….'

"잘 가—게—에!" 사모일렌코가 소리쳤다.

"이젠 보이지도 않고 들리지도 않아요." 보제가 말했다. "좋은 여행이 되기를!"

비가 뚝뚝 떨어지기 시작했다. ■ 1891년

대학생

처음에는 날씨가 좋았고 바람도 없었다. 개똥지빠귀들이 소리 높이 지저귀고 근처 늪에서 뭐가 사는지 마치 빈병을 불 때처럼 구슬피 소리 내었다. 도요새가 한 마리 휙 날아가고 그것을 향해 쏜 총소리가 봄의 대기 속에서 경쾌하게 울렸다. 그러더니 숲이 어두워지고 동쪽에서 불현듯 뼛속으로 스며드는 찬바람이 불자 모든 것이 고요해졌다. 늪은 얼음가시로 덮였고 숲은 으스스해졌으며 황량하고 인적이 드물게 되었다. 겨울 냄새가 났다.

신학생이며 보제의 아들인 이반 벨리코폴스키는 도요새떼로부터 집으로 돌아가고 있었다. 그는 내내 덮친 홍수로 인해 들판에 생겨난 오솔길을 따라 걸어갔다. 그의 손가락들이 얼어 들었고 얼굴은 찬바람에 빨갛게 되었다. 이렇게 갑자기 닥친 추위가 모든 것의 질서와 조화를 파괴하여 자연 스스로도 당혹스러워하는지 저녁의 어둠이 그래야 하는 것보다 훨씬 빨리 짙어지는 것으로 보였다. 주위에는 인적 하나 없었고 웬일인지 오늘따라 더 깜깜했다. 다만 강가의 과붓집 채소밭에서만 불이 환히 타고 있었다. 그 이외에는 멀리까지 사방으로, 사 베르스타가량 지나 마을이 있는 곳까지도 모든 것이 차가운 저녁 안개 속에 잠겨 버렸다. 대학생은 그가 집을 떠나 올 때 그의 어머니가 맨발로 현관 마룻바닥에 앉아서 사모바르를 닦고 있었고 아버지는 벽난로 위에 누워서 기침을 하던 것을 떠올렸다.* 성금요일이어서 아무 먹을 것도 끓이지 않았고 배가 고파 죽을 지경이었다. 그리고 지금 추위에 웅크리면서 대학생은 류릭의 통치 시에도 이반뇌제의 통치 시에도 또 표트르 대제의 통치 시에도 바로 똑같은 바람이 불었으며, 이들

* 벽난로의 윗부분이 몸을 눕힐 만큼 넓고 편편하여 온돌바닥에 눕듯이 누울 수 있다.

이 통치하던 시기에도 똑같은 극심한 가난, 굶주림이 있었다는 생각을 하고 있었다. 마찬가지로 새는 초가지붕, 무지, 우울, 어디에나 똑같은 황량함, 어둠, 박해의 억울함, 이 모든 경악스러운 것들이 있었고, 지금도 있으며, 또 앞으로도 있을 것이다. 그리고 그래서 앞으로 천년이 지나도 삶은 더 나아지지 않을 것이다. 이런 생각을 하자 그는 집에 가고 싶은 생각이 없어졌다.

과붓집 채소밭이라고 불리는 이유는 어머니와 딸 두 과부가 밭을 일구고 있었기 때문이다. 모닥불은 툭툭 소리를 내며 뜨겁게 불타올라 멀리까지 부근의 경작한 땅을 비추고 있었다. 과부 바실리사는 키가 크고 살집이 있는 노파로 남자용 털가죽 반코트를 입고 곁에 서서 생각에 잠겨 불을 바라보고 있었다. 그녀의 딸 루케랴는 키가 작고 곰보인 데다 얼빠진 얼굴을 하고 땅바닥에 앉아 냄비와 숟가락들을 씻고 있었다. 막 저녁을 먹은 것이 분명했다. 남자들의 목소리가 들려왔다. 이들은 강가에서 말에게 물을 먹이는 이 지방 일꾼들이었다.

"여기 겨울이 다시 돌아왔네요." 대학생이 모닥불로 다가가며 말했다. "안녕하세요!"

바실리사는 소스라쳤으나 곧 그를 알아보고 반기며 미소 지었다.

"못 알아봤네. 하느님이 함께 하셔서," 그녀가 말했다. "부자가 되기를."

둘은 잠시 대화를 나누었다. 언젠가 주인댁에서 유모로 일하고 그 뒤에는 양모로 일했던 세상물정을 아는 여자인 바실리사는 세련된 태도를 보였고 얼굴에서는 내내 부드럽고 단정한 미소가 떠나지 않았다. 그러나 그녀의 딸 루케라는 남편으로부터 호되게 주눅이 든 시골 아낙으로 대학생을 곁눈으로 보며 말이 없었다. 그녀는 귀머거리 벙어리들 특유의 이상한 표정을 지었다.

"사도 베드로가 모닥불을 쬔 것도 바로 이렇게 추운 밤이었지요." 대학생이 손을 불로 뻗으면서 말했다. "그러니까 그때도 추웠지요. 아, 얼마나 무서운 밤이었는지요, 할머니! 정말 몹시도 슬프고 긴 밤이었지요!"

그는 주위의 어둠 속을 살펴보더니 발작적으로 고개를 흔들면서 물었다.

"혹 십이사도 복음을 들어 봤어요?"

"들었네." 바실리사가 대답했다.

"기억하죠? 성찬식 동안 베드로가 예수에게 말했지요. '그대와 함께라면 감옥으로도 죽음으로도 갈 태세가 되어 있습니다.' 그러자 주께서 그에게 대답했지요. '베드로야, 오늘 닭이 울기 전에 너는 나를 모른다고 세 번 부인할 것이다.' 성찬이 끝나고 예수는 정원에서 죽을 듯 괴로워하며 기도를 했고 베드로의 영혼도 괴로웠고 힘이 빠져 눈꺼풀이 무거워져서 잠을 도저히 이겨낼 수 없었지요. 그는 잠들었어요. 그리고 나서, 들어 봤지요, 유다가 바로 그날 밤 예수에게 입 맞추고 그를 박해자들에게 팔아 버렸지요. 그들은 그를 묶어서 제사장에게 데리고 가서 때렸지요. 완전히 지치고 슬픔과 불안으로 괴로워하는 베드로는 잠도 실컷 못 잔 채 이 세상에 무언가 굉장히 경악스러운 일이 일어나리라는 것을 예감하고 뒤를 따라갔지요…. 그는 열

렬하고 헌신적으로 예수를 사랑했는데 멀리서 보니 그를 때리고 있었지요."

루케랴는 숟가락들을 놔두고 대학생에게 시선을 고정하였다.

"그들은 제사장에게로 왔지요." 그가 계속했다. "예수를 심문하고 일꾼들은 그동안 저택 가운데 모닥불을 피워 불을 쬐었지요. 추웠거든요. 그들과 함께 베드로도 모닥불 근처에 서서 지금 저처럼 불을 쬐었지요. 한 여자가 그를 보고 말했지요. '이 자도 예수와 함께 있었어요.' 이 말은 그도 심문하러 데리고 가야 한다는 뜻이었대요. 그러자 불가에 있던 일꾼들이 모두 의심스럽고 엄격하게 그를 바라보았지요, 왜냐하면 그가 당황하여 '나는 그를 모릅니다'라고 말했기 때문이지요. 얼마 후에 누군가가 그가 예수의 제자 중 하나인 것을 알아채고 '너도 그들 중의 하나다'라고 말했지요. 그러나 다시 그는 부인했어요. 그러자 세 번째로 누군가가 그를 향해 '내가 오늘 정원에서 그와 함께 당신을 보지 않았나요?' 물었지요. 그는 세 번째도 부인했어요. 그리고 바로 닭이 울기 시작했지요. 베드로는 멀리 예수를 보고 성찬에서 그가 한 말을 기억했지요. 기억하고 정신을 차리고 저택에서 나와서 슬피, 또 슬피 울기 시작했지요. 복음에는 '나가서 슬피 울었노라'라고 씌어 있어요. 고요하고 고요한 어둡고 어두운 정원, 그리고 고요 속에 낮은 흐느낌 소리가 들릴락말락 들려오지요…."

대학생은 한숨을 쉬고 생각에 잠겼다. 미소를 계속 지으면서 바실리사가 갑자기 훌쩍거렸다. 굵고 넘치는 눈물이 그녀의 뺨으로 흘러내렸는데 마치 자신의 눈물을 부끄러워하는 듯 그녀는 소매로 불빛으로부터 얼굴을 가렸고, 루케랴는 꼼짝 않고 대학생을 보면서 얼굴을 붉혔는데 그녀의 표정은 마치 심한 아픔을 참는 사람처럼 무겁고 긴장되어 있었다.

일꾼들이 강으로부터 돌아오고 있었고 그들 중 하나는 말을 타고 벌써 가까이 와 있어서 모닥불 불빛이 떨리며 그를 비추고 있었다. 대학생은 과부들에게 편안한 밤을 보내라고 인사를 하고 계속 걸어가기 시작했다. 또다시 어둠이 달려들었고 손이 얼기 시작했다. 매서운 바람이 불었고 실제로 겨울이 돌아와서 모레가 부활절이라고는 전혀 생각할 수 없을 정도였다.

이제 대학생은 바실리사에 대해 생각했다. 그녀가 울음을 터트렸다면 또 그녀의 딸이 당황스러워했다면 그건 그가 방금 말했던 것, 천구백 년 전에 일어났던 일이 현재와, 두 여자와, 이 황량한 시골과, 그 자신과, 모든 사람들과 연결되어 있다는 것이 분명하다는 것을 의미한다. 노파가 울었다면 그건 그가 감동적으로 이야기를 했기 때문이 아니라 베드로가 그녀 가까이 있기 때문이고, 베드로의 영혼 속에서 일어난 일에 대해 그녀의 존재 전체가 관심을 가지고 있기 때문이다.

그의 영혼 속에 갑자기 기쁨이 출렁거리기 시작했고, 그는 숨을 고르기 위해서 잠시 멈춰 서기까지 했다. 그는 과거가 현재와 끊어질 수 없는 인과적인 사건들의 사슬로 연결되어 있다고 생각했다. 또 그에게는 그가 방금 이 사슬의 양 끝을 본 것처럼 여겨졌다. 그가 한쪽 끝을 건드리니

다른 쪽이 떨렸던 것이다.

나룻배를 타고 강을 건너고 나서 산에 오르면서 그는 자신의 고향마을과 차가운 붉은 저녁노을이 가느다란 띠처럼 빛나는 서쪽을 바라보면서 그는 그때 그곳 정원이나 제사장의 저택에서 인간의 삶에 방향을 준 진실과 아름다움이라는 것이 중단 없이 현재까지 이어지고 있으며 이는 분명히 인간의 삶속에서 그리고 도대체 지상에서 가장 중요한 부분을 이루고 있다고 생각했다. 젊음과 건강과 힘에 대한 느낌,—그는 겨우 22세이다—그리고 행복, 알 수 없는, 비밀스런 행복에 대한 형용할 수 없이 달콤한 기대감이 그를 점차 휩쌌고 삶은 그에게 황홀하고 멋지게, 그리고 고상한 의미로 가득 찬 것으로 보였다. ■1894년

목에 매달린
안나

I

결혼식 후에 가벼운 자쿠스카조차 없었다. 신혼부부는 한잔씩 마시고 옷을 갈아입고 역으로 갔다. 흥겨운 결혼식 무도회나 저녁 식사 대신, 음악과 춤 대신 이백 베르스타 떨어진 곳으로 순례여행을 가는 것이다. 많은 사람들은 모데스트 알렉세이치가 이미 높은 관직에 있고 젊다고 할 수 없으며 소란스런 결혼식은 온전히 품위 있게 보이기는 어려울 거라며 이에 찬성했다. 게다가 52세 된 관리가 막 18세가 지난 처녀와 결혼할 때 음악을 듣는 것은 지겨울 것이라고. 이 수도원으로의 여행은 모데스트 알렉세이치가 원칙을 가진 인간으로서 그가 결혼을 해서도 그가 종교와 도덕을 가장 우선시한다는 것을 그의 젊은 아내에게 이해시키기 위하여 본디부터 계획한 것이었다.

사람들이 신혼부부를 배웅하였다. 동료들과 친척들 무리가 술잔을 들고 서서 기차가 떠날 때 만세를 부르려고 기다리고 있었고 아버지 표트르 레온티치는 실린더 모자를 쓰고 교사 연미복을 입고 벌써 취하고 벌써 얼굴이 매우 창백해져서 내내 자기 술잔을 창문으로 뻗으면서 간청하듯 말했다.

"아뉴타! 아냐! 아냐, 한마디만!"

아냐는 창문으로부터 그에게로 몸을 굽혔고 그는 그녀에게 술 냄새를 푹푹 풍기면서 무언가를 소곤거리면서—아무것도 알아들을 수 없었다—귀로 입김을 불고 얼굴, 가슴, 양팔에 성호를 그어 주었다. 그의 호흡이 떨렸고 눈에서는 눈물이 빛났다. 아냐의 동생들, 고등학생인 페탸와 안드류샤는 뒤에서 그의 연미복을 잡아당기면서 당황해서 소근댔다.

"아빠, 이제…, 아빠, 그만 됐어요…."

기차가 움직이기 시작했을 때 아냐는 아버지가 몸을 가누지 못하고 술을 흘리면서 객차 뒤에서 얼마간 달려오는 것을 보았다. 그의 얼굴은 얼마나 불쌍하고 선량하고 죄진 듯했는지.

"만세—에!" 그가 외쳤다.

신혼부부는 이제 둘만 남았다. 모데스트 알렉세이치는 차칸에 앉아 둘러보고 물건들을 선반에 펼쳐놓고 미소를 지으면서 그의 젊은 아내 맞은편에 앉았다. 그는 중키에 상당히 뚱뚱하고 뭉글뭉글하고 매우 배부른, 콧수염 없이 볼수염만 있는 사람으로 그의 면도한 둥글고 윤곽이 뚜렷한 턱은 발뒤꿈치와 흡사했다. 그의 얼굴에서 가장 특징적인 것은 콧수염이 없는 것인데, 이 방금 면도한 민둥민둥한 자리가 기름지고 젤리처럼 떨리는 뺨으로 이어진다. 그의 자세는 위엄이 있었고 동작은 둔중했으며 몸짓은 힘이 없었다.

"지금 어떤 상황을 떠올리지 않을 수 없소." 그는 미소를 지으며 말했다. "오 년 전에 코소로토프가 성안나 이급 훈장을 받아 감사드리러 갔을 때 그의 각하는 '그러니까 이제 자네에게 안나가 셋이군. 하나는 금장襟章에 있고, 둘은 목에 매달려 있군'* 하고 표현했소. 근데 이때 막돼먹은 경박한 인물인 안나라고 불리는 그의 아내가 막 돌아왔다는 것도 말해 둘 필요가 있소. 내가 이급 안나를 받을 때 각하가 내게도 똑같은 말을 할 빌미를 가지지 않기를 바라오."

그는 작은 두 눈으로 미소를 지었다. 그러자 이 인간이 매순간 살찌고 축축한 입술로 그녀에게 키스를 할 수 있고 그녀는 이미 이를 거절할 권리가 없다는 생각으로 불안한 채 그녀 역시 미소를 지었다. 그의 비질비질 뭉글뭉글한 몸의 힘 빠진 동작들이 그녀를 놀라게 했으며 이는 그녀에

* 금장은 제목의 깃이나 모자에 색실로 수를 놓은 것을 말한다. 신혼여행으로 순례여행을 갈 때 모데스트 알렉세이치는 이미 훈장 하나를 목에 매달고 있었다(기찻간에서 벗는다). 그것이 안나 훈장이라면 그가 나중에 받는 이급 안나 훈장은 금장에 다는 것이고 방탕한 아내 안나는 목에 매달린 짐이 되는 셈이다. 코소로토프의 경우처럼.

게 끔찍하고도 역겨웠다. 그는 일어나서 천천히 목에서 훈장을 벗고 연미복과 조끼를 벗고 실내복을 입었다.

"자 그럼." 그는 아냐 옆에 앉으면서 말했다.

그녀는 결혼식이 얼마나 괴로웠나를 떠올렸다. 그녀에게는 사제도 손님들도, 교회 안에 있던 모든 사람들이 저렇게 사랑스러운, 아름다운 그녀가 무엇 때문에, 도대체 무엇 때문에 이 나이 들고 재미없는 중년신사에게 시집을 가나 하고 그녀를 슬프게 바라본 것처럼 보였다. 오늘 아침만 해도 아직 그녀는 모든 것이 다 잘 되어서 기쁨에 넘쳐 있었는데 결혼식을 하는 동안, 그리고 지금 객차 안에서 자신이 잘못을 저지른 사기당한 우스운 여자로 느껴졌다. 자 이렇게 부자에게 시집을 가는 데도 여전히 돈이 없어서 결혼 예복을 빚으로 맞추어야 했고, 오늘 아버지와 남동생들이 그녀를 배웅할 때 그녀는 그들에게 돈이 한 푼도 없다는 것을 그들의 얼굴에서 알 수 있었다. 오늘 저녁 먹을 것은 있는지? 그리고 내일은? 웬일인지 그녀에게는 아버지와 남동생들이 그녀가 없는 지금 배고픈 채 앉아서,

어머니를 매장하고 온 첫날 저녁에 느꼈던 것과 똑같은 슬픔을 느끼고 있는 것으로 여겨졌다.

'아, 난 얼마나 불행한지 몰라!' 그녀는 생각했다. '난 왜 이렇게 불행하지?'

여자들을 대하는 데 익숙하지 않은 위엄스런 남자의 어색한 태도로 모데스트 알렉세이치는 그녀의 허리를 건드리고 한쪽 어깨를 손바닥으로 가볍게 한번 치고 했지만 그녀는 돈과 어머니와 어머니의 죽음에 대해서 생각했다. 어머니가 죽자 중학교에서 정서법과 미술을 가르치던 아버지 표트르 레온티치는 술을 마시기 시작했고 궁핍이 찾아왔다. 남동생들에게는 구두와 고무장화가 없었고 아버지는 경찰에 끌려갔고 치안판사가 와서 가구를 차압하곤 했다. 얼마나 창피했는지! 아냐는 술취한 아버지를 돌봐야 했고 동생들의 양말을 기웠으며 시장에 다녀야 했다. 사람들이 그녀의 아름다움과 젊음과 우아한 거동을 칭찬할 때면 그녀에겐 온 세상이 그녀의 싸구려 모자와 잉크를 칠해 감춘 구두의 구멍들을 알아보는 것처럼 여겨졌다. 그리고 그녀는 밤마다 울었고 아버지가 곧, 곧 약점 때문에 중학교에서 파면당하고 이를 극복하지 못하여 어머니처럼 역시 죽게 되리라는 불안한 생각을 떨쳐 버릴 수 없었다. 그러나 자 이제 아는 부인들이 이리저리 백방으로 노력하여 아냐에게 좋은 사람을 찾기 시작했다. 그리고 금세 바로 이 나이 들고 추하지만 돈이 있는 모데스트 알렉세이치를 찾아냈다. 그는 은행에 십만이 있는 데다가 경작을 내준 상속받은 영지가 있다. 그는 원칙이 있고 각하로부터 좋은 평가를 받는 사람이다. 중학교 교장이나 더 윗선의 교육감에게 표트르 레온티치를 파면하지 말아 달라고 각하가 편지를 쓰도록 하는 것은 그에게 일도 아니라고들 아냐에게 말했다….

그녀가 이 모든 작은 일들을 기억하는 동안 갑자기 떠들썩한 사람 목소리와 함께 음악 소리가 들이닥치며 들려왔다. 이는 기차가 간이역에 멈춘 때문이었다. 플랫폼 뒤 사람들 무리 속에서 하모니카와 삑 소리나는 싸구려 바이올린을 신나게 켜고 있었다. 키 큰 자작나무들과 포플러 나무들 뒤에서 달빛이 흐르는 별장들 뒤에서 군악대의 소리가 들려왔다. 필시 별장들에서 무도회가 개최된 모양이었다. 플랫폼에는 별장 사람들과 날씨가 좋아 좋은 공기를 마시러 이리로 온 도시 사람들이 산책하고 있었다. 여기에 이곳 별장지대 전부의 소유자인 부자인, 키가 크고 뚱뚱한 데다 금발에 아르메니아인과 비슷한 얼굴, 부풀어 오른 눈을 가진, 이상한 복장을 하고 있는 아르티노프도 있었다. 그는 가슴께가 풀어진 셔츠에 박차가 달린 굽 높은 장화를 신고 베일처럼 어깨부터 뒤로 땅까지 내려뜨린 검은 망토를 입고 있었다. 그 뒤에는 뾰족한 주둥이를 아래로 숙인 보르조이 두 마리가 걸어 다니고 있었다.

아냐의 눈에서는 아직 눈물이 빛나고 있었지만 그녀는 이미 어머니도, 돈도, 자기의 결혼식도 이미 기억하지 않았고 아는 중학생들과 장교들과 악수하고 즐겁게 웃으면서 빠르게 말했다.

"안녕하세요? 어떻게 지내세요?"

그녀는 플랫폼으로 나와서 달빛 아래 멋진 새 옷과 모자를 쓴 자신의 모습 전체를 사람들이 볼 수 있도록 섰다.

"왜 우리가 여기 서 있나요?" 그녀가 물었다.

"여기는 대피역이에요," 그녀에게 대답했다. "우편 기차가 지나가기를 기다리고 있지요."

아르티노프가 그녀를 보고 있는 것을 알아채고 그녀는 교태를 부리며 실눈을 뜨면서 큰 소리로 프랑스어로 말했고, 그녀는 그녀 자신의 목소리가 그렇게도 멋지게 울리고 음악이 들려오고 달이 호수에 비치기 때문에, 또 이 유명한 돈 후안이자 한량인 아르티노프가 그녀를 게걸스럽게 또 호기심 어리게 보고 있기 때문에, 또 모두가 즐거워했기 때문에 갑자기 기쁨을 느꼈다. 그리고 기차가 움직이고 아는 장교들이 그녀에게 작별 인사로 거수경례를 하였을 때 그녀는 나무들 뒤 어딘가에서 울리는, 그녀 뒤를 바짝 따르는 군악대의 소리에 맞추어 폴카를 부르기 시작했다. 그녀는 마치 대피역에서 사람들이 그녀에게 그녀가 모든 것에도 불구하고 꼭 행복해질 것이라고 확신시킨 것 같은 감정을 느끼며 객차 칸으로 돌아왔다.

신혼부부는 수도원에서 이틀을 머물고 도시로 돌아왔다. 그들은 관사에서 살았다. 모데스트 알렉세이치가 직장으로 가면 아냐는 피아노를 치거나 권태 때문에 울거나 소파에 누워서 소설을 읽거나 패션잡지들을 들여다보았다. 모데스트 알렉세이는 점심에 매우 많이 먹고 정치에 대해서, 임명, 전보발령, 포상에 대해서 말했고, 가정생활이란 만족이 아니라 의무이고, 푼돈을 아껴야 큰돈도 지켜진다고 했으며, 세상에서 그가 가장 높은 가치를 두는 것은 종교와 도덕이라고 했다. 그는 주먹에 나이프를 장검처럼 쥐고 말했다.

"모든 인간은 각자 자기의 의무를 지켜야 해!"

그러면 아냐는 겁을 먹고 그의 말을 들었고 먹을 수가 없었으며 으레 배가 고픈 채 식탁에서 일어났다. 점심 식사 후에 남편이 휴식을 취하며 크게 코를 골면 그녀는 친정 식구들에게 갔다. 아버지와 남동생들은 마치 그녀가 오기 방금 전에 그녀가 돈 때문에 사랑하지 않는 혐오스럽고 인색한 사람에게 시집간 것을 비난한 것처럼 그녀를 어쩐지 예사롭지 않게 바라보았다. 그녀의 사각거리는 드레스, 팔찌, 그리고 도대체 그녀의 귀부인 같은 모습이 그들을 주눅 들게 했고 그들을 모욕했다. 그녀 앞에서 그들은 좀 당황했으며 그녀와 무슨 말을 해야 할지 몰랐다. 그러나 그들은 여전히 예전처럼 그녀를 사랑했고, 그녀 없이 점심을 먹는 데 익숙해 있지 않았다. 그녀는 앉아서 그들과 함께 양배추 수프와 죽과 양초 냄새가 나는 양고기 기름에 지진 감자를 먹었다. 표트르 레온티치는 손을 떨면서 술병에서 술을 따라 탐욕스럽게 혐오스럽게 빨리 다 비우고, 그 다음 잔을 비우고, 세 번째 잔을…. 눈이 퀭하고 마르고 창백한 소년들인 페탸와 안드류샤는 술병을 잡고 어쩔 줄 모르며 말했다.

"그만 됐어요…. 아빠, 됐어요, 이제, 아빠…."

그러면 아냐도 불안해져서 그에게 더 이상 마시지 말라고 간청하면 그는 갑자기 화를 내며 주먹으로 식탁을 두드린다.

"아무도 나를 이래라 저래라 못해!" 그는 소리 지른다.

"아들이고 딸이고 니들 다 당장 내쫓을 테다!"

그러나 그의 목소리 속에는 허약함과 선량함이 들어 있었고 아무도 그를 무서워하지 않았다. 점심 식사 후에 그는 대개 옷을 차려 입는다. 술에 취해 창백한 얼굴로 면도하다 베인 자국이 있는 턱에 가느다란 목을 길게 빼고 반시간은 족히 거울 앞에 서서 머리를 빗고 검은 콧수염을 말아 올리고 하면서 몸을 꾸미고 나비넥타이를 매고 장갑을 끼고 실린더 모자를 쓰고 개인교습을 하러 간다. 휴일에는 그는 집에 남아 물감으로 그림을 그리거나 쉭쉭거리고 신음 소리를 내는 풍금을 탄다. 그는 이 악기로부터 균형 잡히고 화음이 있는 소리를 끌어내고자 애를 쓰며 이에 맞춰 노래를 부르거나 아들들에게 화를 낸다.

"사람 잡을 놈들! 못된 놈들! 악기를 다 망쳐 놓았구나!"

저녁마다 아냐의 남편은 관사에 함께 사는 동료들과 카드놀이를 하였다. 카드놀이를 하는 동안 추한, 몰취미하게 옷을 차려 입은, 부엌하녀처럼 거친 관리 부인들이 모였고 집 안에서는 관리 부인들 자체와 똑같이 추하고 몰취미한 수다들이 시작되었다. 모데스트 알렉세이치가 아냐와 극장에 가는 일도 있었다. 막간에도 그는 그녀를 자기 곁에서 한 발짝도 떨어져 있도록 하지 않았고 그녀와 팔짱을 끼고 복도와 로비를 걸어 다녔다. 누군가와 인사를 하면서 그는 곧바로 아냐에게 소곤거렸다. "오등 문관인데…, 각하가 채용했소…." 또는 "재산이 있지…, 저택을 소유하지…." 간이식당을 지날 때면 아냐는 단것이 무척 먹고 싶었다. 그녀는 초콜릿이나 사과파이를 좋아했지만 그녀에게는 돈이 없고 남편에게 청하자니 꺼려졌다. 그는 배를 하나 들고 손가락들로 주무르면서 주저하며 묻는다.

"얼마요?"

"이십오 코페이카입니다"

"말도 안 돼!" 그는 말하고 배를 그 자리에 놓는다. 그러나 아무것도 안 사고 매점을 지나가는 것이 어색하여 생수 한 병을 달라고 해서 혼자서 한 병을 다 마시느라 그의 두 눈에서는 눈물이 솟아올랐다. 이 순간 아나는 그를 증오했다.

어떤 때는 그가 갑자기 얼굴을 온통 붉히며 그녀에게 빨리 말한다.

"저 노부인에게 절을 하오!"

"하지만 저 부인을 모르는데요."

"상관없소. 국제청장 부인이오. 절하오, 내 말 들어." 그는 고집스럽게 으르렁거린다. "머리가 떨어져 나가는 일 없을 거요."

아냐는 절을 했고 실제로 머리가 떨어져 나가지 않았지만 괴로웠다. 그녀는 남편이 원하는 모든 일을 했고, 그가 그녀를 가장 바보 같은 계집애처럼 속여 넘길 수 있었던 것에 대해 자신에게 화가 났다. 그녀는 단지 돈 때문에 그에게로 시집을 갔지만 그녀에겐 지금 결혼 전보다 더 돈이 없었다. 예전에는 아버지라도 이십 코페이카 동전을 주기도 했지만 지금은 한 푼도 없다. 남편이 겁이 나고 무서워서 그녀는 몰래 가지거나 달라고 청할 수 없었다. 그녀는 이 인간에 대한 공포심을 이미 오래전부터 마음속에 가지고 있는 것처럼 생각되었다. 언젠가 어린 시절에 먹구름이나 기차처럼 그녀를 눌러 죽일 수 있는 가장 거대하고 무서운 힘으로 항상 그녀에게 떠오른 것은 중학교 교장이었다. 다른 똑같은 힘으로 떠오르는 사람은 집안에서 항상 이야기하고 웬일인지 두려워했던 각하였다. 그리고 또 그보다 작은 수십의 힘들이 있었는데 그중에는 면도한 콧수염을 한, 엄격하고 가차 없는 중학교 때 선생님들과 이제 여기 마지막으로 심지어 얼굴까지 교장과 닮은 원칙을 가진 인간 모데스트 알렉세이치가 있었다. 아냐의 상상 속에서 이 힘들은 하나로 녹아 합쳐져 거대하고 무시무시한 허연 털곰의 모습으로 그녀의 아버지 같은 약하고 죄지은 사람들에게 달려들었다. 그들이 막 그녀를 거칠게 애무하고 그녀에게 경악심을 불러일으킬 정도로 포옹하여 모욕을 주어도 그녀는 어떤 거부의 말도 하기를 두려워했고 억지로 미소를 지었고 거짓으로 만족스러운 체했다.

언젠가 단 한 번 표트르 레온티치가 어떤 매우 성가신 빚을 갚기 위하여 그에게 오십 루블을 빌려 달라고 용기를 내어 청한 적이 있었다. 얼마나 고통스러운 일이었는지!

"좋습니다. 드리지요." 모데스트 알렉세이치가 잠시 생각하고 나서 말했다. "그러나 술을 끊지 않으면 더 이상 도울 수 없다는 점을 경고합니다. 관직에 있는 사람에게는 그런 약점은 치욕적이지요. 그런 약점이 많은 능력 있는 사람들을 파멸시켰는데 이들이 절제했더라면 아마도 차츰 높은 지위에 오를 수 있었을 거라는 일반적으로 알려진 사실을 상기시키지 않을 수 없군요."

그리고 '그러한 정황에 비추어'…, '그러한 전제에서 출발하면'…, '방금 언급한 것을 상기시키자면'…, 등등의 긴긴 문장들이 이어졌고, 불쌍한 표트르 레온티치는 모멸감으로 괴로웠으며 술을 마시고 싶은 강한 욕망을 느꼈다.

으레 다 떨어진 장화를 신고 닳아빠진 바지를 입고 아냐를 방문했던 남동생들도 마찬가지로 일장 훈시를 끝까지 다 들어야 했다.

"모든 사람이 의무를 가져야 해!" 그들에게 모데스트 알렉세이치는 말했다.

그리고 돈은 주지 않았다. 그러나 대신 그는 아냐에게 반지, 팔찌, 브로치들을 선물하며 이 물건들을 상황이 좋지 않을 때를 대비하여 잘 간수하라고 말했다. 그리고 종종 그는 그녀의 장을 열어 모든 물건들이 다 그대로 있는지 검사했다.

II

그사이 겨울이 닥쳤다. 성탄절 한참 전에 이미 지방 신문에 12월 29일에 귀족회합에서 연례 겨울 무도회가 '개최될 예정'이라고 기사가 났다. 매일 저녁 카드게임이 끝나면 모데스트 알렉세이치는 들떠서 아냐를 걱정스럽게 쳐다보면서 관리 부인들과 속닥거렸고, 그런 뒤 무엇인가에 대해 생각하며 오랫동안 집 안 이 구석 저 구석으로 다니며 서성댔다. 드디어, 어쩐 일로 저녁 늦게 아냐 앞에 서서 말했다.

"당신 야회복을 맞춰야겠소. 알겠소? 꼭 제발 마랴 그리고레브나와 나탈랴 쿠즈미니슈나와 의논하구려."

그리고 나서 그는 그녀에게 백 루블을 주었다. 그녀는 돈을 받았으나 야회복을 주문하면서 누구와도 의논하지 않고 아버지하고만 잠깐 이야기하며 그녀의 어머니가 무도회에 어떻게 입고 갔는지 상상하려고 애썼다. 죽은 어머니는 항상 최신 유행에 맞춰 옷을 입었고, 항상 아냐를 치장해 주며 아냐에게도 인형처럼 우아한 옷을 입혔고, 그녀에게 프랑스어로 말하는 법이나 마주르카를 멋지게 추는 방법을 가르쳐 주었다(결혼 전에 그녀는 오 년간 가정교사로 일했었다). 아냐도 어머니와 마찬가지로 헌 옷을 새 옷으로 만들고 장갑을 벤진으로 세탁하고 전당포에서 패물을 빌리고, 어머니처럼 가늘게 눈웃음을 치고 혀를 굴리고 아름다운 포즈를 취하고, 필요하면 황홀경에 빠지고 슬프고 묘하게 쳐다볼 줄 알았다. 그리고 아버지로부터는 검은 머리칼과 검은 눈, 예민함 그리고 항상 외모를 아름답게 꾸미는 매너를 물려받았다.

무도회로 떠나기 삼십 분 전에 모데스트 알렉세이치가 코트를 입지 않은 채 그녀의 거울 앞에서 훈장을 걸려고 그녀에게로 갔을 때 그녀의 아름다움과 그녀의 날아갈 듯한 새 야회복의 눈부신 광채로 황홀하여 자기만족에 빠져서 볼수염을 빗으며 말했다.

"내 아내 맞지, 이거 정말 멋진데…, 이거 정말 멋져! 아뉴타!" 계속 말하며 그는 갑자기 승리에 넘치는 어조로 넘어갔다. "내가 당신을 행복하게 해 주었으니 오늘은 당신이 나를 행복하게 해 줄 수 있소. 부탁이니 각하 부인께 인사드리오! 부디! 그녀를 통해서 난 수석보고자의 직위를 얻어낼 수 있소!"

그들은 무도회로 떠났다. 이제 귀족회합 건물에 문지기가 있는 현관 계단. 옷걸이들이 있는 로비, 털외투들, 바삐 움직이는 하인들, 맞바람을 피하느라 부채로 얼굴을 가린 목을 드러낸 귀부인들, 등불의 가스와 군인들의 냄새. 아냐가 남편의 팔을 끼고 이층으로 올라갈 때, 음악을 들으면서 커다란 거울에 여러 개의 등불로 비추어진 자기의 전신을 보았을 때, 그녀의 마음속에 기쁨과 그녀가 대피역에서 달밤에 느꼈던 행복에 대한 예감이 일깨워졌다. 그녀는 처음으로 자신을 소녀가 아니라 귀부인으로써, 그리고 저도 모르게 걸음걸이와 몸짓을 죽은 어머니를 모방하며 도도하고 자신감에 넘쳐 걸어갔다. 그리고 난생 처음으로 그녀는 자신이 부유하고 자유롭다고 느꼈다. 남편이 있는 것도 그녀를 주눅 들게 하지 않았는데 그것은 야회의 문지방을 넘으면서 그녀는 늙은 남편이 곁에 있다는 것이 그녀를 비하시키는 것이 아니라 오히려 반대로 그토록 남자들의 마음에 드는 유혹적인 비밀스러운 인상을 그녀에게 부여한다는 것을 본능적으로 알아차렸기 때문이다. 커다란 홀에서 이미 오케스트라의 음악이 울렸고 춤이 시작되었다. 관사에서 나온 아냐는 불빛과 오색찬란함과 음악과 떠들썩한 소리에 둘러싸여 홀을 둘러보며 '아, 얼마나 멋진가!' 생각했고 곧 사람들의 무리 속에서 모든 아는 사람들, 그녀가 전에 모임이나 산책할 때 만났던 사람들, 모든 장교들, 교사들, 변호사들, 관리들, 지주들, 각하, 아르틔노프, 그리고 가난한 사람들을 위해 물건을 팔기 시작하려고 자선바자를 위한 조그만 집들이나 정자들에 벌써 자기 자리를 잡은 거의 벗다시피 가슴을 깊이 판 옷을 차려입은 상류 사회의 아름다운 귀부인들과 추한 귀부인들을 알아보았다. 견장을 단 몸집이 거대한 장교—그녀는 그를 여학생일 때 구舊키예프 가에서 알게 되었는데 지금은 성을 잊었다—가 땅속에서 막 솟은 듯이 우뚝 서서 그녀를 왈츠로 청했고 그녀는 남편으로부터 멀리 날아갔는데, 이미 그녀에게는 남편은 멀리 해변에 서 있는데 그녀 홀로 돛단배를 타고 강한 폭풍우 속으로 항해하는 것처럼 여겨졌다…. 그녀는 이 남자 손에서 저 남자 손으로 넘겨지며, 음악과 소란스러움에 정신이 나간 채, 러시아어와 프랑스어를 섞어서 혀를 가볍게 굴려가며 흘리듯 불분명하게 발음을 해대며, 내처 웃음을 멈추지 않고, 남편도 누구도 무엇도 생각하지 않고, 왈츠를, 그다음 폴카를, 그다음 카드릴을 열정적으로 열중하여 추었다. 그녀는 남자들에게 성공을 거두었고, 이는 당연한 일이지 그렇지 않을 리가 없지. 그녀는 흥분으로 숨이 막혔고 발작적으로 두 손으로 부채를 꼭 쥐면서 목말라 했다. 아버지 표트르 레온티치는 벤진 냄새가 나는 구겨진 연미복을 입고 빨간 아이스크림이 담긴 접시를 내밀면서 그녀에게 다가왔다.

"너 오늘 정말 황홀하구나," 그는 그녀를 환희에 넘쳐 바라보며 말했다. "네가 결혼을 서두른 걸 여태 한 번도 이렇게 애석해 한 적이 없었다…. 뭣 때문에? 네가 우리들 때문에 그런 걸 난 안다. 그렇지만…." 그는 떨리는 손으로 돈 봉투를 꺼내며 말했다. "내 오늘 수업료를 받았으니 네 남편에게 빚을 갚을 수 있겠다."

그녀는 그의 손에 아이스크림 접시를 내밀었고 곧 누군가에게 붙잡혀서 멀리로 미끄러져 갔는데 그녀가 파트너의 어깨 너머로 얼핏 보니 아버지가 마룻바닥 위를 미끄러지며 어떤 부인을 껴안고 홀을 빠른 속도로 돌고 있었다.

'술에 안 취하면 그는 얼마나 사랑스러운지 몰라!' 그녀는 생각했다.

마주르카를 그녀는 몸집이 큰 그 장교와 추었다. 그는 제복 속에 든 짐승의 몸통처럼 빳빳하고 둔중하게 왔다 갔다 했는데 어깨와 가슴을 조금 움직이며 발은 거의 움직이지 않고 있었다. 그는 춤추기가 전혀 내키지 않는 모양이었으나 그녀는 곁에서 새처럼 이리저리 날아다니면서 자신의 아름다움과 드러낸 목으로 그를 자극했다. 그녀의 두 눈은 격정으로 불탔으며 그녀의 동작은 열정적이었는 데 반해 그는 왕처럼 은총을 베풀 듯 그녀에게 두 손만을 겨우 뻗은 채 점점 더 심드렁하게 움직였다.

"브라보, 브라보!…" 관중들이 외쳤다.

그러나 몸집이 큰 장교도 점점 열이 올랐다. 그는 활기를 띠면서 흥분하기 시작했고 이미 매혹에 굴복하여 몰입했으며, 가볍게 젊은 기분으로 몸을 움직였다. 그녀는 이제 어깨만 조금 움직이며 장난스런 시선으로 그를 바라보았는데 이미 그녀가 여왕이고 그가 노예인 것 같았다. 이때 그녀에게는 홀 전체가 그들을 바라보고 있고 이 모든 사람들이 혼을 빼앗겼으며 그들을 질투하는 것처럼 보였다. 몸집이 큰 장교가 그녀에게 감사의 인사를 하자마자 사람들은 갑자기 양편으로 갈라지고, 남자들은 양손을 아래로 가지런히 내리며 어쩐지 이상하게 몸을 곧추세웠다…. 이는 바로 두 개의 별을 단 연미복을 입은 각하가 그녀에게로 오기 때문이었다. 그랬다, 각하가 그녀를 똑바로 쳐다보고 들쩍지근한 미소를 지으면서 그가 예쁘장한 여자를 보면 항상 그러듯이 두 입술로 오물오물 질근질근 씹고 있는 걸 보아 각하가 바로 그녀에게로 오고 있는 것이 틀림없었다.

"만나서 매우 기쁘오, 매우 기쁘오…." 그는 말을 시작했다. "헌데 여태껏 이런 보배를 우리에게 감추었으니 당신 남편을 유치장에 넣으라고 명령하겠소. 내 아내의 심부름으로 왔소," 그는 그녀에게 손을 내밀며 말을 계속했다. "당신은 우리를 도와주어야 하오…. 음— 그래…, 당신에게 미녀상을 주어야겠소…, 미국에서처럼…. 음— 그래…. 미국 사람들…. 내 아내가 초조하게 당신을 기다리고 있소."

그는 그녀를 간이매점 안으로, 얼굴의 아래 부분이 불균형하게 커서 마치 입 안에 큰 재갈을 물고 있는 것처럼 보이는 나이 든 부인에게로 데려갔다.

"우리를 도와주세요," 그녀는 노래하듯이 콧소리로 말

했다. "예쁜 여자들은 모두 자선바자에서 일해요. 오직 당신만 웬일인지 놀고 있군요. 왜 우리를 도와주려 하지 않지요?"

그녀는 가 버렸고 아냐가 은제 사모바르와 찻잔들 곁 그녀의 자리를 맡게 되었다. 아냐는 차 한 잔에 일 루블 이상을 받았고 몸집이 큰 그 장교에게는 석 잔을 마시게 했다. 부자이고 퉁방울눈을 가진, 천식을 앓는, 이제는 그러나 여름에 보았을 때처럼 이상한 옷이 아니라 모든 사람들처럼 연미복을 입은 아르티노프가 다가왔다. 아냐로부터 눈을 떼지 않은 채 그는 샴페인 한 잔을 마시고 백 루블을 내고 나서 차 한잔을 마시고 또 백 루블을 내었는데, 이 모든 행동을 하는 동안 천식 때문에 고통스러워 아무 말도 하지 않았다…. 아냐는 구매자들을 불러들여 그들로부터 돈을 벌었는데 이제는 그녀의 미소와 시선이 이들에게 오로지 커다란 만족만을 준다는 것을 깊히 확신하고 있었다. 그녀는 이미 그녀가 오로지 음악과 춤과 설과 함께 웃고 떠드는 번쩍거리는 삶을 위해서 만들어졌다는 것을 알아 버렸고,

그녀에게 들이닥쳐 그녀를 눌러 죽일 것같이 위협하는 힘에 대한 오랜 공포감은 이제 그녀에게 우스워 보였다. 그녀는 이미 누구도 무서워하지 않았고, 다만 지금 그녀와 함께 그녀의 성공을 기뻐할 어머니가 없다는 것만이 애석했다.

표트르 레온티치는 이미 술로 창백해진 얼굴이나 아직은 두 다리를 강하게 버티고 있었고 판매대로 다가와 코냑 한 잔을 청했다. 아냐는 그가 무슨 생뚱맞은 이야기를 할까봐 얼굴을 붉혔으나(그녀는 그녀에게 그런 가난하고 평범한 아버지가 있다는 사실에 이미 수치심을 느꼈다) 그는 잔을 비우고 나서 돈봉투에서 십 루블을 꺼내 던지고 한마디도 안 하고 위엄 있게 물러갔다. 조금 후에 그녀는 그가 파트너와 함께 큰 원 안으로 들어가는 것을 보았는데, 이번에는 이미 뒤뚱거리고 있었으며 파트너인 부인이 크게 당혹할 정도로 무슨 말인지 큰 소리로 외쳤고, 아냐는 한 삼 년 전에 무도회에서 그가 지금과 마찬가지로 휘청거렸으며 큰 소리를 질렀고 지사장이 그를 집으로 재우러 데리고 가는 것으로 일이 끝났으나 다음 날 교장이 그를 해고하겠다고 위협했던 것을 기억했다. 이 기억이 하필 이때 떠오르다니…!

이제 판매대에서 사모바르의 불이 꺼지고 피곤한 여성 자선활동가들이 입속에 재갈을 문 나이 든 부인에게 매상을 가지고 갔을 때, 아르틔노프는 아냐의 팔짱을 끼고 그녀를 자선바자에 참가했던 모든 사람들을 위해 마련한 저녁이 차려진 홀로 데리고 갔다. 더도 아닌 한 스무 명 정도가 저녁을 먹었지만 몹시 시끄러웠다. 각하는 건배의 말을 하였다. "이 화려한 식당에서 오늘 바자의 대상이 된 값싼 식당들의 번성을 위하여 마시는 것이 적절할 것입니다." 준장은 '기병대조차도 굴복하는 힘'을 위하여 마시자고 제안했고 모두들 부인들과 술잔을 부딪치려고 손발을 뻗었다. 정말, 정말 즐거웠다!

아냐를 집에 데려다 주었을 때 이미 날이 밝아 오고 있었고 부엌하녀들은 시장으로 가고 있었다. 기쁨에 넘치고 술에 취하고 새로운 인상들을 머릿속에 가득 지니고, 지쳐서 그녀는 옷을 벗고 침대로 쓰러져서 곧장 잠이 들었다….

낮 두 시에 하녀가 그녀를 깨우며 아르티노프 씨가 인사차 방문했다고 전했다. 그녀는 빨리 옷을 입고 응접실로 갔다. 아르티노프가 가자마자 곧 각하가 자선바자에 참가한 것에 감사하려고 방문했다. 그는 그녀를 들쩍지근하게 바라보며 두 입술로 오물오물 질근질근 씹으며 그녀의 손에 키스했고 다시 방문해도 좋다는 허락을 청하고 떠났다. 그녀는 그녀의 삶의 변화, 놀랄 만한 변화가 이렇게 급격히 일어났다는 것을 믿지 못한 채 놀라고 도취하여 응접실 가운데 서 있었다. 바로 이 순간 그녀의 남편인 모데스트 알렉세이치가 들어왔다…. 그리고 힘 있고 신분 높은 사람들과 있을 때 그에게 나타나는, 그녀가 익히 보아 왔던 바로 그 아첨하는 들쩍지근한 노예 같은—공손한 표정으로 지금 그녀 앞에 그가 똑같이 서 있었다. 그녀는 환희와 분노와 경멸이 섞인 표정으로 이미 그녀에게 아무 일이 일어나지 않으리라는 것을 확신한 채, 한 마디 한 마디를 정확히 발음하며 말했다.

"썩 물러나요, 등신!"

이날 이후 아냐는 피크닉에 참가하느라, 산책을 가느라, 연극을 가느라 하루도 일이 없는 날이 없었다. 매일같이 아침이 되어야 집으로 돌아와서 응접실 바닥에 누웠고, 나중에 모든 사람들에게 그녀가 꽃그늘 아래서 잠잔다고 감동적으로 말했다. 돈은 매우 많이 필요했으나 그녀는 모데스트 알렉세이치를 겁내지 않았고 그의 돈을 자기 돈처럼 썼다. 또 그녀는 청하거나 요구하지 않고 그에게 계산서나 '이 배달부에게 200루블 내줄 것' 또는 '당장 100루블 지불할 것'이라는 쪽지만을 보냈다.

부활절 즈음하여 모데스트 알렉세이치는 이급 안나를 받았다. 그가 감사하러 갔을 때 각하는 신문을 옆으로 내려놓으며 안락의자에 더 깊숙이 앉았다.

"그러니까 이제 자네에게 안나가 셋이군." 그는 자신의 분홍빛 손톱들이 달린 하얀 두 손을 살펴보면서 말했다. "하나는 금장에 있고, 둘은 목에 매달려 있군."

모데스트 알렉세이치는 크게 웃음을 터트리지 않도록 주의하느라 두 손가락을 입술에 대고는 말했다.

"이제는 어린 블라디미르가 세상에 태어날 것을 기다릴 일만 남았지요. 각하께서 대부가 되어 주시기를 감히 부탁드립니다."

그는 IV급의 블라디미르를 암시하였던 것이고,* 이미 속으로 그가 가는 곳마다 기발함과 대담성에 있어 성공적인 이 말장난에 대해 이야기하는 것을 상상했으며, 이런 성공적인 것을 좀더 말하고 싶었는데 각하는 다시 신문으로 몰두하며 고개를 끄덕였다….

그리고 아냐는 내내 삼두마차를 타고 다니며 아르틔노프와 사냥을 가거나 단막극에 출연하거나 만찬에 참석하거나 해서 점점 더 친정식구들에게 가는 일이 드물어졌다. 그들은 이미 그들끼리 식사를 했다. 표트르 레온티치는 전보다 더 심하게 술을 마시기 시작했고, 돈은 없었고, 풍금은 이미 오래전에 빚 때문에 팔았다. 아들들은 이제 그를 혼자 거리에 나가도록 두지 않았고, 그가 넘어지지 않도록 내내 그의 뒤를 따라다녔다. 아냐가 구舊키예프 가로 말을

* 4급 블라디미르 훈장은 2급 안나 훈장보다 높은 훈장이다.

타고 갈 때, 아냐는 쌍두마차에 말 한 필을 더 매고 날아가고 있었고, 마부 대신 마부석에는 아르틔노프가 앉아 있었다. 표트르 레온티치는 실린더 모자를 벗고 무언가 큰 소리를 질러 보려 했으나 페탸와 안드류샤가 그의 겨드랑이를 붙잡고 간청하듯 말했다.

"됐어요, 그만, 아빠…, 됐어요…." ■ 1895년

강아지를
데리고 다니는
귀부인

I

사람들은 해변에 새 얼굴, 강아지*를 데리고 다니는 귀부인이 나타났다고 했다. 드미트리 드미트레비치 구로프는 얄타에 온 지 벌써 두 주일이나 되어 이곳에 익숙해진 터라 모든 새 얼굴에 대해서 흥미를 가지고 있었다. 해변에 설치된 베르네 정자카페에 앉아 그는 한 젊은 여자가 해변을 따라 산책하는 것을 보았다. 그 여자는 큰 키가 아니었고 금발이었으며 베레모를 쓰고 있었는데 그녀 뒤에는 하얀 털강아지가 따라가고 있었다.

---

* 여기서 강아지는 '새끼 개'라기보다는 '조그만 개'를 뜻한다.

그리고 그 후에도 그는 그 여자를 공원이나 산책로에서 하루에도 수차례 마주쳤다. 그 여자는 항상 혼자서 항상 똑같은 베레모를 쓰고 하얀 털강아지를 데리고 산책을 하였고, 아무도 그녀가 누구인지 몰라서 사람들은 그녀를 그냥 강아지를 데리고 다니는 귀부인이라고 불렀다.

'그녀가 여기 남편도 없이, 아는 사람도 없이 혼자라면 그녀와 알고 지내는 것도 쓸데없는 일은 아니겠는데'라고 구로프는 상상했다.

그는 아직 마흔이 채 못 되었지만 열두 살짜리 딸과 고등학교에 다니는 두 아들이 있었다. 그는 대학교 이학년 때 이미 결혼했고 아내는 지금 그의 나이보다 한 배 반쯤 나이가 들어 보였다. 아내는 키가 크고 짙은 눈썹을 가졌으며 자세가 곧고 거만하고 흔들리지 않는 여자였으며, 그녀 자신이 말하듯 생각하는 여자였다. 그녀는 책을 많이 읽고 편지를 예전의 철자법을 무시하면서 소리 나는 대로 진보적으로 썼는데, 남편은 드미트리라고 부르지 않고 고상한 옛 투로 디미트리라고 발음하고 했지만 그는 아내를 근시

안적이고, 편협하고, 우아하지 못하다고 생각하고 있었고 그녀를 무서워했으며 집에 있기를 좋아하지 않았다. 바람을 피우기 시작한 것은 이미 오래전부터였고 그 횟수도 잦았다. 그리고 아마도 그 때문에 그는 거의 대부분의 여자들이 어리석다는 의견을 가졌으며 여자 이야기가 나오면 그는 여자들을 "열등한 인종!"이라고 불렀다.

그는 여자들을 '열등한 인종'이라고 마음대로 부를 수 있을 만큼 쓰디쓴 경험을 충분히 쌓았다고 여겼지만 어쨌든 이 '열등한 인종' 없이는 이틀도 살 수가 없었다. 그는 남자들이 모인 곳에서는 권태를 느끼고 자연스레 행동할 수 없었고 말도 별로 안 하는 차가운 사람이었지만 여자들 사이에 있을 때는 자유스러움을 느꼈고 그들과 무슨 이야기를 해야 할지 어떻게 행동해야 할지 아는 남자였다. 그들과 함께는 침묵하는 것조차 쉬웠다. 그의 외모나 성격, 그의 모든 성질 속에는 무엇인가 매력적인 면, 뭔지는 확실히 말할 수 없지만 여자들을 끌고 유혹하는 힘이 있었다. 그 자신도 그런 점을 알고 있었고 또 마찬가지로 어떤 힘이 그 자신을 그들에게로 이끌었다.

여러 가지 체험, 사실상 쓴 체험들은 그에게 이미 오래전에, 처음에는 그리도 기분 좋게 삶을 다채롭게 만드는 관계들, 사랑스럽고 가벼운 모험으로 보였던 모든 관계들이 신분에 벗어나지 않게 행동하며 사는 사람들, 특히 행동이 신중하고, 단호하지 못한 모스크바 사람들에게 있어서 지극히 복잡한 해결을 요하는 완전한 하나의 과제로 변하며, 결국 상황이 매우 부담스러운 것으로 발전된다는 것을 가르쳤다. 그러나 흥미로운 여자를 새로이 만날 때마다 이 쓴 경험들은 기억에서 빠져나가 버리고 새로이 삶에 대한 욕망이 일면서 모든 것이 쉽고 재미있게 보이는 것이다.

그러던 어느 날 저녁 무렵 그는 정원식당에서 저녁 식사를 하고 있었다. 베레모를 쓴 귀부인이 천천히 다가와 옆 테이블에 앉았다. 그녀의 표정, 걸음걸이, 옷차림, 머리 모양은 그녀가 상류사회에 속하고 결혼을 했으며 얄타에 처음 왔고 혼자이며 여기서 권태로워한다는 것을 그에게 말해 주었다…. 이 고장 사람들의 느슨한 풍기에 대한 이야기 중에는 거짓말이 많이 있어서 그는 그것들을 무시하며 그런 얘기들은 대부분 기회만 있다면 스스로 죄를 짓고 싶은 사람들이 꾸며내는 것이라는 것을 잘 알고 있었지만 그 귀부인이 세 발짝 떨어진 옆 테이블에 앉았을 때 그는 이런 손쉬운 정복에 대한 이야기, 산속으로 마차를 몰고 가는 이야기들이 떠올랐으며 속도 빠른 순간적인 관계에 대한 유혹적인 생각이, 이름도 성도 모르는 낯선 여자와의 로맨스에 대한 생각이 그를 사로잡았다.

그는 상냥스레 스피츠 털강아지를 자기에게로 꾀어내어 그 강아지가 다가오자 손가락으로 위협했다. 스피츠는 으르릉거리기 시작했다. 구로프는 다시 위협했다.

귀부인은 그를 쳐다보고 급히 눈을 내리깔았다.

"물지 않아요." 그녀는 말하고 얼굴을 붉혔다.

"뼈다귀를 줘도 되나요?" 그녀가 된다고 고개를 끄떡였을 때 그는 반가운 표정으로 물었다. "얄타에 오신 지 오래됐나요?"

"닷새쯤 됐어요."

"전 벌써 두 주일이나 죽치고 있어요."

잠시 침묵이 흘렀다.

"시간은 빨리 가지요, 그런데도 여기는 얼마나 권태로운지요!" 그를 쳐다보지 않은 채 그녀가 말했다.

"여기가 권태롭다고 그냥 말하는 거지요. 벨료브나 쥐즈드라 같은 촌구석에 살면서도 권태를 모르던 사람들이여기 오면 '아, 권태로워! 아, 이 먼지!' 그러지요. 자기가 무슨 그라나다에서 온 것 같이요."*

그녀는 웃음을 터트렸다. 그리고 둘은 모르는 사람처럼 말없이 식사를 계속하였다. 그러나 식사가 끝난 후 둘은 나란히 걸었다. 어디로 가건 무슨 이야기를 하건 아무래도 괜찮은 여유롭고 만족스런 사람들의 장난스럽고 가벼운 대화가 시작되었다. 둘은 산책하며 바다가 얼마나 기이하게 빛나는가에 대해 이야기하였다. 바다는 부드럽고 따스한 라일락 빛이었고 그 위에는 달빛이 금색의 줄무늬를

* 벨료브와 쥐즈드라는 러시아 변방의 시골 도시이고, 그라나다는 스페인의 화려한 휴양도시.

내고 있었다. 또 뜨거운 낮이 지나니 몹시 후덥지근하다는 이야기도 했다. 구로프는 그녀에게 자신이 모스크바 사람이며 전공은 문과였지만 은행에서 일하고 있다고 말했고 언젠가는 사설 오페라단에서 노래를 부르려고 준비한 적도 있으나 집어치웠고 모스크바에 집이 두 채가 있다고 말했다…. 그녀로부터 그는 그녀가 페테르부르그에서 자랐지만 결혼을 하여 S.시로 갔고 그곳에서 벌써 이 년이나 살고 있으며 얄타에 한 달 더 있을 것이며 휴가를 보내고 싶어 하는 그녀의 남편도 어쩌면 그녀에게로 올 것이라는 것을 알아냈다. 그녀는 그녀의 남편이 어디서 근무하는지 도청인지 도의회인지, 도저히 설명하지 못했는데 그녀 스스로도 이 사실을 우습게 여겼다. 또 구로프는 그녀가 안나 세르게예브나라는 것도 알게 되었다.

나중에 호텔로 돌아와 구로프는 그녀에 대해서 또 그녀가 내일 아마도 그를 만나 주리라는 것에 대해서 생각했다. 아마도 그렇겠지. 잠자리에 들어 그는 그녀가 얼마 전까지만 해도 여학생이었고 자신의 딸과 똑같이 학교에서 공부하고 있었다는 것을 상기하였고 그녀의 웃음이나 모르는 남자와의 대화 속에 아직 소심함과 어색함이 있는 것을 기억했다. 아마도 그녀는 난생 처음으로 그녀가 추측해 내지 않을 수 없는 오직 하나의 은밀한 목적을 가지고 남자가 그녀에게 다가와 그녀를 쳐다보고 그녀와 이야기하는 상황에 혼자 처하고 있는 것이리라. 그는 그녀의 가늘고 연약한 목과 아름다운 회색 눈을 기억하였다.

'그녀에게는 아무래도 무언가 애처로운 면이 있어.' 그는 잠시 생각하다가 잠이 들었다.

II

알고 지낸 지 일주일이 지났다. 휴일이었다. 실내에서는 몹시 무더웠고 거리에는 돌개바람이 불어 먼지가 날리고 있어 모자가 벗겨질 지경이었다. 하루종일 갈증이 났고 구로프는 자주 정자카페에나가 안나 세르게예브나에게 시럽을 탄 생수나 아이스크림을 권했다. 아무 데도 갈데가 없었다.

저녁에 바람이 조금 가라앉았을 때, 그들은 기선이 도착하는 것을 보려고 방파제로 나갔다. 부두에는 산책하는 사람들이 많았다. 누군가를 만나기 위해 모였는지 꽃다발을 들고들 있었다. 여기에도 잘 차려입은 얄타 사람들의 두 가지 특징이 눈에 바로 들어왔다. 그것은 나이 든 부인들이 젊은 여자처럼 차려입었다는 것과 제복 입은 장군들이 많다는 점이다.

바다의 파도 때문에 기선은 태양이 이미 져 버린 늦은 시간에 도착했는데 방파제에 정박하기 전에 또 한참을 선체를 돌리면서 방향을 바꾸었다. 안나 세르게예브나는 오페라 안경으로 아는 사람을 찾는 듯 기선과 선객들을 살펴보았는데, 그녀가 구로프에게로 몸을 돌렸을 때 그녀의 눈이 빛났다. 그녀는 말을 많이 했는데 질문들은 맥락 없이 가닥가닥 끊겼고, 그녀는 자기가 물었던 것을 금방 잊어버렸으며 조금 후에는 사람들 속에서 오페라 안경을 잃어버렸다.

옷을 차려입은 사람들이 흩어졌고 이미 아무도 보이지

않았으며 바람은 완전히 조용해졌으나 구로프와 안나 세르게예브나는 아직 누가 기선에서 내리지 않을까 기다리듯 서 있었다. 안나 세르게예브나는 이미 입을 다물고 구로프를 쳐다보지 않은 채 꽃 냄새를 맡았다.

"저녁이 되면서 날씨가 더 좋아졌군요," 그가 말했다. "우리 이제 어디로 갈까요? 어디론가 가지 않을래요?"

그녀는 아무 대답도 하지 않았다.

그때 그는 그녀를 뚫어질 듯이 쳐다보고 갑자기 그녀를 껴안고 입술에 키스했다. 꽃의 향기와 습기가 그를 덮쳤다. 그리고 곧 그는 겁나는 듯 주위를 돌아보았다. 누가 보지나 않았을까?

"당신 방으로 갑시다." 그는 조용히 말했다.

그리고 둘은 빨리 자리를 떴다.

그녀의 호텔 방은 무더웠고 그녀가 일본 상점에서 산 향수 냄새가 났다. 구로프는 이제 그녀를 바라보며 생각했다. '세상에는 별 만남도 다 있군!' 과거로부터 그의 기억에 남는 여자들은 정사에 쾌락을 느끼고 짧은 행복이었지만 그에게 감사하는 태평한 맘씨 좋은 부류, 정사를 할 때 솔직하지 않고 쓸데없는 말을 하며 태도를 꾸미는, 신경질적이고, 마치 그것이 사랑이나 정열이 아니라 무슨 좀더 중요한 것이라는 표정을 짓는, 예를 들어 그의 아내 같은 부류, 마지막으로 매우 아름다우나 차가운 여자들, 인생이 줄 수 있는 것보다 더 많은 것을 인생으로부터 취하고 움켜쥐려는 고집스런 욕망, 탐욕스런 표정이 얼굴에 갑자기 불현듯 지나가는, 이미 젊지 않은, 변덕스럽고 사려 깊지 못 하고, 남을 쥐고 흔들려고 하는 어리석은 여자들, 구로프가 그녀들에 대한 열이 식었을 때 그녀들이 지닌 아름다움은 그에게 증오를 불러일으킬 뿐이었고, 그녀들의 속옷에 달린 레이스가 그때는 그에게 물고기 비늘처럼 여겨지는 두 서너 명의 여자들의 부류였다.

그러나 지금 여기에는 여전히 경험 없는 젊은 여자의 소심함과 어색함, 거북한 감정을 볼 수 있을 뿐이었다. 그는 마치 누가 갑자기 문을 두드린 것처럼 당혹스런 인상을 받았다. 이 '강아지를 데리고 다니는 귀부인', 안나 세르게예브나는 벌어진 일에 대해서 어쩐지 특별하게, 매우 진지하게, 마치 자신이 파멸한 것으로 생각하고 있었는데, 이는 이상하고 적당치 않았다. 그녀의 얼굴 윤곽은 아래로 처졌고 시들어 보였으며 얼굴 양옆으로 긴 머리카락이 흘러내려 있었다. 그녀는 마치 옛날 그림에 그려진 죄지은 여자처럼 슬픈 자태로 생각에 잠겨 있었다.

"잘못된 일이었어요." 그녀가 말했다. "이제 당신은 저를 존경하지 않는 처음 사람이 되겠군요."

호텔의 탁자 위에는 수박이 놓여 있었다. 구로프는 수박을 한 조각 잘라 천천히 먹기 시작했다. 침묵 속에 적어도 반시간이 지나갔다.

안나 세르게예브나는 감동적이었다. 그녀에게서는, 행실 바르고 순진한, 아직 세상을 거의 모르는 여자의 순수함이 풍겼다. 탁자 위에 타고 있는 단 하나의 촛불은 그녀의 얼굴을 희미하게만 비추었으나 그녀의 마음이 몹시 괴로워하고 있다는 것을 충분히 알 수 있었다.

"무엇 때문에 내가 당신을 존경하지 않게 된다는 거요?"

구로프가 물었다. "당신은 자신이 무슨 말을 하는지도 알지 못하는구려."

"하느님, 제발 저를 용서해 주세요!" 그녀가 말했다. 그녀의 눈은 눈물로 가득 찼다. "이건 끔찍해요."

"당신은 자신을 정당화하는 것 같소."

"어떻게 정당화할 수 있어요? 전 바보 같은 천한 여자예요. 저는 제 자신을 경멸해요. 전 자신을 정당화하겠다는 생각은 하지도 않아요. 저는 남편을 배반한 것이 아니라 자신을 배반했어요. 그리고 이제 처음 그런 것이 아니고 벌써 오래전부터 자신을 배반해 왔어요. 제 남편은 아마도 정직하고 좋은 사람일 거예요. 그러나 그는 하인이에요. 저는 그가 무슨 일을 하는지 어떻게 근무를 하는지 몰라요. 제가 아는 것은 다만 그가 하인이라는 것이에요. 제가 결혼했을 때 겨우 스무 살이었지요. 호기심이 저를 괴롭혀 왔어요. 저는 다른 어떤 삶이라도 좋으니 좀더 나은 것을 원해 왔어요. 전 자신에게 말하곤 했어요. 다른 삶이 존재한다. 저는 사는 듯하게 살고 싶었지요. 진정한 삶을 살고 싶었단 말예요. 진정한 삶을요. 호기심이 저를 불사른 거예요. 당신은 이해하지 못할 거예요, 그러나 맹세코 말할 수 있어요. 전 제 자신을 더 이상 제어할 수 없었어요. 제 자신에게 뭔가가 일어난 거예요. 자신을 더 이상 억누를 수 없었거든요. 저는 남편에게 아프다고 말하고 이리로 온 거예요…. 그리고 여기서 내내 정신 나간 여자처럼 열에 들떠서 돌아다녔어요…. 이제 누구나가 경멸하는 천박하고 더러운 여자가 되었구요."

구로프는 이야기를 듣는 것이 벌써 따분해졌다. 순진한 어조, 이 예기치 않은 어울리지 않는 회개가 그를 짜증나게 했다. 그녀의 눈에 눈물이 없었다면 그녀가 농담을 하거나 연극을 하는 것이려니 생각했었을 것이다.

"난 알 수가 없소." 그는 조용히 말했다. "당신이 원하는 게 도대체 뭐요?"

그녀는 그의 가슴에 얼굴을 묻고 그에게 몸을 꼭 붙였다.

"제발, 믿어 주세요, 믿어 주세요…." 그녀가 말했다. "저는 정직하고 깨끗한 삶을 사랑해요. 죄를 짓는 것은 정말 싫어요. 전 제 자신이 무슨 짓을 하고 있는지 모르고 있어요. 배우지 못한 사람들은 말하겠지요. 저한테 무슨 귀신이 씌웠다고. 제게 정말 귀신이 씌웠다고 말할 수 있어요."

"됐소, 그만해요." 그는 중얼거렸다.

그는 그녀의 움직이지 않는 공포에 찬 눈을 바라보다가 그녀에게 키스하며 조용히 다정하게 이야기했고 그녀는 차츰차츰 평정을 찾더니 다시 쾌활해졌다. 둘은 다시 웃게 되었다.

얼마 후 그들이 다시 나왔을 때, 해변가에는 아무도 없었다. 사이프러스 나무들이 있는 도시는 완전히 죽은 모습이었지만 바다는 아직 속삭이며 해변을 때리고 있었다. 대형 보트 한 척이 파도 위에 흔들리고 있었고 그 위에 등불이 몽롱하게 깜박거리고 있었다.

그들은 사공을 찾아 배를 타고 오레안다로 갔다.

"난 방금 아래 카운터에서 당신 성을 알았소. 방 번호에 폰 디데리츠라고 씌어 있었소." 그가 말했다. "당신 남편이 독일인이오?"

"아녜요, 조부가 그런 것 같아요. 그 자신은 러시아 정교도예요."

오레안다에서 그들은 교회 가까이 있는 벤치에 앉아 바다를 말없이 내려다보았다. 얄타 섬이 아침 안개 사이로 희미하게 보였고, 산봉우리마다 하얀 구름이 꼼짝 않고 걸려 있었다. 나뭇잎들도 소리 하나 내지 않았고 매미만 울어대었다. 아래로부터 들려오는 단조로운 둔탁한 파도소리는 인간들을 기다리는 평온, 영원한 안식에 대해 말해주고 있었다. 여기에 얄타나 오레안다가 없었을 때도 바다는 이렇게 소리 냈을 것이고 지금도 소리 내고 있고, 또 우리가 죽은 후에도 마찬가지로 무심하고 둔탁하게 소리 낼 것이다. 아마도 이 한결같음 속에, 인간 개개인의 삶과 죽음에 대한 완전한 무관심 속에, 아마도 우리의 영원한 구원의, 지상의 삶의 끊임없는 지속과 완성의 저당물이 감추어져 있을 것이다. 아침노을 속에 이렇게도 아름답고, 평온한 마음을 되찾은, 동화 같은 풍경—바다, 산들, 구름, 넓은 하늘을 보고 황홀해 하는 젊은 여자와 나란히 앉아 구로프는, 우리 인간이 존재의 높은 목표들을 잊고 인간 자신의 존엄을 망각했을 때, 우리 인간들이 생각하고 행하는 모든 것을 제외하고는 본질적으로 이 세상의 모든 것은 얼마나 아름다운 것일까 하고 생각하였다.

어떤 사람이 다가와—아마도 보초였던 모양인데—그들을 바라보고 지나갔다. 그리고 이러한 세세한 일들까지 그렇게도 신비하고 또 아름다워 보였다. 페오도시야에서 기선이 이미 불을 끄고 아침노을을 받으며 들어오는 것이 보였다.

"풀잎에 이슬이 맺혔군요." 안나 세르게예브나는 침묵을 깨뜨리며 말했다.

"그렇소, 집으로 돌아 갈 때요…."

그들은 도시로 돌아왔다.

그 이후, 매일 정오에 그들은 해변에서 만나 함께 아침을 먹고 점심을 먹고 바다를 감탄하며 산책하였다. 그녀는 잠을 잘 못 자고 가슴이 불안하게 뛴다고 호소했으며, 혹은 질투로 혹은 두려움으로 괴로워하면서 그가 그녀를 경멸하지 않느냐고 항상 똑같은 질문을 되풀이했다. 그리고 자주 공원이나 숲에서 근처에 아무도 없을 때 그는 갑자기 그녀를 끌어안고 정열적으로 키스했다. 완전한 한가함, 대낮에 누가 볼까 봐 주위를 둘러보며 두려워하며 하는 이 키스들, 뜨거운 더위, 바다 내음, 항상 눈앞에 어른거리는 한가하고 잘 차려입은 배부른 사람들, 이 모든 것이 그를 다시 태어나게 하였다. 그는 안나 세르게예브나에게 그녀가 얼마나 아름다우며 매혹적인가에 대해 이야기했고, 견디기 어려울 정도로 열정적이 되었으며 그녀 곁에서 한 발짝도 떨어지려 하지 않았다. 그러나 그녀는 자주 생각에 잠기곤 하였고 항상 그에게 그가 그녀를 존중하지도 사랑하지도 않고 이제는 그녀를 천박한 여자라고 여기고 있다고 고백하라고 졸랐다. 거의 매일 저녁 느지막이 그들은 도시를 벗어나 오레안다나 폭포로 나갔다. 산책은 즐거웠고 변함없이 매번 멋지고 굉장한 인상을 남겼다.

그들은 남편이 오는 것을 기다리고 있었다. 그러나 눈병이 났으니 빨리 돌아오라고 애원하는 남편의 편지가 왔다.

안나 세르게예브나는 서둘렀다.

"제가 떠나니 잘됐어요." 그녀는 구로프에게 말했다. "이건 운명 그 자체예요."

그녀는 마차를 타고 갔고 그가 동반했다. 하루 종일을 갔다. 그녀가 특급열차의 찻간에 올랐을 때 그리고 두 번째의 경적이 울렸을 때 그녀는 말했다.

"당신을 한 번만 더 볼래요…. 다시 한 번 더 볼래요. 자 이렇게요."

그녀는 울지 않았으나 병이 난 것처럼 암담해 했고 그녀의 얼굴은 경련하고 있었다.

"당신을 생각하고… 기억할 거예요." 그녀가 말했다. "하느님의 가호가 있기를 바라요. 저를 좋게 기억해 주세요. 만나지 말았어야 하기 때문에, 헤어져야 마땅하지요. 그렇게 우리는 영원히 헤어지는군요. 하느님의 가호가 있기를 빌어요."

열차는 빠른 속도로 떠나갔고 그 불빛도 금방 사라져 버렸다. 그리고 일 분 후에는 소음조차 들리지 않았다. 모든 것이 이 달콤한 망각과 무분별을 어서 빨리 중지시키려고 고의로 그렇게 음모를 꾸민 것 같았다. 이제 구로프는 플랫폼에 혼자 남아 먼 어둠 속을 응시하며 이제 막 잠에서 깨어난 듯한 느낌으로 귀뚜라미 소리와 전선줄의 웅웅거리는 소리를 들었다. 그리고 그는 여기 그의 인생 속에 또 하나의 모험, 또는 로맨스가 있었으며 그것도 역시 이미 끝났고 이제는 기억만 남은 것에 대해 생각했다.

그는 마음이 저렸으며 슬펐고 가벼운 후회 같은 것을 느꼈다. 그가 앞으로 결코 만날 수 없는 그 젊은 여자는 그와 함께 행복하지가 않았던 것이다. 그가 그녀에게 친절하고 진심으로 대하기는 했지만 그의 어조나 애무에는 가벼운 조롱, 행복을 느끼는 남자, 또 그녀보다 거의 두 배나 나이가 많은 남자의 다소 거친 우쭐거림의 그림자가 서려 있었던 것이다. 내내 그녀는 그를 선량하고 독특하고 고상한 사람이라고 불렀지만 그는 그녀에게 실제의 모습으로 비쳐지지 않은 것이 분명했다. 즉 그는 스스로 원하지 않았지만 그녀를 속인 셈이었다….

이곳 역에는 벌써 가을 냄새가 났고 저녁은 서늘했다.

'이제 북쪽으로 돌아갈 때가 됐군.' 구로프는 플랫폼을 나서면서 생각했다. '돌아갈 때가 됐어.'

III

모스크바 집에는 이미 모든 것이 겨울이었다. 난로를 폈으며 아이들이 학교 가려고 준비하며 차를 마시는 아침시간에는 아직 어두워서 유모가 등불을 잠깐 켜야 했다. 얼음이 얼기 시작했다. 첫눈이 와 처음 썰매를 타고* 나간 날엔 즐거운 마음으로 하얀 대지와 하얀 지붕들을 바라보며 부드럽고 멋지게 숨을 쉬며 젊은 날에 대해 회상하게 된다. 눈으로 하얗게 덮인 늙은 보리수나무나 자작나무도 친근한 기운을 띠고, 그 나무들이 사이프러스나 야자수들보다 더 마음에 가깝게 느껴지며, 이들 곁에 있으면 산이나 바다에 대한 생각은 이미 나지 않는 법이다.

---

* 눈 위를 달리도록 마차에 썰매를 단다.

구로프는 모스크바 사람이었고 아주 멋진 겨울날 모스크바로 돌아왔던 것이다. 이제 그가 털외투를 입고 따뜻한 장갑을 끼고 페트로프카 거리를 따라 걷거나 토요일 저녁 종소리를 듣자면 얼마 전의 여행이나 그가 갔었던 지방들은 그에게 아무런 황홀감도 주지 못하는 법이다. 점차로 그는 모스크바의 생활에 몰두했다. 벌써 하루에 세 종류의 신문을 열심히 읽으면서 모스크바 신문을 원칙적으로 읽지 않는다고 말하곤 했다. 레스토랑과 클럽, 식사 초대, 기념 파티가 그를 불러냈고, 그의 집에 유명한 변호사나 예술가들이 찾아온다는 것과 그가 의사클럽에서 교수들과 카드놀이를 한다는 것에 우쭐한 기분이 들었고, 벌써 그는 양배추쌈찜 한 냄비를 거뜬히 먹어치울 수 있었다….

이제 한 달만 어떻게 보내면 안나 세르게예브나는 기억 속에 안개처럼 덮여 버려 다른 여자들이 꿈에 보이는 정도로 아주 가끔만, 그 심금을 울리는 미소와 함께 꿈에 보이겠지 생각했었다. 그러나 한 달이 지나고 겨울이 깊었는데도 마치 그가 바로 어제 안나 세르게예브나와 헤어진 것처럼 모든 것이 기억 속에 또렷하였다. 그리고 기억은 점점 더 강하게 불타올랐다. 저녁에 자기 방에 조용히 앉아 있는 그에게 예습하는 아이들의 목소리가 들려올 때, 레스토랑에서 연가를 듣거나 풍금 소리를 들을 때,벽난로에서 거센 바람 소리가 울부짖을 때, 갑자기 기억 속에 모든 것이 되살아났다. 방파제에서 있었던 일, 산봉우리마다 안개가 걸려 있던 이른 아침, 또 페오도시야에서 들어오던 기선, 그리고 키스들이. 그는 오랫동안 방 안을 서성이며 미소를 짓곤 했다. 그러면 회상은 상상으로 넘어갔으며 상상 속에서 과거는 미래와 섞였다. 안나 세르게예브나는 꿈에 보이는 것이 아니라 내내 그림자처럼 그의 뒤를 좇으며 따라다녔다. 눈을 감으면 그녀가 생생하게 떠올랐고 그녀는 그때보다 더 아름답고 젊고 사랑스러워 보였다. 그리고 그 자신도 얄타에 있었던 그때보다 더 멋있게 여겨졌다. 그녀는 저녁마다 책장 뒤에서, 벽난로로부터, 구석으로부터 그를 바라보고 있었고, 그녀의 숨결과 옷의 다정한 사각거림이 그에게 들려왔다. 거리에서도 그는 여자들을 바라보며 그녀와 비슷한 여자가 없나 찾아보았다….

그리고 이미 자신의 추억을 아무하고라도 나누고 싶은 강한 욕망이 그를 괴롭혔다. 그러나 집에서 그의 사랑에 관해 이야기할 수는 없는 일이었고, 집 밖에서는 같이 이야기할 만한 사람이 없었다. 세든 사람이나 은행 동료와 이야기할 수는 없는 일이었다. 그리고 또 무엇에 대해 이야기한단 말인가? 그가 그때 사랑했었나? 그와 안나 세르게에브나와의 관계 속에 무언가 아름답고 시적이거나 혹은 교훈적이거나 혹은 그냥 흥미 있는 그 무엇이라도 있었단 말인가? 그래서 막연히 사랑에 대해 여자들에 대해 이야기하면 아무도 무엇이 문제인지 추측하지 못했고, 아내만이 검은 눈썹을 찡그리며 말하곤 했다.

"디미트리, 당신에겐 멍청이의 역할이 전혀 안 어울려요."

어느 날 밤 그의 파트너*인 관리와 함께 의사클럽에서 나오다가 그는 참지 못하고 말했다.

"내가 얄타에서 얼마나 매혹적인 여자와 사귀었는지 아

* 카드게임의 파트너를 말한다.

신다면 놀랄걸요!"

관리는 썰매마차에 앉자 출발했지만 갑자기 돌아보며 소리쳤다.

"드미트리 드미트리치!"

"네?"

"당신 말이 옳았어요. 전번 그놈의 철갑상어는 맛이 좀 갔어요!"

이 말, 이 평범한 말이 웬일인지 갑자기 구로프를 화나게 했으며 천하고 더럽게 여겨졌다. 이 무슨 야만적인 관습이람, 이 무슨 지긋지긋한 사람들인가, 이 무슨 바보 같은 저녁 모임이고 재미없고 하릴없는 나날들인가! 끝없는 카드놀이, 진창 먹고 마시고, 내내 똑같은 이야기들을 지껄이지, 이 쓸데없는 일과 항상 똑같은 이야기들이 가장 좋은 시간과 가장 좋은 힘을 제몫으로 요구하고 결국 어떤 꽁지 잘린, 날개 꺾인 삶이 마귀처럼 남게 되고 정신병원이나 포로수용소에 있는 것처럼 나갈 수도 도망갈 수도 없게 되지!

구로프는 밤새도록 잠을 이루지 못했고 분노가 치밀었

다. 그리고 다음 날을 종일 두통으로 보냈다. 그리고 계속 그는 잠을 제대로 이룰 수 없었으며 내내 침대에 앉아 생각에 잠기거나 방 안을 이리저리 서성였다. 아이들도 지겨웠고 은행도 지겨웠고 아무 데도 가고 싶지 않았고 아무 말도 하고 싶지 않았다.

겨울 연휴에 그는 여행 채비를 하며 아내에게 페테르부르그로 가서 어떤 젊은이를 돌봐 주어야 한다고 말하고는 S.로 갔다. 무엇 때문에? 그 자신도 잘 알 수 없었다. 그는 안나 세르게예브나를 보고 이야기하고 가능하다면 만날 방도를 마련하고 싶었다.

S.에 아침에 도착하여 호텔에 특실을 잡았다. 호텔 방의 바닥은 전체가 회색 군인용 모포로 덮여 있었고 책상 위에는 먼지를 뒤집어써 회색이 된, 모자를 쥔 팔을 들어 올리고 있는 머리가 잘려 나간 기사가 말에 타고 있는 장식이 붙어 있는 잉크스탠드가 놓여 있었다. 문지기는 그가 필요한 정보를 주었다. 폰 디데리츠는 구도공가舊陶工街의 자택에 살고 있으며, 그 집은 호텔에서 멀지 않고 편안하고 부

유하게 살고 있으며 자기 소유의 말들도 있으며 시내에서 그를 모르는 사람이 없다고 했다. 문지기는 드릐듸리츠라고 발음했다.

구로프는 서둘지 않고 구도공가로 가서 집을 찾았다. 집 바로 건너편에 못이 박힌 긴 회색 울타리가 뻗쳐 있었다.

'저런 울타리로부터는 사람들이 달아나게 될 거야.' 구로프는 생각하며 창문을 바라보기도 하고 울타리를 바라보기도 하였다.

그는 오늘은 업무일이 아니므로 남편이 아마도 집에 있을 것이라고 생각하였다. 그리고 어쨌든 집으로 들이닥쳐 당황스럽게 만드는 것은 서투른 일이지. 만약 쪽지를 보내면, 쪽지가 남편 손에 들어간다면 그땐 모든 것을 망쳐 버릴 수도 있다. 가장 좋은 것은 기회를 기다리는 것이다. 그래서 그는 내내 울타리 근처에서 거리를 거닐며 기회를 기다렸다. 그는 대문 안으로 거지 하나가 들어가자 개들이 덤벼드는 것을 보았고, 그 다음 한 시간가량 지나자 피아노 연주가 들렸고, 음은 약하고 불분명하게 흘러나왔다.

아마 안나 세르게예브나가 치는 것인 모양이었다. 정면의 현관문이 갑자기 열리더니 어떤 노파가 나왔고 그녀 뒤를 따라 그가 아는 하얀 털강아지가 뛰어나왔다. 구로프는 그 강아지를 부르려고 했으나 갑자기 가슴이 뛰었고, 그는 흥분 때문에 강아지 이름을 기억해 낼 수 없었다.

그는 거닐면서 점점 더 회색의 울타리를 증오하게 되었고, 이제는 초조한 마음으로 안나 세르게예브나가 그에 대해 잊고 아마도 벌써 다른 사람과 즐길지 모른다고 생각했으며, 이 또한 아침부터 저녁까지 이놈의 저주받을 울타리를 봐야 하는 젊은 여자의 처지로서는 당연하다고 생각했다. 그는 호텔 방으로 돌아와 무엇을 해야 할지 몰라 안락의자에 오랫동안 앉아 있다가 점심을 먹고 긴 잠을 잤다.

'이 모든 게 얼마나 바보 같은 괜한 난리야.' 그는 깨어나 어두운 창문을 바라보며 생각했다. 벌써 저녁이었다. '뭣 때문에 여기서 잠까지 실컷 자 두었군. 이제 밤에는 뭘 한다지?'

그는 병원용 시트 같은 회색의 싸구려 천으로 덮여 있는 침대에 앉아 화가 나서 자신을 비웃었다.

'자 강아지를 데리고 다니는 귀부인을 찾아왔군, 자 로맨스를 찾아왔어…. 그러니 죽치고 있어야지.'

아침에 역에서 커다란 글씨로 쓴 극장 포스터가 눈에 띄었었다. '게이샤'*가 초연되고 있었다. 그는 이를 기억하고 극장으로 갔다.

'그녀는 십중팔구 초연에 올 거야.' 그는 생각했다.

극장은 만원이었다. 모든 시골의 극장에서 그렇듯이 샹들리에 위로 연기가 자옥하고 이층 좌석들에서는 시끄럽게 떠들어댔다. 공연이 시작되기 전에 첫째 줄에는 뒷짐을 진 이 지방 멋쟁이 신사들이 서 있었고, 지사의 가족석 맨 앞자리에 주지사의 딸이 모피를 두르고 앉아 있었고 주지사 자신은 커튼 뒤로 겸손하게 몸을 감추고 있어서 그의 두 팔만이 보였다.** 막이 흔들리고 오케스트라가 오랫동안 음

* 영국 작곡가 시드니 존스가 1896년에 작곡한 오페레타.

** 일층 셋째 줄에 안나와 그녀의 남편이 앉았고 좀 뒤에 구로프가 앉아 있다. 오페레타가 시작되기 전 구로프는 앉아서 이층의 도시 멋쟁이 남자들이 뒷짐 지고 서 있는 모습과 지사 가족이 앉은 가족석을 본다.

을 맞추느라 분주했다. 관객들이 들어오고 자리를 잡는 동안 내내 구로프는눈으로 탐욕스럽게 찾았다.

안나 세르게예브나도 들어왔다. 그녀는 셋째 줄에 앉았고 구로프는 그녀를 쳐다보았을 때 심장이 죄어 왔다. 그는 이제 분명히 깨달았다. 지금 온 세상에서 그녀보다 더 가깝고 소중하고 중요한 사람은 없다는 것을. 시골 사람들 속에 파묻혀 있는 아무 두드러진 점이라고는 없는, 손에는 싸구려 오페라 안경을 쥐고 있는 이 작은 여자는 지금 그의 삶을 온통 가득 채우고 있고, 그의 슬픔이자 기쁨이고, 그가 지금 자신을 위해 바랄 수 있는 유일한 행복이었다. 수준 낮은 오케스트라, 거지 같은 시골 바이올린 소리를 들으며 그는 그녀가 얼마나 아름다운가에 대해서 생각했다. 생각을 하며 공상에 잠겼다.

안나 세르게예브나와 함께 들어와 그녀와 나란히 앉은 젊은이는 수염이 좀 난 키가 매우 크고 몸이 좀 굽은 사람이었다. 그는 발자국을 뗄 때마다 머리를 흔들었는데 마치 항상 굽실굽실 절하는 것처럼 보였다. 그가 바로 그녀가 비참한 감정을 폭발하며 하인이라고 불렀던 그녀의 남편임에 틀림없었다. 실제로 그의 기다란 몸매나 수염, 약간의 대머리에는 어딘가 하인 같은 비굴한 데가 있었다. 그의 제복의 단춧구멍에서는 하인의 번호처럼 무슨 학회 배지가 빛나고 있었다.

첫번째 막간에 남편은 담배를 피우러 나갔고 그녀는 혼자 일층 일등석에 앉아 있었다. 역시 일층에 앉아 있던 구로프는 그녀에게로 다가가 억지로 미소를 띠며 떨리는 목소리로 말했다.

"안녕하세요."

그녀는 그를 쳐다보고 얼굴이 창백해졌다. 그리고 다시 경악하는 표정으로 눈을 믿을 수 없다는 듯이 쳐다보더니 두 손에 부채와 오페라 안경을 꽉 쥐는 모습이 기절하지 않으려고 자신과 싸우는 것이 분명했다. 둘은 침묵했다. 그녀는 앉아 있었고, 당황하는 그녀에게 놀란 그는 옆에 앉을 엄두를 못 내고 서 있었다. 다시 바이올린과 플루트가 음을 맞추느라 삑삑거리기 시작했는데 모든 좌석으로부터 사람들이 보는 것 같아 갑자기 두려워졌다. 그러나 이제 그녀는 일어나 빨리 출구로 갔고 그는 그녀 뒤를 따라갔다. 둘은 정신없이 복도를 따라 걸으며 계단을 따라 올라가기도 하고 내려가기도 하였다. 그들 눈앞에는 법원의 제복을 입은 사람들, 교사의 제복을 입은 사람들, 궁정 관리인의 제복을 입은 사람들이 어른거리고 지나갔는데 그들 모두는 제복에 무슨 배지들을 달고 있었다. 귀부인들과 옷걸이에 걸린 모피 외투들이 어른거리고 지나갔다. 맞바람이 불어 담배꽁초 냄새가 풍겼다. 심장이 강하게 고동치는 구로프는 생각했다.

'맙소사, 이 사람들은 왜 이리 어른거리나…, 이 오케스트라는 또….'

그리고 이 순간 그는, 그 당시 저녁에 역에서 안나 세르게예브나를 배웅하였을 때 모든 것이 끝났고 그들이 더 이상 만나지 못하리라고 스스로에게 말했던 것을 갑자기 기억했다. 그러나 끝이 나려면 아직 멀었다!

'측면 관람석 입구'라고 씌어진 좁고 어두운 계단에서 그녀는 멈춰 섰다.

"얼마나 저를 놀라게 하셨는지요!" 아직 질리고 놀란 얼굴로 숨이 가빠하며 그녀는 말했다. "오, 어떻게 그렇게 저를 놀라게 하세요, 전 죽는 줄 알았어요. 무엇 때문에 이곳에 오셨어요? 무엇 때문에?"

"이해해 주세요, 안나 세르게예브나, 이해해 주세요." 그는 작은 목소리로 성급히 말했다. "간청이니 제발 이해해 주세요…."

그녀는 공포와 애원과 사랑과 함께 그를 바라보았고, 기억 속에 그의 모습을 더 강하게 보존하려는 듯 뚫어지게 그를 쳐다보았다.

"저는 이토록 괴로워하고 있어요." 그의 말을 듣지 않은 채 그녀가 계속 말했다. "저는 항상 당신 생각만 했어요. 전 당신 생각으로 살아요. 저도 잊고 싶었어요. 잊고 싶었다구요. 그런데 무엇 때문에, 무엇 때문에 여기 오신 거예요?"

위의 층계참에서 두 고등학생이 담배를 피우며 아래를 내려다보았지만 구로프에게는 아무래도 좋았다. 그는 안나 세르게예브나를 끌어당겨 그녀의 얼굴과 양 볼과 양손에 키스했다.

“무슨 짓이에요, 무슨 짓이에요.” 그녀는 경악하며 그를 자기 몸에서 떼며 말했다. “당신과 저는 정신이 나갔어요. 오늘 떠나세요, 당장 떠나세요…. 모든 신성한 것을 걸고 당신에게 간절히 청할게요. 제가 이렇게 애원해요…. 사람들이 이리로 와요!”

누군가가 층계를 따라 걸어 올라오고 있었다.

“당신은 떠나셔야 해요….” 안나 세르게예브나는 속삭이는 소리로 계속 말했다. “들려요? 드미트리 드미트리치? 제가 모스크바로 당신을 찾아가겠어요. 전 한 번도 행복한 적이 없었고, 지금도 행복하지 않고 앞으로도 결코 행복하지 않을 거예요, 결코! 제게 더 큰 고통을 주지 마세요! 맹세할게요, 제가 모스크바로 가겠어요. 지금은 헤어지도록 해요! 내 사랑하는 착하고 소중한 사람, 안녕!”

그녀는 그에게 악수하고 내내 그를 뒤돌아보면서 빨리 아래로 내려갔다. 그녀의 눈은 그녀가 정말로 행복하지 않다는 것을 말해 주고 있었다. 구로프는 잠시 그곳에 서서 귀를 기울인 다음 모든 것이 잠잠해지자 자기 옷을 찾아 극장에서 나왔다.

Ⅳ

그리고 안나 세르게예브나는 모스크바로 그에게로 왔다. 두세 달에 한 번 그녀는 남편에게 산부인과 교수에게 진찰을 받으러 간다고 말하고 S.에서 떠나왔다. 남편은 반신반의했다. 모스크바에 도착하면 그녀는 호텔 '슬라브바자'에 들어 곧 구로프에게 빨간 모자를 쓴 사람을 보냈다. 구로프는 그녀에게로 갔고, 이 사실을 아는 사람은 모스크바에 아무도 없었다.

어느 겨울 아침 그가 그런 방법으로 그녀에게로 가고 있었다. (심부름꾼은 어젯밤 그에게로 왔었지만 그가 없었다.) 그는 딸을, 가는 길에 있는 여학교에 데려다 주고 싶어서 같이 가고 있었다. 크고 축축한 눈이 날리고 있었다.

"지금 영상 삼 도인데 눈이 오는구나," 구로프는 딸에게 말했다. "그러나 지상 표면이 따스할 뿐이지 대기층에는 완전히 다른 온도야."

"그런데 지표면에서는 왜 천둥이 치지 않아요?"

그는 그것도 딸에게 설명했다. 그는 말하면서 지금 그가 그녀와 밀회하러 간다는 것, 그리고 이에 대해 아는 사람은 아무도 없다는 것, 그리고 앞으로도 아무도 없으리라는 것에 대해 생각했다. 그에게는 두 가지의 삶이 있었다. 하나는 모든 사람에게 보이는 공공연한, 필요하면 모든 사람이 알 수 있는 삶이고, 조건부 진리와 조건부 허위로 가득 찬 그의 지기나 친구들의 삶과 완전히 비슷한 것이었고, 다른 하나는 몰래 흐르는 삶이었다. 그리고 어떤 이상한, 아마도 우연한 사태의 연속으로 인하여 그에게 중요하고 흥미롭고 필수적인 모든 것, 그리고 그가 그 속에서 진솔하고 자신을 속이지 않는 모든 것, 그의 삶의 핵심을 이루고 있는 모든 것은 다른 사람들에게 비밀로 진행되고 있었고, 그의 거짓이자 진실을 감추기 위해 그가 덮고 있는 표피, ―예를 들어, 그의 은행 근무, 클럽에서의 토론, 그가 하는 '열등한 인종'이라는 말, 아내와 함께 기념 파티에 가는 것―이 모든 것들은 공공연했다. 그리고 그 스스로도 다른 사람들을 판단할 때, 그가 본 것을 믿지 않았고, 모든 사람들에게 있어서 진정하고 재미있는 삶은 마치 밤의 덮개 밑에서처럼 비밀의 덮개 밑에서 진행되고 있다고 여겼다. 모든 개인의 삶은 비밀의 기반 위에 유지되고 있으며, 교양 있는 인간이 개인의 비밀을 존중해야 한다고 신경질적으로 야단인 것은 부분적으로 바로 그런 이유에서이다.

딸을 학교로 데려다 주고 구로프는 호텔 '슬라브바자'로 갔다. 그는 밑에서 외투를 벗고 위로 올라가 조용히 문을 두드렸다. 안나 세르게예브나는 그가 좋아하는 회색 옷을 입고 여행으로 또 기다림으로 지쳐 있었다. 어제 저녁부터 그를 기다리고 있었던 것이다. 그녀는 창백한 얼굴로 그를 쳐다보았고 미소조차 짓지 않았다. 그리고 그가 들어오자마자 그의 가슴에 무너졌다. 마치 그들이 한 이 년 만나지 못했던 것처럼 둘의 키스는 길었고 오래도록 이어졌다.

"그래 어떻게 지냈소?" 그가 물었다. "별일 없었소?"

"잠깐 기다리세요, 곧 말할게요. 아이 못 하겠어요."

그녀는 울고 있었기 때문에 말을 할 수 없었다. 그에게서 몸을 떼자 두 눈을 손수건으로 눌렀다.

'자, 좀 울게 놔둬야지, 좀 앉아 있어야지.' 그는 잠시 생각하고 의자로 앉았다.

잠시 후 그는 전화를 걸어 차를 가져다 달라고 했다. 차를 마신 후에도 그녀는 창을 향하여 얼굴을 돌리고 서 있었다…. 그녀는 흥분 때문에 또 그들의 삶이 이렇게 슬프게 만들어져 있다는 비참한 생각에서 울고 있었다. 그들은 몰래만 만나고 사람들로부터 도둑처럼 숨어야 하는 것이다. 그들의 삶은 이미 부서졌단 말인가?

"이제 그만 그쳐요." 그가 말했다.

그에게는 그들의 이 사랑이 아직 금방 끝나지 않으리라는 것이, 언제 끝날지 모른다는 것이 확실했다. 안나 세르게예브나는 점점 더 강하게 그에게 매달렸고 그를 열렬히 사랑했다. 그녀에게 이 모든 것이 언젠가 끝날 수밖에 없다고 말하는 것은 무의미했다. 그리고 그녀는 그런 말을 믿으려고 하지도 않았을 것이다.

그는 그녀에게로 다가가 애무하려고 그녀의 어깨를 잡았다. 그리고 이때 그는 거울에 비친 자신의 모습을 보았다.

그의 머리는 이미 세어가기 시작하고 있었다. 그리고 최근 몇 년 사이에 이렇게 늙고 흉하게 된 것이 그에게 매우 이상하게 여겨졌다. 그의 손이 놓여 있는 어깨는 따뜻했고 떨고 있었다. 그는 이 삶에, 아직 이렇게 따뜻하고 아름다우나 아마도 이미 그의 삶처럼 바래고 시들기 시작하는 쪽으로 더 가까워 가는 이 삶에 연민을 느꼈다. 무엇 때문에 그녀는 그를 이다지 좋아하는 것일까? 그는 항상 여자들에게 본래의 그의 모습으로 비치지 않았고 그들은 그 속에서 그 자신이 아니라 그들의 상상이 만들어 낸 사람, 그들이 자신의 삶 속에서 탐욕스럽게 찾던 사람을 사랑했던 것이다. 그리고 후에 그들은 자기들이 잘못 생각했다는 것을 알아챘으나 그래도 여전히 사랑했다. 그들 중의 어느 한 여자도 그와 행복한 적이 없었다. 시간이 흘렀고 그는 여자들을 사귀고 만나고 헤어지고 했지만, 그는 한 번도 사랑한 적이 없었다. 다른 모든 것을 했지만 사랑만은 하지 않았다.

그리고 그의 머리가 회색이 된 지금에야 그는 그래야 하는 것처럼 진정으로 사랑을 하게 된 것이다. 그의 일생 처음으로.

안나 세르게예브나와 그는 아주 가까운 사람들처럼, 혈연처럼, 남편과 아내처럼, 다정한 친구들처럼 서로서로를 사랑했다. 그들에겐 운명이 그들을 서로서로에게 예정해 준 것처럼 보였다. 그들은 왜 그에게 아내가 있고 그녀에게 남편이 있는지 이해할 수 없었다. 이것은 마치 철새 한 쌍, 암컷과 수컷이 사로잡혀 서로 다른 새장에서 살게 된 것과도 같았다. 그들은 자기들이 수치로 여겼던 과거를 서로 용서했으며, 현재의 모든 것을 용서했고, 그들의 이 사랑이 그들 둘을 변화시켰다고 느꼈다.

예전에 우울할 때면 그는 그때그때 머리에 떠오르는 여러 가지 말들로써 자신을 달랬었다. 그러나 지금은 그런 말들이 떠오르지 않았다. 그는 깊은 연민을 느꼈으며 진솔하고 다정하고 싶었다.

"멈춰요, 내 이쁜 사람, 좀 울었으니 낫지…. 이제 우리 이야기 좀 합시다. 무슨 수를 좀 생각해 냅시다."

그리고 나서 그들은 오랫동안 의논하고, 숨어야 하고 속여야 하고 서로 다른 도시에서 살아야 하고 잠깐 밖에 만날 수 없는 이 처지에서 벗어날 수 없을까 하는 데 대해 이야기했다. 이 견딜 수 없는 행로에서 벗어날 수 있을 것인가?

"어떻게, 어떻게?" 그는 머리를 쥐어뜯었다. "어떻게?"

그리고 아직 조금 더 기다리면 해결 방법이 찾아지고, 그때는 새로운 멋진 삶이 시작될 것처럼 보였다. 그리고 끝이 나려면 아직 멀고도 멀었으며, 가장 복잡하고 어려운 일이 지금 막 시작되었다는 것은 두 사람에게 분명한 사실이었다. ■1899년

| 작품 해설 |

안톤 체호프(1860-1904)는 그가 살아 있을 때부터 유럽 각국에 알려지고 번역되기 시작하여 20세기를 대표하는 다양한 작가들—토마스 만, 캐서린 맨스필드, 버지니아 울프, 서머싯 몸… 이효석, 이태준, 현진건, 우디 앨런 등—로부터 매우 높이 평가된 러시아 작가로 러시아 문학이 20세기 세계문학에 기여한 것을 뚜렷이 보여 주는 예이다. 예술적으로 완벽하다고 평가되고 모든 단편 작가들에게 지침이 되는 단편들과 모스크바 무대에서 세계무대를 정복한 드라마 작품들로써 그는 오늘날까지 전 세계에서 가장 많이 읽히고 공연되는 작가의 한 사람이며, 많은 작가들로 하여금 자신들에게 가장 큰 영향을 끼친 작가로 그를 꼽게 한다. 체호프를 읽으며 가장 강하게 느껴지는 것은 그가 부조리한 세계에 던져진 불완전한 인간을 명도 높은 램프 아래 날

카로운 칼로 낱낱이 해부하여 가장 적확하고 적합한 표현으로 인상 깊게 보여 준다는 점이다. 그의 문체 앞에서 인간은 자신의 전부를 모두 드러낼 수밖에 없고 독자는 완전히 파헤쳐진 인물들을 마주하며 스스로의 벌거벗은 모습을 그들 속에서 보게 된다. 그런데 묘한 것은 모든 것이 다 파헤쳐져서인지 속이 시원해지면서 어쩐지 불완전한 인간이 그 자체로서 체호프에게 인정받고 용서받는 느낌을 갖게 되는 것이다. 그토록 그의 문체는 무서운 예리함과 강력한 밝기를 지녔고 그래서 가차 없지만, 그래서 결국 관대하다고 할 수 있다. 그의 냉정한 시선 뒤에 언뜻언뜻 느껴지는 인간에 대한 따스한 이해, 절망 속에 보이는 희망과 웃음은 결국 같은 가슴에서 우러나는 것이리라.

그의 문체의 특징은 의사로서의 그의 직업과 무관하지 않다. 그가 농담 삼아 말했듯 아내로서 의사라는 직업과 애인으로서 문학이라는 직업, 둘 다에 그는 전력을 다했고, 이 사실은 문학가인 동시에 의사로서의 그의 삶의 궤적에 뚜렷하게 나타난다. 폐결핵을 앓는 몸으로 사할린까지 가서 정신적 육체적으로 병든 죄수들을 살펴보며 그들의 운명 하나하나에 눈을 돌리고 마음을 다하여 그들에게 눈을 돌려줄 것을 러시아의 양심에 호소하였고, 전염병이 돌 때는 자신의 건강을 돌보지 않고 무료 진료에 전력을 다했으며 농민들을 위하여 의료시설과 학교를 세우고 기근 때는 구제활동을 펼쳤다. 작가 체호프의 이러한 의사로서의 휴머니즘은 높이 살 만한 것이지만, 그러한 의사이기에 나타날 수 있었던 그의 문체는 러시아 문학에 있어서 정말 보기 드믄 진정한 애인처럼 보배롭다.

1800년 전후하여 유럽 문학을 받아들이면서 형성된 러시아 근대문학의 한가운데를 흐르는 푸시킨, 레르몬토프, 고골, 투르게네프, 도스토예프스키, 톨스토이에 이르는 러시아 리얼리즘의 삶에 대한 리얼한 묘사와 인간의 내면심리에 대한 천착은 체호프에 와서 냉정한 객관적 시선과 명확한 압축적 문체 속에 집약되고 있다. 우리가 그의 작품을 문득 기억하고 다시 읽고 싶은 유혹을 느끼는 것은 바로 이러한 인간에 대한 객관적이고 예리한 시선과 그의 칼로 다듬은 듯한 문체 때문이다. 인간이 잔인할 만큼 정확하게 이해되었고 그래서 용서되었다는 느낌과 함께.

체호프 문학의 또 다른 두드러진 특징은 그가 작품 속에서 유럽이나 러시아의 선배 작가와 동료 작가들과 끈질긴 대화를 이어간다는 점이다. 이는 그의 작품들이 러시아나 유럽의 동료 작가들과 후배 작가들에게 대화를 잇도록 하는 사실과 더불어 우리의 독서를 확장시켜 유익한 교양 체험을 형성하도록 한다. 또한 이러한 체험이 늘어남에 따라 우리는 그의 작품들이 큰 용량을 지닌 것을 점점 더 확실하게 깨닫게 되고 독서 연륜이 늘어나면서 우리는 그의 작품들을 새로이 읽게 된다. 그것에서 느껴지는 재미 또한 만만치 않다.

이 책에는 1984년 모스크바에서 출판된 4권으로 된 《체호프 선집》에서 골라 번역한 〈반카〉(1886), 〈결투〉(1891), 〈대학생〉(1894), 〈목에 매달린 안나〉(1895), 〈강아지를 데리고 다니는 귀부인〉(1899), 다섯 편이 들어 있다.

이 다섯 작품들은 모두 체호프 산문을 대표하는 유명한 작품들이다. 이들은 예술적으로도 깊은 감흥을 줄 뿐만 아니라 각 작품에 등장하는 주인공들의 연령, 성별, 교육 정도, 그들이 속한 사회 계층과 직업, 사건의 장소들이 각각 다르기 때문에 1880년대 1890년대의 러시아 전체를 보여주는 데 손색이 없다.

성탄절 전야에 일어난 이야기를 다루는 〈반카〉는 1886년 페테르부르그의 성탄절 특집에 게재되었다. 가난하지만 정들고 친숙한 시골에서 강제로 낯선 불가해한 대도시, 그것도 동정심 없는 구두장이 부부에게로 보내진 아홉 살짜리 소년에 대한 이야기로 소년의 눈으로 보고 그의 입을 통하여 씌어진 작품이다. 대도시에서 그는 더 이상 별을 헤고 성가대에서 노래 부르는 어린애가 아니며 마구잡이로 착취되는 노동력일 뿐이다. 그의 기억 속에 있는 시골의 할아버지를 비롯한 지주 댁 아가씨, 하인, 하녀들 모두 하찮고 평범한 인간들일 뿐이지만 도시에 사는 사람들에 비해서 따뜻하고 넉넉하고 자연에 친숙하다. 산에서 크리스마스트리를 베기 전에 오래도록 담배를 피우고 망설이기도 하고, 아낙네들과 시시덕거리는 건강하고 생명감에 넘치는 시골 노인을 그려 보며 독자는 저절로 미소를 짓게 된다. 대도시는 불법을 뒤에 감춘 소비와 사치가 지배하는 곳이고 소년은 이제 그의 힘으로는 이곳을 빠져나갈 수 없다. 소년의 눈으로 보는 어른들의 세계, 소년에게 폭력을 가하는 어른들의 세계를 그린 아동문학으로도 높은 평가를 받는다.

중편 〈결투〉(1891)는 러시아 잉여인간의 계보를 잇는 작품으로서 《예브게니 오네긴》(1833), 《우리시대의 영웅》(1840), 《루딘》(1855), 《아버지와 아들》(1862)과 연결된다. 이 작품들이 모두 각기 그 시대에 낙오될 수밖에 없었던 예민한 지성인들을 다룬다는 의미에서는 공통적이라 하겠으나 시대가 변화함에 따라 '잉여인간들'은 점점 더 허약하고 윤리적으로 타락하고 편협한 모습을 준다. 다른 한편으로 이 작품이 결혼의 의미를 묻고 불륜을 저지르는 여자의 심리를 다루었다는 의미에서는 플로베르의《마담 보바리》(1857), 톨스토이의《안나 카레니나》(1878) 및《크로이처 소나타》(1889)와 연결된다.

스스로를 문명에 의해 퇴화된 잉여인간이자 패배자로 자처하는 주인공 라예프스키는 부유한 귀족의 자제로 페테르부르그에서 문과를 졸업하고 유부녀 나데쥬다 표도로브나와 사랑에 빠져 시골에서 땅을 일구며 살겠다는 이상을 품고 북부 카프카즈의 소도시로 오지만 오자마자 그의 이상이 현실과 동떨어진 것을 알게 된데다 그 스스로의 박약한 의지와 근거 없는 거만함과 게으른 습관 때문에 점점 더 정신적으로 나태해지면서 권태를 느끼게 되면서 기만적인 삶을 살아가게 된다. 그러다가 그를 몹시 경멸하고 증오하는 다윈주의를 신봉하는 공격적이고 냉혈적인 자연과학자, 역시 현 체제 속에서는 일자리를 찾지 못하고 외따로 떨어져 연구와 탐사를 하며 자기애에 빠져 있는 잡계급 지식인인 폰 코렌과의 결투를 계기로 라예프스키는 자신의 삶을 반성하고 사랑의 소중함을 깨닫고 갱생을 위한 노력을 기울인다. 결말에 가서 비록 라예프스키가 중국 인형처럼 굽실거리지만 스스로 자신의 길을 개척하여 나가려고 안간힘을 쓰는 모습을 보고 그를 알았던 모든 사람들이 그랬듯 독자도 응원을 하고 싶어진다.

여주인공 나데쥬다는 사랑을 모르는 결혼생활을 하다가 아마도 진정한 사랑('침실' 포함)이 중요했으므로 남편을 버리고 라예프스키를 따라 카프카즈에 왔으나 라예프스키가 그녀를 권태로워 하자 자신의 정욕을 억제하지 못 하고 다른 남자들과 육체적인 관계를 맺는다. 그러나 이 관계들은 라예프스키와의 관계와는 달리 '영혼'이 들어 있는 관계가 아니었기에 스쳐 지나가는 관계가 되고 그녀는 라예프스키 곁에 그의 갱생의 동반자로서 남는다. 체호프가 정신적인 사랑과 육체적인 사랑의 융합을 남녀의 이상적 결합으로 여기는 애정관을 견지하는 것은 푸시킨 이래 19세기 러시아 거장들에게서는 보기 드문 일이다. 또 이 작품에서 나데쥬다가 정욕을 느끼는 것이 묘사되어 있는데 이는 매우 대담한 시도라고 할 수 있다. 톨스토이는 《안나 카레니나》에서조차도 안나가 정욕을 느끼는 것을 직접 표현하지 않았다. 플로베르의 《마담 보바리》(1857)에서 남자들은 엠마와 정사를 가질 때 정욕을 충족시키는 것이 가장 중요한 일이었지만 엠마에게 중요한 것은 낭만적 욕구의 충족이었다. 폰타네의 《에피 브리스트》(1894/1895)에서는 간통으로 단죄 받은 두 남녀 사이에 실제로 무슨 일이 일어났는지 잘 알 수도 없지 않은가! 모차르트의 오페라 〈돈 조반니〉에 나타나는 여인들의 관능을 인정하는 것이 연출가들에게 간단한 문제가 아니었던 것을 볼 때, 유럽의 19세기는 모차르트의 18세기에 비해 분명 금욕적이었다고 할 수 있다. 20세기에조차도 로렌스의 《채털리부인의 연인》(1928)이 오랫동안 위험한 불경스러운 서적으로 치부되지 않았던가! 이런 의미에서 체호프는 시대를 앞서 간 작가이다. 또한 이 작품은 잉여인간 라예프스키뿐만 아니라 1880년-1890년대 러시아에 살던 귀족 및 상류층에서 잡계급 지식인, 성직자 계층, 하녀, 타 민족에 이르기까지 다양

한 계층의 삶과 그들이 이루는 정신적, 문화적 지형을 보여 준다는 의미에서 소중한 문화사적 가치를 지니는 작품이다. 푸시킨의《예브게니 오네긴》이 러시아의 1820-30년대를 보여 주는 백과사전이듯이.

체호프는 사람들이 그를 페시미스트라고 할 때 단편〈대학생〉(1894)을 일컬으며 '제가 왜 페시미스트인가요? 제가 쓴 작품들 중에서 제가 가장 좋아하는 작품이〈대학생〉인데요'라고 말했다고 하는데 그로서는 이 작품이 '낙관적'인 세계관의 증명인 셈이었다. 갑자기 겨울처럼 날씨가 추워진 어느 부활절 전 금요일에 가난하고 황폐하고 서글픈 사회적 문화적 상황에 처해 있는 러시아의 시골길을 가다 두 아낙네에게 예수와 베드로의 이야기를 하고 그들이 감동받은 것을 본 후 이 세상에는 언제까지나 진실과 정의가 승리하며 인간의 삶을 지배하는 것은 결국 진리와 아름다움이라는 것을 깨닫고 희망과 기쁨을 느끼게 되는 신학교에 다니는 대학생에 관한 이야기이다.

〈목에 매달린 안나〉(1895)의 여주인공은《안나 카레니나》(1878)나 〈강아지를 데리고 다니는 귀부인〉(1899)의 여주인공처럼 이름이 안나이다. 홀아비이자 술주정뱅이 미술교사의 딸, 허영심을 속에 감추고 있는 아름다운 18세의 안나는 52세의 추하고 교활한 관리와 가난한 친정을 돕고자 결혼을 한다. 사랑 없는 결혼을 하기에 그녀의 허영심과 경박함은 신혼여행을 가는 길에 이미 드러난다. 결혼 이후 그녀는 그녀를 억압하는 늙고 답답한 남편과의 참을 수 없이 권태로운 결혼생활, 그리고 원래 목적의 하나였던 친정을 돕는 일도 할 수 없는 결혼생활을 자선바자 무도회를 계기로 청산하게 된다. 자선바자회의 묘사는 안나의 '매춘'을 예고하는 역할을 한다. 그녀가 아마도 착한 마음으로 친정식구들을 위해 돈 때문에 결혼을 한 것과 같이 자선바자회는 아마도 좋은 일을 하려고 하는 행사이겠으나(바자회가 끝난 후의 요란한 주연을 보면 주목적이 무엇인지 모르겠다) 안나로서는 공공연히 돈을 받고(찻값이기는 하지만) 웃음을 파는 장소가 된 셈이다. 이제 남편이 '매춘'을 기꺼이 열심히 부추기는, 그녀를 전혀 사랑하지 않는 사람이라는 것을 알게 된 이후 그녀는 당당히 그녀의 성을 이용하려는 남자들과 혼외정사를 일삼으며 자신의 늙고 답답하고 비열한 남편을 비웃는다. 젊은 아내를 이용하여 승진하기만을 원하는 남편을 경멸하고 자신의 쾌락을 추구하는 것은 당연한 일인지도 모른다. 그녀는 그녀대로 이 세상을 즐기며 사는 법을 터득한 것이다. 작품의 결말에서 돈 후안으로 유명한 아르티노프를 마부석에 앉히고, 말 한 마리를 곁에 매고 쌍두마차를 타고 산책하는 경박하지만 젊고 아름다운 그녀를 보며 그녀가 억압을 벗어나 자신의 매력으로 남자들을 사로잡고 당분간 자유롭고 화려하게 지내는 것 같아 앞으로 어찌될지 알 수 없으니 그나마 잘 지내라고 말해 주고 싶다. 어쩌겠나! 18세에 그녀를 조금도 사랑하지 않고 이용만 하려는 52세의 비열한 늙은 남자(그 사람도 나름대로 그렇게 된 이유가 있겠지만)와 오로지 돈 때문에 잘못된 결혼을 하게 된 그녀에게 무슨 말을 할 수 있겠나. 이 작품이나, 《안나 카레니나》, 〈강아지를 데리고 다니는 귀부인〉들에서 사랑 없는 결혼을 하여 불행을 느끼는 안나나 그녀들의 남편들은 이상적인 결혼이나 남녀관계의 이상적 결합에 대해 깊이 생각해 보게 한다. 결혼에 있어서 가장 중요한 것은 남자와 여자가 육체적으로 정신적으로 서로를 사랑하는 데 있을 것이다. 아무리 숭고하다 해도 결혼이 다른 어떤 목적의 수단이 될 때는 불행하게 될 소지가 많다고 여겨진다.

체호프 작품 중에서 가장 유명한 단편인 〈강아지를 데리고 다니는 귀부인〉(1899)에서는 유원지 얄타에서 일어난 사소한 로맨스처럼 보이던 두 남녀의 관계, 사랑 없는 결혼생활을 하는 20세 전후의 상류층 귀부인, 아직 순수하고 사랑을 갈구하는 여인인 안나와 안나를 만난 이후 비로소 진정한 사랑을 알게 된 구로프의 사랑은 비극의 수준으로 고양된다. 항상 그래왔듯 장난하듯 가볍게 안나와 또 하나의 혼외정사를 시작한 40세에 가까운 구로프가 안나와의 관계에서는 처음부터 어딘가 전혀 다른 느낌을 받고, 자연의 항구성과 삶의 진정성에 대해 눈과 마음을 열게 되고 헤어지면 그녀를 잊게 되리라는 예상과 달리 점점 더 절실하게 그녀를 사랑하게 되고 삶 전체에 있어서 진정한 변화를 체험하는 것을 보며 독자는 그 어떤 위대한 사랑이야기에 못지않은 감동을 받게 된다. 하얀 애완용 털강아지를 사이에 두고 맺어지는 안나와 구로프의 사랑은, 리하르트 바그너가 오페라로 만든(1859년 작곡, 1865년 독일 뮌헨에서 초연된 이후 유럽 각국의 무대에 올랐다) 중세의 고트프리드 폰 스트라스부르그의 《트리스탄과 이졸데》에서 이별의 아픔 속에서 목에 요술방울이 달린 강아지 프티크루로써 서로의 사랑을 확인하는 트리스탄과 이졸데의 사랑처럼 애절하고 고귀하고 아름답다. 트리스탄과 이졸데가 사랑의 묘약을 먹은 후 두 사람은 '더 이상 둘이 아니고', '영원이 헤어질 수 없이 하나가 되었고', '하나의 심장이 되었고', '그녀의 고통이 그의 고통이 되었고', 사랑함에 따라 '점점 더 서로를 사랑하게 되었듯이', 구로프와 안나는 서로를 점점 더 사랑하게 되었으며 '운명이 그들에게 서로서로를 예정해 주었다고' 생각하며 '아주 가까운 사람들처럼, 혈연처럼, 남편과 아내처럼, 다정한 친구들처럼' '서로 다른 새장에 갇힌 한 쌍의 철새처럼' 사랑하며 '서로의 과거와 현재를 용서했다.'

아무도 모르게 호텔에서만 만남을 계속하는 둘의 끝날 줄 모르는 사랑은 현실에서는 허락되지 않고 피안에서만 자유롭게 영원히 지속될 트리스탄과 이졸데의 사랑처럼 현실의 표피 밑에 몰래 흐르는 진정한 시간, 진정한 삶이다. 남녀 간의 육체적인 관계를 포함하는 진정한 사랑을 삶의 진정성에 도달하는 과정으로 본 체호프의 애정관은 톨스토이나 도스토예프스키의 강박관념에 시달리는 애정관(육체적인 사랑에 반드시 동반하는 죄의식과 단죄를 말한다. 체호프의 〈결투〉에서 나데쥬다가 죄의식을 느끼는 것은 영혼이 없이 본능적 욕구만을 충족시키기 위하여 라예프스키가 아닌 다른 남자들과 관계를 가졌을 때이다)과는 다르다. 한 편의 비극을 대할 때처럼 감동을 주며 남녀 간의 사랑에 대한 진지하고 성숙한 시각을 열어 주는 이 작품은 체호프의 용감하고 자유로운 지성의 축복할 만한 업적이다.

| 작가 연보 |

1860 남부 러시아의 항구도시 타간로그Taganrog에서 잡화상 파벨과 예브게니야 사이에 5남 1녀 중 셋째로 태어나다.

1869 타간로그 중학교(8년제)에 입학하다.

1873 타간로그 극장에서 오펜바흐Jacques Offenbach의 오페레타 〈아름다운 엘레나La belle Hélène〉(1864) 감상. 이후 이따금 극장에 가서 〈햄릿〉, 〈검찰관〉 등을 관람하다.

1876 아버지 파벨이 파산을 선언하다. 4월에 체호프를 제외한 일가족이 모스크바로 떠나다. 중학교를 졸업할 때까지 타간로그에 홀로 남게 되다.

1879 모스크바 대학교 의과 대학에 입학하다.

1881 '안토샤 체혼테Antosha Chekhonte', '쓸개 빠진 남자Chelovek bez selezenki' 등의 필명을 사용하며 유머 단편들을 발표하기 시작하다.

1882 친구 소개로 페테르부르그의 유머 주간지 《단편들*Oskolki*》의 발행자 레이킨Nikolai Leikin과 알게 되다. 그 뒤 5년 동안 300편가량의 단편 및 스케치를 기고.

1883 단편 〈관리의 죽음Smert chinovnika〉, 〈알비온의 딸Doch Albiona〉, 〈뚱뚱이와 홀쭉이Tolstyi i Tonki〉 등 발표.

1884 모스크바 의과대학을 졸업하다. 12월에 첫 각혈을 하다. 단편 〈앨범Albom〉, 〈카멜레온Khameleon〉, 〈굴Ustritsy〉 등 발표.

1885 페테르부르그 보수 신문 《신시대*Novoe Vremia*》의 발행인 수보린Alexei Suvorin과 문단의 원로 그리고로비치Dmitri Grigorovich를 만나다. 단편 〈사냥꾼Yeger〉 등 발표.

1886 단편 〈추도식Panihida〉을 처음으로 안톤 체호프라는 본명으로 발표. 그리고로비치의 충고를 받다. 단편집 《잡다한 이야기들Pestrye rasskazy》 출판. 단편 〈우수Toska〉, 〈아뉴타Aniuta〉, 〈아가피야Agafia〉, 〈반카Vanka〉 등 발표.

1887 남러시아 초원을 여행하다. 4막극 《이바노프*Ivanov*》 집필. 단편 〈적Vragi〉, 〈베로츠카Verochka〉, 〈티푸스Tif〉, 〈입맞춤Potselui〉 등 발표.

1888 순수문예지 《북방통보*Severnyi Vestnik*》에 중편소설 〈초원Step〉 발표. 크림 반도, 카프카즈, 우크라이나 여행하다. 단편집 《황혼*V sumerkakh*》으로 러시아 학술원에서 푸시킨상을 수상하다.

1889 페테르부르그 알렉산드린스키 극장에서 〈이바노프〉를 초연하여 호평을 받다. 둘째형 니콜라이가 폐결핵으로 죽

다. 7, 8월 오데사와 얄타를 여행하다. 중편 〈지루한 이야기Skuchnaia istoria〉 집필. 사할린 섬 여행 준비하다.

1890 사할린 섬 여행을 위하여 시베리아와 극동에 대한 자료를 조사하다. 4월 사할린으로 출발하여 7월 도착. 3개월 동안 사할린 섬의 죄수들의 실태를 조사하다. 10월 동지나해, 인도양, 수에즈 운하, 오데사를 경유하여 모스크바에 도착하다. 단편 〈도둑들Vory〉, 〈구세프Gusev〉 등을 발표.

1891 사할린의 학교, 도서관을 위한 도서 수집하다. 3월 유럽 여행 떠나다. 비엔나, 베니스, 로마, 나폴리, 몬테카를로, 파리를 둘러보고 5월에 모스크바로 돌아오다. 중편 〈결투Duel〉 완성. 〈사할린 섬Ostrov Sakhalin〉 집필.

1892 3월에 모스크바 근교의 멜리호보로 이사하다. 폐결핵의 몸으로 기근과 콜레라 구제활동을 하면서, 그 지방에 학교, 소방서, 의료시설을 설립하고 인근 농민들에게 의료활동을 하다. 11월 〈6호실Palata No.6〉을 《러시아 사상*Russkaya mysl*》지에 발표.

1893 《사할린 섬》을 《러시아 사상》 10월호부터 다음해 7월호까지 연재. 〈큰 발로댜와 작은 발로댜Volodia bolshoi i malen'ki〉 등 발표.

1894 요양차 크림 반도 여행. 7월에 유럽여행을 하다. 모스

크바 지방 법원 배심원으로 뽑히다. 《러시아 통보*Russkie vedenosti*》지에 단편 〈롯실드의 바이올린Skripka Rotshilda〉, 〈대학생Student〉, 〈문학선생Uchitel slovesnosti〉, 〈검은 수사Chornyi monakh〉 등 발표.

1895 8월 처음으로 야스나야 폴랴나의 톨스토이Lef Tolstoy를 찾아가다. 11월 드라마 《갈매기*Chaika*》 탈고. 단편 〈아리아드네Ariadna〉, 〈목에 매달린 안나Anna na shee〉 등 발표.

1896 《러시아 사상》 4월호에 〈중간층이 달린 저택Dom s mezoninom〉 발표. 12월 알렉산드린스키 극장에서 〈갈매기〉가 초연되다.

1897 멜리호보 인근 마을 노보셀키예 초등학교를 짓다. 3월 결핵 악화로 입원. 톨스토이가 문병오다. 4월 《러시아 사상》에 〈농군들Muzhiki〉 발표. 드라마 《바냐 아저씨*Diadia Vania*》 발표.

1898 《신시대》지의 반反드레퓌스적 태도에 분개하여 수보린에게 반박 편지를 쓰다. 단편 〈상자 속 사나이Chelovek v futliare〉, 〈나무 딸기Kryzhovnik〉, 〈사랑에 대하여O lyubvi〉, 〈이오니치Ionych〉 발표. 멜리호보를 떠나 얄타로 이사하다. 올가 크니페르Olga Knipper와 알게 되다. 10월 아버지 파벨 사망하다. 고리키Maxim Gorky와 서신을 교환하다. 12월 모

스크바 예술극장에서 〈갈매기〉를 상연하여 대성공을 거두다.

1899 3월 고리키의 방문받다. 4월 톨스토이의 방문받다. 5월 모스크바 예술극장에서 〈갈매기〉를 상연하다. 〈강아지를 데리고 다니는 귀부인Dama s sobachkoy〉, 〈용무가 있어서Po delam sluzhby〉 발표.

1900 1월 러시아 학술원 명예회원으로 뽑히다. 단편 〈골짜기에서V ovrage〉 발표. 드라마 《세 자매*Tri sestry*》 탈고.

1901 이탈리아로 여행하다(피사, 피렌체, 로마). 5월 올가 크니페르와 결혼하다.

1902 4월 〈주교Arkhiyerey〉 발표. 드라마 《벚꽃동산*Vishnevyi sad*》 집필.

1903 1월 늑막염이 발병하다. 4월 〈약혼녀Nevesta〉 탈고.

1904 1월 모스크바 예술극장에서 〈벚꽃동산〉이 초연되다. 6월 올가 크니페르와 함께 요양차 독일의 바덴바일러Badenweiler로 떠나다. 7월 2일, 44세를 일기로 숨을 거두다. 7월 9일 모스크바 노보데비치 수도원 묘지에 묻히다.

최선

현재 고려대학교 노어노문학과 교수로 재직 중. 푸시킨과 스탈린 시대의 문학에 관한 논문들이 여러 편 있고, 옮긴 책으로 《삶이 그대를 속일지라도》, 《벨킨이야기/스페이드 여왕》, 《보리스 고두노프》, 《율리 김, 자유를 노래하다》, 《예브게니 오네긴》 등이 있다.

강아지를 데리고 다니는 귀부인 | 고려대학교청소년문학시리즈 003

초판발행 · 1쇄 2008년 2월 25일 | 지은이 안톤 체호프 | 옮긴이 최선

펴낸곳 고려대학교출판부 | www.kupress.com kupress@korea.ac.kr

136-701 서울특별시 성북구 안암동 | Tel 02-3290-4230, 4232 Fax 923-6311

찍은곳 (주)이환 D&B

값 9,000원 ISBN 978-89-7641-643-8 04890 | ISBN 978-89-7641-639-1 (세트)

* 잘못 만들어진 책은 바꿔드립니다.